SÉBASTIEN SPITZER

LÉONIE B.

roman

ALBIN MICHEL

À Violette, ma grand-mère,
si légère et pourtant si profonde.
À toutes les petites violettes
qu'elle a semées autour d'elle.

« Il faut porter en soi un chaos pour mettre au monde une étoile. »

Nietzsche, *Ainsi parlait Zarathoustra*

1

Au cœur de l'ancien Paris, une colonne de bronze pointe un croissant de lune. Des brouillons de nuages sillonnent un ciel sombre. La place Vendôme est muette. Une fenêtre ouverte jette des éclats de voix.

– Vous êtes loin du compte !

Le ton redescend d'un cran. L'accent vient du Midi. C'est celui de Paul Gaimard, célèbre explorateur. Il s'étire sur sa chaise, content de son effet, dans ce vaste atelier transformé en salon. Des toiles orientalistes sont accrochées aux murs. Des cadres retournés reposent sur le sol. Une table ronde trône au milieu de la pièce. Une nappe blanche dessus. Le haut plafond aspire les fumées de Gaimard, de l'éditeur devant lui qui roule des yeux ronds, et de l'artiste qui les reçoit. Léonie ne fume pas, mais elle boit leurs paroles, surtout celles de Gaimard.

– Vous êtes très loin du compte, répète l'explorateur. Cette grande expédition va nous coûter le triple !

– Incroyable ! remarque l'éditeur, un marquis sur le retour, habitué des faillites. Mais qui paiera pour cela ?

L'artiste François Biard fait signe à sa servante de poser ses fruits là, au centre de la table. La corbeille déborde de mûres, de myrtilles et de belles fraises charnues. Léonie pousse le pot de crème vers Gaimard.

– La Marine nationale, l'Académie des sciences et le Bureau des longitudes.

– Le Bureau des longitudes ? s'étonne l'éditeur.

– Drôle de machin, n'est-ce pas ? dit Gaimard avant d'éclater de rire. Je m'amuse et pourtant c'est sérieux. Le Bureau est la clef de notre puissance. Il a été fondé il y a plus de quarante ans, en pleine Révolution, par l'abbé Grégoire. Il repose sur l'idée qu'une puissance maritime maîtrise les éléments. Les marées. Les courants. Les vents et les tempêtes. Tout ce qui peut nous porter.

– Et tout ce qui peut nous nuire, ajoute le peintre.

– Voilà ! Vous l'avez très bien dit… Et tout ce qui peut nous nuire. Vous le savez comme moi, d'ailleurs, mon cher Biard. Vous aussi, vous avez parcouru quelques mers, dit Gaimard en montrant les grandes fresques ramenées de ses voyages à Chypre et en Égypte.

– Seulement la Méditerranée, précise le peintre Biard. Tandis que vous, Gaimard, vous avez fait le tour du monde.

– Oui, deux fois. D'abord comme médecin, puis comme naturaliste.

Gaimard ajoute un peu de crème sur ses fraises. Gourmand, affable, c'est un homme agréable. Un grand front carré au-dessus d'une paire d'yeux clairs. Des cheveux poivre et sel. Un nez court et marqué par une vie de bourlingue pour tenter de percer les mystères de la mer, les secrets de l'océan. Léonie ne se lasse pas de l'écouter parler. Elle voyage avec ses mots. Il pourrait être son père : les trois hommes à cette table frisent la cinquantaine, et elle n'a pas dix-neuf ans. Ils ont de la bedaine. Elle voudrait que cette soirée dure toute la nuit.

– Continuez, dit-elle, les coudes sur la table, le menton dans les mains.

– C'est une exploration d'un genre particulier. Pour affronter le climat et les glaces de l'Arctique, nous avons dû blinder la structure de notre navire.

– Blinder ? Mais comment ?

– La coque est composée de couches de bois et de fer. Une première de chêne. Une deuxième d'orme canadien et le tout est recouvert de grandes plaques d'acier d'un bon pouce d'épaisseur de la proue jusqu'aux flancs. Les mâts et les épars sont renforcés aussi.

– Tout ça pour un peu de glace !

– Vous ne vous rendez pas compte, ma chère amie. Les glaces qu'on appelle mobiles peuvent couler un navire. Des équipages anglais se sont retrouvés pris, en cherchant le passage du Nord-Ouest. Beaucoup ont disparu.

– Mais vous allez revenir ? s'alarme Léonie en se tournant vers Biard.

– Ne vous inquiétez pas, répond Gaimard. Je vous le ramènerai. Enfin, pour être précis, le capitaine Fabvre qui commande ce navire nous ramènera tous, sains et saufs. Je ne commande pour ma part qu'un petit groupe de savants.

– Et le temps ? demande Biard.

L'explorateur Gaimard tourne sa langue dans sa bouche, sans doute pour y puiser l'accent charmant du Var. Il cherche le meilleur ton pour rassurer son hôte, roulant sur les voyelles et les bons sentiments. Il a besoin de lui pour cette mission hors norme. Ses croquis sur le vif. Sa palette nuancée. Sa bonne réputation. Le roi a ordonné que le peintre fasse partie de l'expédition. Le trône veut des preuves.

– La corvette est au Havre. Elle sera bientôt prête pour cette nouvelle mission. Mais le temps presse, il est vrai. Il ne faut pas traîner. À la fin de l'été, la longue nuit polaire va venir tout compliquer. Avec l'hiver arctique, les températures chutent. Il faut que nous profitions du jour tant qu'il y en a et de températures à peu près supportables. Vous avez tout ce qu'il faut ?

– Oui, dit Biard d'une voix étranglée en montrant le coffre en bois posé près du couloir dans lequel il a rangé ses petites laines, sa flanelle et sa peau d'ours.

– Bien, bien, réplique Gaimard en piochant des myrtilles qu'il jette dans sa gorge.

L'éditeur s'efforce d'imiter son voisin, mais la bille violette rebondit sur sa joue. Il tente encore sa chance et finit à côté. Las et bête, il repose les baies dans son assiette. Il saisit sa cuillère et joue distraitement avec. Une question le taraude.

– Vous m'avez invité à dîner avec vous et depuis le début vous parlez d'une mission, d'une exploration, d'un voyage vers le Pôle sous l'égide d'un Bureau dont j'apprends l'existence. Mais je dois vous avouer que ces histoires de Pôle n'intéressent pas grand monde. J'ai publié un texte de notre cher Hugo. L'histoire confuse d'un jeune mineur norvégien qui s'appelait Norbith et d'un ogre surnommé, d'après mes souvenirs, Han d'Islande. J'en ai vendu soixante… Alors, vous comprendrez que ces histoires boréales me laissent un peu froid, si je puis dire. Où allez-vous ? Qu'allez-vous faire, exactement ?

Léonie a en tête quelques idées là-dessus. Biard lui a parlé d'un voyage au Spitzberg, d'un peuple appelé Lapons, d'une commission de savants et d'une poignée de Français et de Scandinaves qui y ont passé l'hiver et qu'il faudra ramener. Le départ est prévu dans trois semaines.

Avant de répondre à l'éditeur, Gaimard se redresse. Il pose ses deux mains bien à plat sur la table et laisse poindre un sourire au coin de ses lèvres fines. Il ménage son effet pendant que la servante débarrasse. Sur la pile d'assiettes, elle ajoute les cuillères puis s'éclipse.

– Ce que nous cherchons ? dit-il presque en chantant. Je vais vous le dire, monsieur. C'est l'origine du monde !

– Pardon ?

La servante se fige sur le seuil du salon. Léonie en apnée ne bouge pas d'un iota. Même Biard semble pris de court. Pourtant, lui devrait savoir.

– Vous avez bien entendu, poursuit Paul Gaimard. Nous allons rechercher l'origine de notre monde.

L'éditeur hoche la tête. Il bute sur l'idée.

– Mais quoi ? Quelle origine ?

– Vous vous souvenez du Livre de la Genèse ?

– Oui, bien sûr.

– Noé, l'arche, le déluge…

– Bien sûr que je sais cela. C'est mon fonds de commerce, s'impatiente l'éditeur.

Gaimard balaie des miettes de sa main, inspire, arrime son regard à celui de l'éditeur et se met à réciter :

– « Il entra dans l'arche auprès de Noé, deux à deux, un mâle et une femelle, comme Dieu l'avait ordonné. Sept jours après, les eaux du déluge furent sur la terre. L'an six cent de la vie de Noé, le second mois, le dix-septième jour du mois, en ce jour-là toutes les sources du grand abîme jaillirent, et les écluses des cieux s'ouvrirent. La pluie tomba sur la terre quarante jours et quarante nuits… »

Il tourne la tête vers la servante, derrière lui, qui libère sa main droite pour faire le signe de croix.

– Nous avons retrouvé des traces de cet abîme.

À l'abri de son couloir, la servante pousse un cri, un petit cri étouffé, suivi d'une vague prière. L'éditeur est sceptique. Il sait que cette histoire risque de lui coûter cher. Ce n'est sûrement pas pour rien que Gaimard et Biard l'ont invité ce soir. Combien de milliers de francs veulent-ils ?

D'un air très dégagé, Gaimard pioche dans la poche de son veston de soie un petit objet qui tient dans le creux de sa main. Puis il tend le bras gauche vers le centre de la table, pour que tout le monde puisse voir. Il retourne sa main et dévoile une petite boîte cerclée de cuivre. Une sorte de médaillon sur lequel est gravé un arbre assez banal. On dirait un pommier. Et, à son pied, une pomme qui semble entamée. Léonie distingue une forme qui serpente, quelque chose sur son tronc, mais Gaimard déclenche le petit bouton-poussoir qui ouvre son couvercle.

– Une boussole ! s'écrie-t-elle.

– Elle indique le nord.

– Je me suis longtemps trompé, comme vous, mes chers amis. Cette chose, dit Gaimard en faisant claquer son ongle sur la vitre de la boîte, est le plus grand des miracles. Et pendant des années, je n'ai pas su le voir. Je passais à côté. Je tirais des caps. Je visais des longitudes, des latitudes et des degrés. Je calculais les positions par triangulation ou distance aux amers. Je ne comprenais pas ce que me disait cet objet. Il a fallu que je croise un vieux bonhomme hirsute pour apprendre à le lire. C'était il y a plusieurs années, à quelques pas d'ici, dans la bibliothèque du Bureau des longitudes. Gaspard de Prony avait trois quarts de siècle, mais toujours cet œil vif, porté sur l'absolu. Il m'a montré l'objet que vous avez devant vous. Cette petite boîte toute simple, sans valeur. Et pourtant. Il a fait ce que je fais. Il a tapoté dessus, pour réveiller l'aiguille. Il a sollicité celui dont je prononce le nom avec respect.

– Qui ? demande Léonie.

– La science ? risque l'éditeur.

– Dieu, coupe Gaimard. Dieu ! Regardez cette aiguille. Voyez ce qu'elle nous dit. Elle s'acharne à pointer la même direction. Obstinément. Et cette aiguille, madame, savez-vous comment Prony l'appelait ? *Il dito di Dio*.

– Qu'est-ce cela veut dire ?

– Le doigt de Dieu, madame ! Et c'est le Pôle qu'il montre. L'Arctique avec ses glaces plus hautes que toutes les pyramides, plus élevées que les temples du Pérou ou que les tours de Notre-Dame. Il nous dit d'y aller… ou d'y retourner. C'est pour cela que j'ai monté toute cette expédition. Biard et moi, nous serons accompagnés des plus grands savants vivants, géographes, géologues, naturalistes, physiciens, météorologistes, botanistes, et un théologien.

– Et moi ! dit Léonie. Je veux en être, moi aussi. Emmenez-moi.

La soirée s'est achevée. Léonie est ainsi, toute pétrie d'utopies. Dans l'atelier rangé, les tréteaux de la table sont poussés dans un coin. Une bouteille entamée est posée près du chevalet. Biard remplit son verre et observe une toile qu'il vient d'achever. Un couple au bord d'une rivière, marchant bras dessus bras dessous. Il n'a pas dit un mot. Il lui tourne le dos. Léonie sait qu'il lui en veut d'avoir attiré leur attention vers elle. Elle arpente l'atelier. Elle rumine cette idée. Léonie fait le tour et se place devant lui. Sans rien lui demander, elle s'empare de son verre et le boit d'un coup. Ses yeux clairs le défient.

– Je veux y aller, dit-elle.

Biard voudrait tellement domestiquer cette femme, la faire rentrer dans le rang, qu'elle incline sa nuque blonde et accepte sa place auprès de son grand homme, gentiment, paisiblement, à l'image de ce couple en goguette près de l'Yonne. Le tableau est presque sec. Il s'est beaucoup inspiré de sa chère Léonie.

2

La nuit vient de tomber sur le boulevard du Crime. À l'heure des sorties de scène, des costumes remballés, des spectateurs qui traînent, des actrices attendues et des coups de pied au cul pour une mauvaise recette, le quartier se tient coi. Un lourd silence, étrange, pèse sur les alentours. Pas le moindre équipage. Aucun baron en vue. Même les filles qui tapinent au coin de la rue de la Lune et de la rue d'Aboukir ont remballé leurs cannes, et tous leurs artifices.

Hugo pousse plus avant, jusqu'aux Variétés, où Frédérick Lemaître finit de jouer *Ruy Blas*. Tout est éteint, fermé. Une grille barre l'entrée. D'ordinaire, le dimanche, ce théâtre fait le plein. Pas un chat. Pas un bruit. Pas de Lemaître traînant à la sortie des artistes ou trônant en terrasse au Café de Madrid. Toutes les chaises et les tables ont disparu à l'intérieur, rangées par précaution.

Hugo poursuit son chemin.

Un groupe d'hommes disparaît sous la porte Saint-Denis. Un couple de chiffonniers se presse de ramasser des débris de ferraille, des éclats de verre, des bouteilles et divers déchets qui jonchent la chaussée, avant de partir en poussant leur brouette. Ce n'est pas de lui qu'ils se méfient, c'est de la ligne de soldats qui surgissent dans son dos. Un peloton à cheval s'engage dans le boulevard du Temple. À la lueur des astres, Hugo distingue leurs sabres au côté, et quelques baïonnettes.

Une inconnue se détache de la façade près de lui. Elle roule des yeux inquiets. Sa tête va de droite à gauche. C'est une pauvre femme perdue qui bredouille des conseils.

– Faut pas rester ici. C'est dangereux. C'est mauvais. Ils sont devenus fous.

On lui avait bien dit de ne pas sortir ce soir, que ce n'était pas le moment : le quartier bruissait de rumeurs, on parlait d'un groupe d'hommes qui sèmerait le désordre, et de tirs de fusils, de blessés et de morts. Mais c'est plus fort que lui. Il a quitté sa femme, ses enfants, son grand appartement de la place Royale pour aller voir de près. Hugo est ainsi fait. Faut toujours qu'il observe, qu'il estime la situation, qu'il se fasse son idée des événements de son temps. La peur de passer à côté de l'Histoire fait partie de sa vie. Tant pis pour le danger.

La pauvre femme est repartie en grommelant des mots couverts par le claquement de ses talons.

– Barricades… Émeute…

Aux étages des maisons, des inquiets guettent dans l'ombre. Les bougies sont soufflées. Les voix sont étouffées. Hugo aperçoit des vitrines brisées. Un arbre coupe le passage. À l'angle du boulevard et de la vieille rue du Temple, un bivouac de soldats. Hugo ralentit le pas, pour éviter de passer pour autre chose qu'un curieux. Douze hommes autour d'un feu. Douze silhouettes découpées sur des flammes orangées. Ça crépite et ça jase. Ils portent l'uniforme de la garde nationale. La veste bleue de rigueur. Le fusil dans le dos, baïonnette au canon. Une botte sur un sac ou les deux pieds au sol.

Hugo montre patte blanche, les bras relevés, les paumes bien apparentes, et s'avance pour poser une question.

– Bonsoir, messieurs, que se passe-t-il au juste ?

– Ma Doué, commence l'un d'eux d'un air peu avenant.

Ce garde lui répond dans un patois lointain. À force de tendre l'oreille, il finit par capter des sons des temps passés, de ceux que bretonnait sa chère mère disparue. Le jargon celtique. Le baragouin malouin. Hugo n'en a retenu que des proverbes désuets parfaitement inutiles qui prévoient le temps qu'il fera selon la forme des nuages, ou des interjections que sa mère lançait à table pour faire rire ses enfants ou raconter des histoires du temps de sa jeunesse. « Ma Doué, comme l'eau est froide ! Je veux pas y finir là-dedans ! » lançaient les pauvres curés menacés de noyade par les gens de Robespierre. « Ma Doué » veut dire « Mon Dieu ». La brave mère de Hugo a caché ces prêtres réfractaires, chez elle, pendant frimaire de l'an II. Hugo n'était pas né. Aujourd'hui, la Terreur est passée, la Vendée s'est vengée, les rois sont revenus. La monarchie de Juillet a porté sur le trône la maison d'Orléans. Mais le roi Louis-Philippe fait du « juste milieu » le slogan d'un règne mou. Il est considéré comme le roi des bourgeois. Il sert le commerce, la finance et la Bourse. Le peuple s'en méfie et les républicains considèrent qu'il les a dépouillés de leur histoire et de leur victoire passée sur des siècles d'oppression. Le trône est sous tension. Paris est sous pression. La garde nationale fait ce qu'elle peut pour maintenir l'ordre dans les grandes villes et surtout à Paris, toujours prompte à se soulever, sensible aux insurgés.

– Ma Doué, foutez le camp !

Les regards de ces soldats ne présagent rien de bon. Ils sont exaspérés. Inutile d'attendre quoi que ce soit de ces gars. Hugo n'insiste pas. Il salue et s'en va en poursuivant tout droit, vers la vieille rue du Temple, vers ce boyau de ville où la nuit refoule ses ombres, ses chats, ses rats, ses nuées de gosses sans toit. Mais pas là. Pas ce soir. Rien. Pas le moindre mouvement. Pas la moindre vie qui vaille. La vieille rue se renfrogne. Elle paraît sourde et borgne, blessée par un amas de planches en vrac. Une roue. Une lanière. Des bouts de bois fendus. Les vestiges d'une charrette ou d'une barricade. La femme avait raison. À droite, près du mur, Hugo distingue une flaque de sang séché, puis des plombs dans la pierre et un carreau brisé.

Derrière lui, les gardes du bivouac ont interrompu leur caquetage. Douze képis le scrutent. Hugo sent que son cœur bastonne dans sa poitrine. Il s'entend déglutir. Il ferait mieux de ne pas rester à portée de ces brutes. Il palpe sa poche gauche. Son passeport est dedans, à jour, bien plié. Les faits semblent passés. Il est temps de rentrer. À mesure qu'il s'éloigne, la rue s'assombrit. Les lanternes sont cassées. La vitrine d'une boutique forme une toile d'araignée. C'est le passementier Ladalle. Des planches colmatent la brèche. La boutique est réduite à un vague trou béant. Dévalisée. Plus le moindre bout de toile. Plus d'embrasses à rideaux. Plus rien à voler.

– Des tissus ? murmure Hugo, perplexe.

Pourquoi des émeutiers pilleraient-ils cette échoppe ?

Du verre craque sous ses semelles. Un morceau d'étoffe traîne. Il est à l'effigie du roi. Ce serait donc la cause du sac de ce commerce. Du tissu imprimé ? Hugo est encore imprégné des idées de sa mère. La monarchie le rassure. Il n'aime pas le désordre, les soulèvements de la foule, les vagues populaires. Il se méfie au fond de ces agitateurs, de ces semeurs d'idées qui terrorisent Paris. Tout le monde se souvient des suites de la Bastille. Le chaos, l'hallali, la fureur sans visage. Le pouvoir sans la grâce. Tous ces milliers de morts qu'on voudrait oublier. Et pourtant, rien n'est joué. Ça recommence chaque année. Émeutes. Complots. Coups d'État avortés. Le régime est fragile. Paris est inflammable, même si ce bout de la rue Vieille est aussi sombre et austère que le ventre d'une anguille, un long boyau d'abîme.

Hugo allonge le pas. Il regrette d'avoir cédé à cette curiosité. Les volets sont scellés. Les fenêtres fermées. Quelques bougies émettent des lames de lueurs hachées à travers les persiennes. Le saut d'un chat errant fait rouler une pierre. Il a chaud sous sa veste. Il ouvre sa chemise pour capter un peu de frais. Quelques pas de plus et il va se débarrasser de sa veste de coton. Mais sa couleur le sert, le brun se fond dans le noir et gomme sa chemise claire. Son cœur bat la chamade.

Un fracas le saisit. Lourd. Puissant. Il s'arrête et tente de deviner les contours de la forme qui s'avance. Ce sont les sabots des chevaux.

– Devant ! Devant ! lance leur capitaine.

Un escadron entier galope vers lui. La ruelle est trop étroite. Il se crispe contre ce mur, poings fermés, bouche close. Son dos est verrouillé pour encaisser le coup. Ils doivent le confondre avec un insurgé. Hugo s'attend au pire. *La tête… Pas la tête*, se dit-il.

Ses jambes se dérobent à la pensée qu'un sabre pourrait le décapiter. Il redoute les lames. C'est une peur archaïque, une frayeur ancienne, qui remonte à l'enfance. Le spectacle affreux de cet homme condamné. La lame de l'échafaud. Le souffle du couperet. La tête qui a roulé dans ce panier d'osier et le tronc de l'homme qui pissait le sang devant la foule contente.

– J'ai rien fait de mal… Non ! Pas moi ! bredouille-t-il en boucle, ramassé sur lui-même.

Il ne sait plus ce qu'il dit. Il ne sait plus ce qu'il fait. Les poitrails frôlent son front. Les éperons rasent sa tête. Les cuisses et les jarrets l'effleurent dangereusement. Combien sont-ils au juste ?

Il protège son visage, les yeux clos derrière ses doigts. Une botte heurte son crâne et l'envoie contre le mur. Son crâne cogne la brique. Il se retrouve à terre, les mains sur les pavés. Un filet de sang se répand sous lui. Les sabots d'un cheval franchissent son corps inerte. Le suivant effleure son flanc. Un dernier moins agile bute du bout du sabot sur sa hanche.

– Ahhh !

La douleur le ramène à la réalité. Il se dit que ça y est, qu'il va bientôt périr piétiné par ces chevaux ou tranché par ces lames. Quelle idée a-t-il eue de sortir ? Son cuisinier, Michel, l'avait pourtant prévenu. Il sent sa joue qui frotte contre le pavé. Quelque chose le tire malgré lui. Son corps se déplie. Une force anonyme s'est saisie de sa cheville. Les derniers hussards passent. Il n'y a plus que des croupes qui disparaissent plus loin et le bruit des sabots qui va diminuant. La force l'aspire vers une sorte de gouffre, une cavité étrange qui se fond dans la nuit. Un soupirail large comme une bouche d'égout. Ses jambes passent les premières et basculent dans le vide. La force se cramponne à sa taille. Il sent un souffle rauque. Ses pieds touchent la boue.

Un dernier cavalier passe au-dessus dans la rue. L'odeur du cloaque envahit ses narines.

– T'es coriace ! fait une voix dans son dos.

– Qui ? Quoi ? bredouille-t-il.

Une lampe de mineur l'aveugle puis éclaire un pan de l'affreux gouffre. Mille questions se bousculent dans l'esprit de Hugo, mais c'est cette douleur à la hanche qui prend le plus de place. Il pourrait tourner de l'œil. Cela pourrait recommencer. Mais cette fois, il s'accroche. Il voudrait bien savoir ce qui le retient dans cette fosse, ce sépulcre serpentant au-dessous de la ville.

Un vague visage paraît. Un homme plus vieux que lui. Il est trapu, robuste. Comme Hugo pèse son poids, il faut qu'il soit très fort pour l'avoir porté là. Ses cheveux gris sont ras et pourtant hérissés comme ceux des forçats. Ses yeux sont enfoncés. Sa peau est burinée. Il porte une chemise brune.

– Qu'est-ce que vous faites là ?

– Je suis venu te sauver, répond l'étrange Hercule.

Hugo observe sa tenue. L'homme ne porte pas de bottes ni de pantalon de peau ou de toile cirée.

– Vous n'êtes pas égoutier ?

L'homme secoue sa lampe en faisant non de la tête.

– Et toi, t'as pas la gueule d'un révolutionnaire.

– Non. C'est vrai. Je m'appelle Victor Hugo, dit-il en s'adossant pour soulager sa hanche.

– Je sais qui t'es, affirme l'homme de la fange.

Hugo plisse ses yeux pour appeler le souvenir de cet homme devant lui. Mais non. Rien ne vient. Il ne l'a jamais vu.

L'homme rajuste sa lampe pour réduire le faisceau.

Il relève la tête pour évaluer la suite, à l'air libre là-haut.

– Ils sont partis ? demande Hugo.

– Oui. On dirait. Tu ferais mieux de rentrer chez toi pour soigner cette blessure.

Hugo scrute le tunnel. Puis regarde l'ouverture. Les soldats sont passés.

– Je vais t'aider. Bouge pas, dit l'homme en le soulevant.

Hugo se retrouve dehors. L'homme ne souhaite pas le suivre.

– Tu t'appelles comment ? interroge Hugo.

Il hésite.

– Appelle-moi L'Évangile. Jean L'Évangile, dit-il.

Puis une voix rebondit d'en bas, du fond de ce trou :

– On y va ?

Jean L'Évangile ravive le faisceau de sa lampe et disparaît dans le noir.

3

Elle a préparé son coup en épluchant la presse, guettant l'annonce de l'assemblée, en cherchant à connaître la date et l'heure.

Voilà. Le moment est venu. Léonie glisse ses pas dans ceux de deux vieilles barbes. Une façade de pierres claires. Deux étages, seulement, sans ornementations. Cinq hautes fenêtres cintrées, dont les battants ouverts laissent entrer un peu d'air. Deux tours octogonales se dressent sur les côtés. L'une d'elles, la droite, est coiffée d'une coupole abîmée. Léonie se présente aux deux gardes de l'entrée. Elle a laissé son nom. Il figure sur la liste de Charles Beautemps-Beaupré, cartographe, hydrographe. C'est lui qui préside le Bureau des longitudes. C'est lui qu'elle va devoir convaincre.

Elle profite du couloir pour plonger discrètement sa main sous son corsage et remonter ses seins. Les hommes butent toujours sur le petit grain de beauté de son sein gauche. Depuis la Renaissance, certains sont baptisés : « la majestueuse » est située aux confins des sourcils, « la discrète » se loge dans le pli du menton, « la galante » apparaît sur la pommette. Une mouche sur le sein gauche s'appelle « une assassine ». Léonie s'en amuse. Elle s'arme de son charme contre les idées reçues de Beautemps-Beaupré. L'huissier qui l'accompagne a aperçu son geste. Qu'importe. C'est de bonne guerre, se dit-elle, piétinant malgré elle la ligne médiane, incrustée dans le sol, qui figure le tracé reliant les deux Pôles. Le Bureau est au-dessus, à l'extrémité d'une longue galerie boisée aux murs bardés de livres et de cartes du ciel. Des tables sont couvertes de plans et d'instruments : thermomètres, cyanomètres, compas, cadrans solaires. Le plafond est voûté presque autant que le vieil homme qui l'attend tout au bout.

– C'est lui ? demande Léonie.

– C'est monsieur le président. M. Beautemps-Beaupré.

En dépit de son grand âge, il semble bien voir de loin, car déjà il sourit. Elle allonge le pas. Il fait doux ce matin. Les fenêtres laissent passer le chant des mésanges charbonnières nichées dans le parc qui borde l'Observatoire.

– Mon enfant ! Quelle beauté ! Bienvenue, bredouille le bonhomme, l'œil rivé sur son sein.

Léonie tend la main, salue respectueusement et découvre son bureau. Il est baigné de lumière. Un plancher bien ciré. Une table oblongue couverte d'un tapis vert. Des papiers griffonnés et le brave Paul Gaimard qui descend l'échelle de la bibliothèque. Les barreaux couinent sous lui.

– Je vous présente Paul Gaimard, le chef d'expédition.

Léonie l'a reconnu, heureuse qu'il ait pu venir. Elle se dit que c'est bon signe. Les voilà réunis. L'huissier est de retour et porte un grand plateau. Beautemps-Beaupré les invite à s'asseoir.

– Buvez-vous du café, madame ?

Elle accepte volontiers puis expose sa demande : l'expédition de Gaimard, le voyage au Spitzberg, sa volonté d'en être. Elle dit tout en peu de mots.

– Quelle drôle d'idée ! dit-il en sirotant un jus qui n'a le goût de rien.

Il repousse sa tasse.

– Je suis sérieuse, monsieur. Très sérieuse. Pourquoi n'aurais-je pas le droit d'embarquer ? Je sais écrire, vous savez. Pas aussi bien que M. Gaimard. Je n'ai pas votre savoir, ni votre grand talent pour le mettre en forme. Mais j'ai les mots qu'il faut pour capter ce qui se passe. François dit que…

– François ? l'interroge le vieil homme.

– François Auguste Biard, le peintre qui fera partie de notre expédition, précise l'explorateur.

– Ah oui ! Très bien ! Très bonne nouvelle.

– François a sa palette et moi j'ai des lettres.

Le président détourne un peu la tête. Son attention se perd. Mais Léonie reprend. Elle module sa voix. Elle y met du sourire. Elle fait saillir des points de son argumentaire. Une femme au Spitzberg. Une Parisienne au Pôle.

– Aucune femme n'est allée jusqu'au Pôle, n'est-ce pas ?

– Aucune, dit Gaimard.

Léonie s'enthousiasme. Elle parle de nouveauté. Toute la presse alertée. Et puis ce qu'ils vont chercher…

– Laissez-moi embarquer ! Je suis courageuse, vous savez. Je n'ai pas froid aux yeux.

– Froid aux yeux ! Mais c'est le Pôle, mademoiselle. Le froid plonge parfois à vingt ou trente degrés en dessous de zéro.

Le président se penche à l'oreille de Gaimard.

– Cette jeune femme a l'âge d'aller au bal, pas au Pôle !

– Vous dites ? lance Léonie.

Gaimard s'abstient de répondre. Il sait que l'âge et l'expérience ne pèsent pas lourd pour elle. Il l'a vue faire l'autre soir. Il a reçu ses lettres, ses demandes d'audience.

Le président intervient.

– Vous n'y êtes pas, mon enfant. Je suis vraiment navré, mais le Bureau que je préside n'est pas seul dans l'affaire. La corvette est à quai. *La Recherche* est un bâtiment de la Marine nationale. Or les femmes n'ont pas le droit d'embarquer à bord d'un navire de la Marine.

– Ah bon. Et pourquoi cela ? demande-t-elle, en mimant la surprise.

– C'est l'usage, coupe Gaimard. Je vous l'ai déjà dit.

Le président jette un regard à l'horloge accrochée sur le mur juste derrière Léonie. On l'attend dans la salle. L'assemblée des savants va bientôt commencer. À dix heures vingt, précises, c'est l'usage depuis que le Bureau existe. Ses membres se réunissent chaque mois à cette heure-ci, parce que les deux aiguilles ne marquent ni le nord, ni le sud, ni l'est, ni l'ouest. Elles sont à mi-chemin des quatre points cardinaux.

– Depuis la nuit des temps, les marins considèrent que les femmes portent malheur, rappelle Beautemps-Beaupré.

– Malheur ?

– Oui, madame, dit-il en triturant l'accoudoir de sa chaise. Ils disent qu'elles portent la guigne, la déveine, la poisse. Vous voyez ce que je veux dire ?

– On nous accuse souvent, s'agace Léonie, de tout ce qui ne tourne pas rond ! Depuis Adam et Ève et le Paradis perdu, nous autres avons bon dos, n'est-ce pas ? Tout est notre faute. Tout est la faute des femmes ! Et pourquoi pas le déluge ?

Gaimard fronce les sourcils. Léonie se mord les lèvres.

Un bref silence s'installe. Le président hésite entre l'indignation et la résolution. Puis il tourne la tête de nouveau vers la fenêtre. La mésange a repris ses titinements aigus. Paul Gaimard en profite. Il raconte une histoire. Il parle d'autre chose pour détendre l'atmosphère.

– Lorsque j'étais jeune médecin à bord de *L'Uranie*, nous avions le projet de faire le tour du monde. J'étais second chirurgien. J'avais un peu plus de vingt ans, à peine.

– Quel malheur ! *L'Uranie*..., laisse tomber le président.

Gaimard poursuit en fixant Léonie.

– Nous quittâmes Toulon un matin de septembre en route vers Gibraltar. La traversée de l'Atlantique se fit sans encombre. Nous jetâmes l'ancre à Rio de Janeiro, ensuite retour jusqu'au Cap, puis les mers chaudes de l'océan Indien, l'île de France, l'île Bourbon, les Indes hollandaises après un an de voile. Nous repartîmes comblés par toutes ces merveilles et des relevés précieux pour notre Bureau, monsieur.

– Oui, oui.

– Après Umatac, Agaña et la Nouvelle-Guinée, nous découvrîmes une île dans le Pacifique Sud. Là-bas, les pêcheurs appelaient cela un Motu. C'est un caillou dans le bleu, un îlot minuscule. Comme il n'avait pas de nom, nous l'avons baptisé. Et savez-vous le nom que nous lui avons donné ?

– Je ne sais plus, concède Beautemps-Beaupré.

– L'île Rose, dit Gaimard.

– Très bien, c'est une belle histoire, mais je vais devoir vous quitter.

Le président se lève. Au lieu de l'imiter, Gaimard reprend de plus belle.

– Nous l'avons baptisé en l'honneur d'une femme. Rose de Freycinet. La femme du capitaine. Elle était avec nous quand nous quittâmes la France. Elle y était encore quand nous heurtâmes cet écueil dans la baie des Français. Tout l'équipage dormait. Je m'en souviens comme si c'était hier. *L'Uranie* s'est échoué dans la nuit du 14 au 15 février 1820.

– Il y a dix-neuf ans, l'année de ma naissance, dit Léonie.

Mais Gaimard n'écoute pas. Il est dans son souvenir.

– Avec tout l'équipage, nous sommes restés des mois sur cet îlot de malheur, à attendre les secours. Mme de Freycinet nous jouait de la guitare. Elle chantait. Elle rendit tout léger et plus facile à vivre jusqu'à ce qu'un navire vînt nous porter secours.

Gaimard braque son regard vers son vieux président.

– Monsieur, si des marins prétendent que les femmes portent malheur, je voudrais témoigner que j'ai vu le contraire. Mme de Freycinet nous a porté bonheur. Elle a rendu le pire acceptable pour tous. Son mari l'a saluée. L'équipage l'adorait. Et moi aussi je garde d'elle le meilleur des souvenirs. Elle fut exemplaire.

– Je voudrais être comme elle, dit Léonie.

– Ah bon ? Vraiment ? grogne Beautemps-Beaupré, debout près de la porte, prêt à décamper. C'est que vous ignorez comment elle a fini.

Léonie se redresse, résignée. Gaimard s'approche d'elle et lui dit d'un ton las que Mme de Freycinet est morte.

– À Paris, précise-t-il, emportée par le choléra.

– Pauvre femme ! s'écrie-t-elle, portant instinctivement sa main pour se couvrir le nez.

L'épidémie de choléra morbus avait fait vingt mille morts en six mois, rien que dans la capitale. Et plus de cent mille en France. Léonie devient blême. Des souvenirs lui reviennent. Les rues, les cadavres, les bouches souillées de sang, les matières vomies, ces visages tout bleus et ces tas de haillons qu'on brûlait place de Grève.

L'horloge sonne dix coups. Le président s'échappe pour sa grande assemblée. Paul Gaimard le regarde se presser de son mieux. Ses talons traînant sur le sol. Sa tête dodelinant, à chaque pas, comme s'il s'obstinait à répandre son refus sans y revenir, et sans se répéter.

Pendant que l'huissier débarrasse les tasses, Gaimard la prend à part.

– J'ai une idée. Toutefois, il faudrait que votre mari l'accepte.

– Vous savez bien que je ne suis pas mariée…

4

Hugo fait le pied de grue. Cette étrange position soulage un peu sa hanche. Une longue file de curieux s'étire rue de Vaugirard. Une jambe. Le dos contre la façade du palais du Luxembourg, un crayon dans une main et son carnet dans l'autre, Hugo prend des notes. Une habitude d'auteur. Consigner. Fixer. Écrire pour saisir ce temps qui passe trop vite. Son imagination pourrait bien s'en nourrir. À sa gauche, une mère et sa fille montent la rue de Tournon. Elles portent des robes en cloche, ajustées à la taille avec des manches très amples qui leur donnent de loin des allures de sabliers.

Voilà le temps qui passe, se dit Victor Hugo.

Elles poursuivent et s'approchent. La fillette tend l'index vers la file :

– Ils font quoi, tous ces gens ?

– Ils vont voir un procès.

– Et c'est quoi, un procès ?

– C'est quand on juge des gens.

– Tous ces gens sont méchants ?

– Non. Pas eux, ma chérie. Eux vont suivre le procès.

– Comme des spectateurs ? Comme au théâtre ?

La mère acquiesce en passant devant Hugo. Il relève le nez

pour capter son parfum, jaune agrume, blanc jasmin. Rafraîchissant. La jolie mère s'éloigne, emportant son effluve, sa silhouette et d'autres questions de sa fille.

Dans la queue devant lui, un homme ouvre son journal. Dans les pages judiciaires, un article mentionne la grande affaire du jour, le procès des insurgés de mai. Des noms sont mentionnés. Celui d'Armand Barbès figure en tête de liste. D'après *Le Siècle*, ce Barbès serait l'un des meneurs d'une mystérieuse société secrète. Il est écrit que Barbès et ses complices auraient juré la mort des rois et des monarques.

– Il paraît que ces gens-là sont comme les francs-maçons, dit le voisin du lecteur. Ils ont des usages secrets, des rites initiatiques.

– Vous croyez ?

– C'est ce qu'on dit.

Les deux hommes baissent la tête et replongent dans l'article. Hugo l'a déjà lu. Sa mère lisait la Bible au saut du lit, comme pour laver son âme. Lui lit toute la presse pour coiffer sa raison, aiguiser sa conscience, nettoyer ses idées. C'est sa toilette rituelle, son ablution laïque. Le rédacteur du *Siècle* livre des détails croustillants sur cette étrange « Société des Saisons ». Ses adeptes suivraient une initiation qui se déroulerait à l'autre bout du jardin du Luxembourg, près de la pépinière, sous les pavés de la rue d'Enfer.

– Écoutez, c'est étonnant, s'exclame le voisin au journal avant de lire à haute voix : « Le frère qui préside la cérémonie demande à l'impétrant de lui donner son nom, son âge, son lieu de naissance et son emploi. Ensuite, le postulant jure son attachement à la Révolution et à la République, puis récite son credo : “Au nom de la République, je jure haine éternelle à tous les rois, à tous les aristocrates, à tous les oppresseurs de l'humanité. Je jure dévouement absolu au peuple, fraternité à tous les hommes, hors les aristocrates, je jure de punir les traîtres ; je promets de donner ma vie, de monter même sur l'échafaud, si ce sacrifice est nécessaire pour amener le règne de la souveraineté du peuple et de l'égalité." »

– Quelle folie ! dit un curieux dans la file.

Pendant que les commentaires fusent, Hugo se redresse pour voir la gravure qui illustre l'article. Un homme assis devant un long poignard. La légende prétend que chaque initié recevrait un poignard des mains de son président et jurerait de se tuer plutôt que de violer son serment.

Qui a violé le serment ? Qui a révélé les coulisses de ce rite ? Si la foule se masse, c'est pour suivre le procès des semeurs de panique, découvrir leur visage, leurs révoltes mystiques, plonger dans les arcanes d'une société secrète, avec ses pactes et ses rituels.

Les bavardages s'estompent. Le voisin range son exemplaire du *Siècle*. La longue file avance, lentement.

Les grilles du palais s'ouvrent sous le dôme de Tournon. Les gardes laissent entrer une foule bigarrée, des bourgeois, des notables ou de simples curieux. C'est l'affaire de l'été. La grande révélation de ce qui s'est passé dans le Marais et sur les Grands Boulevards. Tout Paris veut savoir le détail du soulèvement raté.

Hugo traverse lentement une vaste cour pavée de grès. À nouveau la lumière et cette chaleur d'été. Il transpire sous sa veste. Il regrette la canne qu'il a laissée chez lui. Un homme lève son chapeau en voyant la rosette qu'il porte à son revers. Cela fait déjà deux ans que le roi l'a promu officier de la Légion d'honneur. C'est son premier grand titre. Mais cela ne lui suffit pas. Il vise l'Académie et peut-être, qui sait, une place parmi les grands du royaume qui siègent dans ce palais.

C'est la Chambre des pairs vers laquelle il se dirige. L'hémicycle où ils siègent est situé à l'étage, en haut de cet escalier majestueux. Ses larges marches de pierre sont tapissées de vert. Mais la plèbe n'a pas le droit de fouler le tapis. Elle monte par les côtés. Hugo suit le mouvement et parvient tant bien que mal au début d'un couloir croulant sous les dorures, les tableaux bleu pompier et une forêt de lustres suspendus au plafond. Hugo aime le clinquant. Le faste. Le tape-à-l'œil. Les gants jaunes des huissiers. Leurs chaînettes. Leurs courbettes à la vue de sa rosette. Mais il n'apprécie pas les tableaux qu'il aperçoit. Une grande toile criarde, signée François Biard, en particulier. Il a croisé ce peintre quelques fois dans Paris pour ses pièces, ses décors, pour illustrer les scènes qu'il jouait aux Variétés. Biard lui a laissé un souvenir amer. Il parle toujours fort et répand des sottises sur toutes sortes de sujets. Le tableau représente trois femmes sur un canot. L'une d'elles se tient debout. Elle est déshabillée. Voilà tout ce qu'on peut dire sur cette toile trop grande.

Deux hommes revêtus du manteau bleu des pairs discutent près de l'hémicycle. Hugo reconnaît le premier. C'est le comte de Bastard. Il l'a rencontré en ville et dans l'imprimerie que tient son frère Auguste, lithographe à Paris. Il s'en est fallu de peu que Hugo lui confie l'impression d'un recueil. L'affaire a capoté. L'imprimeur voulait trop. Son frère, pair de France, incline son crâne chauve pour répondre à son salut. L'autre pair qui se tient près de lui a le visage volontaire. Des boucles de dieu grec. Son regard laboure Hugo autant que sa poignée de main qui le force à s'incliner.

– Baron Louis Thénard, lance-t-il.

– Victor Hugo, répond le poète.

Cet homme l'impressionne : sa puissance, son ascendant flagrant. La mémoire de Hugo recompose les morceaux de l'inconnu devant lui. Il est très doué pour cela. Louis Jacques Thénard, doyen de la faculté des Sciences de Paris, président de la Société d'encouragement pour l'industrie nationale, ingénieur, professeur à l'École polytechnique.

– Les poètes s'intéressent aux procès de ce genre ? dit le baron Thénard.

– Ce siècle est à la barre et j'en suis le témoin.

Thénard fronce les sourcils. Cette réponse l'agace.

– À la barre, dites-vous ? Ce n'est pas le siècle qu'on juge, monsieur Hugo, ce sont ceux qui n'en veulent pas. Les vrais réactionnaires sont dans le camp de l'anarchie. Nous voulons le progrès. Et l'ordre, c'est le progrès. Ce Barbès et ses sbires n'ont qu'à bien se tenir. Lui n'est qu'un agité, un bourgeois prétentieux qui engloutit sa fortune en poudres et en lubies. Il aura soulevé quelques rues de Paris, remué des pavés, brûlé deux ou trois vieux arbres près de la rue Greneta. Voilà. Guère plus. Cet homme n'est personne. Il ne méritait pas cette publicité.

– Mais il n'est pas tout seul, objecte Hugo. La presse dit qu'ils étaient près de trois cents.

– Quatre cents ! corrige Thénard. Et je sais de quoi je parle ! Je siège depuis des semaines au lieu de travailler. Mais voilà, c'est ainsi. Par la volonté du roi, nous autres pairs de France devons former une cour pour juger ces vauriens, ces misérables bougres ennemis du progrès. Ce siècle a besoin de bras, monsieur le poète ; des bras pour produire et des têtes pour penser. Ces gens-là renversent tout. Ce sont des têtes folles et des bras qui détruisent. Quelle perte de temps, n'est-ce pas ? Quelle perte pour notre pays.

– Ce n'est pas une raison pour les faire tomber. Il y a mille façons de redresser les têtes folles.

Une cloche est agitée. Dans l'hémicycle, derrière, les grands du royaume prennent place. Seul Thénard prend son temps. Il sait qui est Hugo. Il a lu, cinq ans auparavant, son récit intitulé *Claude Gueux*. Tout le monde connaît l'affaire de ce détenu amoureux de son compagnon de cellule. Un gardien de Clairvaux a voulu les séparer. Le prisonnier a vu rouge et a tué son gardien. La tête de Claude Gueux a fini dans un panier.

– Je n'aime pas la peine de mort, dit le baron Thénard, mais je suis pour la vie, le respect des lois, de la propriété et surtout le progrès. Aujourd'hui, je devrais être en banlieue pour remettre la médaille d'or de l'industrie à un homme remarquable, un chimiste comme moi, et un entrepreneur. Franchement, quelle mauvaise blague ! Tout ça pour ces agités. Faire attendre le progrès ! soupire-t-il avant de lui tourner le dos.

Étrange type ! pense Hugo en suivant du regard Thénard qui roule ses larges épaules en descendant l'allée jusqu'au troisième rang. Le banc des ministres est devant lui. À sa droite, celui des princes. Thénard salue ses voisins et remonte le pan de sa cape brodée d'or. Riche. Puissant. Bien assis dans son fauteuil en velours.

Hugo oblique à gauche et se fraye un passage dans les rangs de la galerie qui surplombe la salle. Les bancs sont occupés par une masse de costumes, tous sombres. Plus de place pour une fesse. Il repère un coin libre où il peut tenir debout. Calé contre la tenture de velours rouge Empire, un pilier près de lui, il est prêt à observer.

Les pairs sont en demi-cercle sous le regard marmoréen des grands législateurs. Un dôme encaissé surplombe la présidence. Un plafond décoré pour le reste de la salle. Peu de lumière, très peu d'air. Les fronts brillent en silence. Les aisselles dégoulinent. Les premiers rangs se penchent.

– Ça commence ! Ça commence !

Tout au fond de l'hémicycle, en haut de la tribune, le président de la Chambre s'installe. À côté, le bureau du procureur général, un homme facile à reconnaître avec son profil d'aigle, ses yeux bruns espacés et la bosse sur son front. Franck Carré est un homme résolu. Il fixe d'un œil froid les pairs pendant l'appel. Ils sont cent soixante-neuf à répondre présent. Le procès va reprendre. Le procureur Carré fouille son tas de feuilles et chausse ses lunettes. À l'âge de Hugo, il a déjà gravi tous les échelons de la magistrature. C'est un juriste sévère, long et dur qui sècherait la pitié d'une sœur du Carmel. Ses réquisitoires ont le tranchant d'une lame et offrent peu de répit à tous ceux qu'il juge.

Au pied de la tribune, entre le bureau de Carré et les gradins des pairs, une vingtaine d'avocats se tiennent près des détenus. Hugo cherche Armand Barbès. Mais comment le distinguer parmi cette masse compacte ? Ils se ressemblent tous, en blouse pénitentiaire. Têtes penchées, visages blêmes et parfois même griffés. Ils ont été tondus le jour de leur admission. À la Conciergerie, la lutte contre le crime passe par l'extermination des poux et des puces. Le fer tranche le poil avant de couper le cuir.

Le procureur Carré a trouvé ce qu'il cherchait. En fixant les gradins, il somme les accusés de décliner leurs nom, prénom, âge, lieu de naissance, profession et domicile. Ils sont une vingtaine.

Le premier accusé, un bandeau sur le front, rechigne à se lever. Son avocat s'agite et lui pousse le coude. Ce dernier quitte sa chaise.

– On me connaît bien, dit-il.

– Votre nom ! ordonne le procureur.

Comme il tarde à répondre, la foule des spectateurs le murmure à sa place.

– Armand Barbès. C'est lui.

Barbès domine l'assemblée de sa haute stature. Malgré les vingt-neuf ans annoncés par la presse, il a les traits vieillis et a dû subir des mauvais traitements. D'après la presse du jour, il a été blessé lors de la répression. Une balle lui a éraflé le front. *Le Siècle* précise même qu'il a été laissé pour mort le soir du 13 mai, le visage plein de sang, au pied de la barricade de la rue Greneta.

– Monsieur le procureur, je vous ferai ici la même réponse que j'ai déjà faite dans tous mes interrogatoires.

– Nom, âge, qualité, domicile !

Mais Barbès poursuit, sans cesser de regarder le procureur.

– À quoi bon insister ? Pourquoi tout ce théâtre ? dit-il en écartant les bras pour embrasser l'assemblée. Entre vous et nous républicains, il ne peut y avoir de justice véritable. Il n'y a que des questions de force.

Les curieux de la galerie commencent à s'agiter. Le spectacle promet. Hugo ressort son carnet.

– Il ne me convient pas, à moi, Armand Barbès, d'accepter le rôle que vous voudriez me donner dans le procès qui va avoir lieu. Je refuse de jouer le rôle que vous m'avez taillé.

Un murmure se répand de la galerie jusqu'aux bancs.

– Qualité ? Domicile ? reprend le procureur.

– Qualité ? lance Barbès avant de se retourner. Je suis comme vous voyez : prisonnier de mes juges !

Hugo note la formule. Même s'il hait le désordre, l'anarchie et l'émeute, cette réponse de Barbès lui paraît pertinente. Elle confirme l'idée qu'il se fait de la justice. Hugo déteste les juges.

– Domicile ? répète le procureur.

En relevant la tête, Hugo découvre Barbès qui montre le sol.

– Je réside ici, dans le sous-sol du palais, aux caves du Luxembourg.

– Greffiez, notez, dit le procureur avant de poursuivre l'appel.

Pendant que les vingt autres se présentent un à un, Hugo ne regarde que Barbès et griffonne ces deux mots : « figure christique ». Barbès qui se contorsionne sur sa petite chaise. Barbès qui offre tour à tour un profil souriant à l'énoncé des faits. Barbès qui se rembrunit quand le procureur évoque les coffres de munitions déposés chez Lesage rue du Bourg-l'Abbé, les haches distribuées devant le Palais de justice, les cent fusils de chasse, les nombreuses barres de fer surnommées « casse-têtes », les omnibus renversés, et cet affreux bilan : soixante-dix-sept tués parmi les insurgés ; vingt-huit morts chez les militaires.

– Dans que but ? demande le procureur Carré. La fin de la monarchie ? L'abolition du luxe ? La république sociale ? Combien d'homicides pour cette folle idée ? Combien de lieutenants tués, comme ce pauvre Drouineau qui ne faisait que son devoir : protéger le Palais de justice ?

Carré rappelle les faits : un lieutenant à son poste, les assaillants devant lui qui lui demandaient de leur céder toutes ses armes. « Plutôt mourir ! » a répondu le lieutenant Drouineau.

– Et vous l'avez exécuté ! Froidement ! Volontairement. C'était un guet-apens !

Barbès se lève d'un bond. Son avocat le regarde, inquiet pour la suite. Le détenu répond par un étrange sourire.

– Quand l'Indien est vaincu, s'exclame Armand Barbès, quand le sort de la guerre l'a fait tomber au pouvoir de son ennemi, il ne songe point à se défendre. Non. Pas du tout. L'Indien n'a pas recours à des paroles vaines. Il se résigne, comme je le fais, et donne sa tête à scalper !

La foule réagit par des applaudissements. Le procureur Carré se lève d'indignation. Il voudrait le faire taire. Il voudrait les faire taire. Mais le public s'emballe. Pendant que les huissiers tentent de ramener le calme, alors qu'un bataillon de gardes se positionne discrètement, Carré cale ses poings sur ses hanches, bombe le torse et répond qu'il a « bien raison de se comparer à un sauvage ».

– Le barbare, c'est le scalpeur ! Je suis vaincu, tuez-moi ! clame Barbès.

Les tribunes se soulèvent. Les costumes s'agitent. Des feuilles de papier tronçonnent l'air surchauffé. Un inconnu se retourne et lance, tout excité :

– Je suis prêt à payer pour l'évasion de cet homme. Je donne cent mille francs. Qui me suit ?

– *I do !* répond un Anglais, juste derrière l'inconnu.

Au bas de son petit carnet, Hugo écrit ces mots : « Glorieuse défaite… Décapité couronné. »

Mais qui a bien pu trahir un homme d'une telle stature ?

Hugo a eu beau fouiller la masse des prisonniers, aucun n'a laissé paraître la moindre oscillation, l'ombre d'une gêne rentrée, un soupçon de remords. Lui revient en mémoire le souvenir de cet homme surgi de la bouche d'égout. Jean L'Évangile était sûrement des leurs.

5

Pendant que Paris s'écharpe sur le procès Barbès, Léonie et son peintre traversent l'Europe du Nord et ces villes hérissées de consonnes et de trémas : Zwolle. Tröhm. Natswelldt. Hillerød. Skövde. Après trois semaines de cahots, de chemins escarpés, ils ont passé huit jours à bord d'un steamer pour aller de Trondheim jusqu'au septentrion, perché tout en haut des côtes norvégiennes.

– Bienvenue à Hammerfest ! lui glisse François avant de lui adresser un clin d'œil complice.

Léonie a gagné. Elle débarque enfin dans la dernière ville du monde, la plus au nord, et aussi la plus froide. Son compagnon enfonce son chapeau pour se protéger de ce grand soleil traître, qui caresse en mordant, qui vous lèche et vous crève.

– Hammerfest, murmure-t-elle.

Dix lettres amalgamées, comme Châteaudun ou Carpentras, mais qui forment une bouillie et n'évoquent rien qui vaille. Seuls les vieux du village savent que ce nom signifie « la rive où l'on s'amarre », le dernier port d'attache.

Hammerfest se déploie en arc de cercle, comme un croissant de lune, coincé entre une baie bleue et du granit noir corneille coiffé de vieille neige sale. La corne du vapeur fait sursauter le couple. Son capitaine manœuvre pour faire demi-tour. Il va les laisser là, sur ce ponton de bois, avec leurs valises et des tas de questions.

– Quelle heure est-il ? demande Léonie en scrutant le front de mer et toutes ses maisons de bois barbouillées de peinture ocre ou brune, aux fenêtres en trous d'aiguille et le tout surmonté de chaumes.

La dernière ville du monde est un hameau de misère, un coin de vie minuscule. Deux hommes poussent une charrette vers le ponton de bois et obliquent sans un mot, sans un regard, en laissant dans leur sillage l'odeur ronde et piquante du hareng saur. Un rosier riquiqui pousse devant un hangar. Ses branches portent quelques feuilles, mais pas le moindre bourgeon.

– Je pensais qu'on arriverait de nuit.

François tire sa montre.

– Il est minuit passé.

– Tu dois faire erreur.

François presse le bouton et s'assure à l'oreille que le mécanisme tourne.

– Je t'assure. Regarde.

Elle lit : minuit dix-sept.

Une nuée de goélands vole au-dessus de leurs têtes en poussant des cris rauques, des cris comme des moqueries, avant de piquer du bec vers une série de barriques dressées contre un hangar, juste en face, sur la rive. Des filets de pêche sèchent sous des appentis de bois. Une chèvre escalade un talus d'herbe rase. Tout sent le varech et la marée. Et pourtant, rien ne bouge.

Léonie ne s'y fait pas. À chaque nouvelle étape, le jour

rallonge. Depuis qu'ils ont passé le long détroit du Sond, elle dort mal. Ces nuits courtes et truquées provoquent des insomnies.

Elle se frotte les yeux. Elle rabat sa pelisse et regrette les bottes fourrées qu'elle aurait dû acheter là-bas, sur le marché de Trondheim. C'est sans doute par les pieds qu'elle est en train de prendre froid.

Léonie et François, debout sur ce ponton. Trois valises dans leur dos. Et toute une ville qui dort.

– Nous sommes au bon endroit ? demande Léonie.

– Oui, oui, pas d'inquiétude.

– Mais où sont tous les autres ? Les chercheurs ? Le navire ? Il n'y a que nous ici. Où est Gaimard ?

Pas besoin de se retourner. Ils savent que la baie est quasiment déserte. Le vapeur disparaît dans l'océan étale. Le bleu miroite sur le bleu. L'horizon forme une ligne parfaitement continue, sans le moindre relief.

– Sans doute en route, dit François en empoignant les deux plus petites valises.

Il remarque un panneau au bout d'Hammerfest. C'est certainement l'hôtel dont on lui a parlé.

François et Léonie longent la baie devant la ville. Une masure sinistre trône à flanc de colline. Une façade noire gluante couverte de goudron. Une porte grise grinçante laisse sortir un bonhomme qui tangue d'un pied sur l'autre. Ses cheveux blonds plaqués soulignent un crâne étroit. Sa patate rouge de nez semble avoir trempé dans l'eau-de-vie depuis le baptême. Mais il a l'œil bon et jargonne des bienvenue dans son sabir lapon.

Il s'appelle M. Bank et c'est lui qui possède la seule auberge du coin. L'entrée est composée d'une pièce basse et sombre. Une table de bois verni. Deux bancs de la même teinte. Deux livres sur une planche dont un de Victor Hugo.

– Tiens ! *Han d'Islande*, s'écrie Léonie. En français qui plus est. Il faudrait que je le lise…

Un feu de cheminée crépite sur le côté et jette des orangés qui réchauffent le salon. Un fauteuil dans le coin. Une fourrure d'ours blanc est clouée comme un trophée, les pattes bien écartées et la gueule menaçante.

Léonie se souvient des propos de Gaimard. En sortant du Bureau des longitudes, il lui a montré une carte au mur, accrochée comme cette peau. Une représentation du ciel, avec ses systèmes et ses constellations. Gaimard a suivi le dessin du chariot de la Grande Ourse et de celui de la Petite Ourse. Il a dit que c'était de là que venait le nom attribué à l'océan glacial. Arctique vient du mot grec « arktos », qui signifie l'ours.

– Et savez-vous pourquoi ? a demandé Gaimard.

– Dites-le-moi !

– Ces deux constellations, la Grande et la Petite Ourse, tournent autour du Pôle sans jamais se reposer. Elles rôdent éternellement. Selon l'astronome grec Pythias, elles sont condamnées à errer. Selon d'autres auteurs, la Grande et la Petite Ourse protégeraient un mystère.

– Un mystère ?

– L'ours est fort, Léonie. C'est le seul animal capable de chasser l'homme sans raison apparente. Il est féroce et torve. Il sait courir, nager. Même sa viande est un piège. Son cœur et son foie sont des poisons mortels. Pourtant, les peuples du Nord lui vouent un culte. Ils l'admirent en le craignant. L'ours est un dieu puissant, et comme tant d'autres dieux, il protège un secret. Et moi, je veux percer le mystère de l'Arctique !

Voilà donc le gardien évoqué par Gaimard. Il est devant elle, dans cette auberge perdue au bout du bout du monde. Les pattes écartelées. La gueule taxidermée. Deux billes noires enfoncées à la place des yeux. Une coupelle est posée sur un petit meuble, dessous.

– *Nanuq*, dit M. Bank, avant de rallumer sa coupelle pleine d'herbes sèches. *Nanuq*, répète-t-il avant de s'incliner très respectueusement.

Pendant que son compagnon récupère leur malle, Léonie s'installe. Leur chambre est au premier, en haut d'un escalier pas plus large qu'une échelle. La chaleur semble les suivre. M. Bank ouvre les bras pour désigner la pièce. Des murs de rondins de pin. Deux chandelles éteintes sur une table d'écriture qui sent bon l'encaustique. Une chaise. Pas d'armoire, mais une dizaine de clous plantés dans le mur du fond. Une petite boîte en fer traîne sur une chaise. Elle est pleine de clous. L'aubergiste revient avec un marteau pour faire comprendre qu'ils peuvent fixer dans le mur autant de clous qu'ils voudront. Elle mime un vague sourire. François vient d'arriver et cale la malle dans un angle.

– Eh bien, nous y voilà, dit-il tout essoufflé.

Léonie hoche la tête pour faire bonne figure. Mais elle est épuisée. Pendant qu'il tend sa veste pour occulter la fenêtre, Léonie se déchausse sur un coin de matelas. Elle sent les morceaux de laine qui le rembourrent, mais aussi des petits grains, comme des noyaux de cerises. Qu'importe. Cela fait des semaines qu'elle est brinquebalée des cahots au roulis, de la voiture au steamer. Elle l'a bien cherché. Plus question de reculer pour un mauvais matelas, des punaises ou des mites qu'elle devine aux petits trous parsemés çà et là. Elle se glisse dans le lit sans tarder. Elle cale son oreiller et rabat l'édredon. Il est doux. Chaud. Moelleux. Il a la légèreté d'un nuage et la chaleur de l'âtre.

François se colle contre elle. Son ventre contre son dos. Ses grands bras l'enveloppent. Ils se tiennent l'un contre l'autre, prêts à passer leur première nuit arctique.

Mais une frousse larvée s'immisce dans les pensées de Léonie. Elle développe des « si… », des « mais… », des « si jamais… ». Un souvenir d'enfance. Une vieille trouille passée. L'image d'une gamine oubliée dans la nuit. Une chambre inconnue. Une fenêtre hostile. Un orage et la pluie. La maison d'un vieil homme qui faisait rire sa mère. Et elle qui l'attendait. Elle avait beau l'appeler, sa mère ne venait pas. Gaimard doit venir. Son navire doit arriver. Faut pas la laisser seule, même dans les bras de François.

6

Pendant que l'été répand ses rayons, le Paris des théâtres bruisse d'une nouvelle réjouissante. Après des mois d'absence, la célèbre cantatrice Cornélie Falcon va faire son grand retour.

Ils sont des centaines à se bousculer ce soir sous la marquise brûlante de la rue Le Peletier. Sur la façade rectangulaire, huit statues sont alignées au-dessus d'une théorie de fenêtres en demi-lune. Sous l'appentis de verre de l'Opéra de Paris, les derniers fiacres arrivent. Ce jeudi 11 juillet 1839, ils sont venus pour celle que la presse surnomme la cantatrice du siècle. Ou plutôt : surnommait. Car depuis près de deux ans, on ne l'a pas entendue. En 1837, en jouant *Stradella*, la merveille a failli. Au plein milieu d'un air, la Falcon a cessé d'émettre la plus petite note, le moindre vibrato. Affolée, réduite au pire silence, elle a battu des mains, tourné partout la tête, guetté des secours fantômes avant de s'évanouir au beau milieu de la scène. Le rideau a été tiré sur la jeune soprano.

La chanteuse lyrique ne s'est pas produite depuis, du moins en public. Hugo fait partie des rares privilégiés à pouvoir l'entendre. Toute la semaine, il a suivi les répétitions de ce drame en quatre actes. La Falcon est Esmeralda dans une adaptation de son célèbre roman, par l'amie Louise Bertin. Hier encore, au filage, elle semblait à son aise, avec des trémolos qui relevaient du miracle.

Hugo est déjà là. Cela fait près d'une heure qu'il hante les coulisses, dans l'odeur des quinquets et de la sueur. Nerveux, il froisse et remonte son nez, comme un lapin. Son père, Léopold Hugo, surnommé Brutus, avait lui aussi ce tic. Il appelait cela « mouchiner ». Hugo s'inquiète devant la loge de la cantatrice. Ce n'est pas la première fois que la Falcon va jouer Esmeralda. Elle l'a déjà incarnée dans cette même robe blanche brodée d'étoiles dorées, avec les nattes qu'on vient de lui refaire et dans les mains ce petit tambourin qu'elle tapotait déjà il y a trois ou quatre ans. Ils ont repris la robe, les grelots et le tambour, revu quelques passages qu'ils ont dû alléger. Exceptionnellement, la Falcon ne jouera qu'un acte sur les quatre. Celui de l'air « des cloches ».

L'heure tourne. On s'agite. La salle s'est bien remplie. Hugo fait le guet devant la loge. La Falcon tarde à sortir. La porte s'ouvre enfin : ce n'est pas elle qui sort, mais Louis François, le dernier de ses amants. Il roule des yeux de dépit. Ses arcades sourcilières dessinent des traits d'excuses. Ses mains n'ont pas besoin d'exprimer ce qui s'ensuit, Hugo a bien compris. La Falcon n'y sera pas.

– Mori-Gosselin ! Mori-Gosselin !

La doublure met du temps à venir.

– Mori-Gosselin ! Vite ! crie Hugo en coulisses, conscient qu'il court le risque d'être copieusement sifflé.

La doublure paraît. Hugo la pousse dare-dare pour qu'on grime son visage et lui tresse deux nattes comme celles de la diva. La pauvre fille panique avec son tas de feuilles. Mori-

Gosselin révise les premiers mots de son acte. Pendant qu'on la corsète, elle pousse des petits cris pour se chauffer la voix. Exercice périlleux : chanter en inspirant, titiller son larynx en rentrant le ventre.

Toute la troupe se prépare pour la scène d'ouverture, celle de la gitane en prison. Mori-Gosselin est prête. Dans le noir des coulisses, un assistant parsème un peu de paille dans ses cheveux, pendant que l'archidiacre Frollo se tape la poitrine pour chercher le bon grave. Sa capuche rabattue, les manches relevées, il bastonne son thorax sans se soucier de Hugo qui passe et repasse devant lui. Quasimodo, lui, semble d'un calme olympien. Il ne bouge pas d'un pouce. Assis, sa bosse de coton dans le dos et les jambes travesties pour qu'elles paraissent tordues, il dévore une pomme. Le fruit boursoufle ses joues, puis il crache ses pépins à deux pas de l'auteur en murmurant que ça y est, ce soir ce sera la huée, qu'ils n'auraient jamais dû engager la Falcon, que tout le monde savait qu'elle ne ferait plus de scène. Hugo se tourne vers lui, excédé. Il vise son tibia nu et lui assène un coup de pied sur l'os.

– Eh ! fait Quasimodo. J'ai rien fait de mal. Faut pas me frapper !

– Joue ! Joue bien et tais-toi ! grogne Hugo. Personne ne t'a demandé de quel bois on se chauffait.

– Non, mais j'ai bien le droit de dire ! Non ?

– Non ! le coupe-t-il, furibard. On te demande de jouer, c'est tout ! Un monstre, ça se mérite. Monstre-toi… Montre-toi à sa hauteur, Eugène.

– N'importe quoi, marmonne Eugène Massol, alias Quasimodo.

– Et regarde bien ta belle. Aime ton Esmeralda.

– Oui, bon…

– J'ai dit : aime-la ! ordonne Victor Hugo en élevant la main en guise d'avertissement.

Le pauvre ténor remballe ses remarques et son trognon. Le rideau va se lever. Il va falloir chanter dans sa loque de laine avec le dos courbé sous la bosse de coton. Pas facile de chanter dans cette position. Il faudrait peut-être revoir son costume à la marge, débourrer sa grosse bosse. Un peu. Juste assez pour qu'il puisse chanter plus clairement.

La doublure chasse une paille qui lui tombe dans les yeux puis fait signe qu'elle est prête. Le mot passe les coulisses, traverse le rideau et plonge dans la fosse d'orchestre. Le chef prend sa baguette. Les doigts se placent sur les cordes. Le rideau de pourpre se lève et la foule découvre cette femme plus belle que l'autre, cette doublure ravissante qui étale ses longues jambes découvertes sur la paille. La scène est éclairée par les feux de la rampe, alimentés au gaz. L'ambiance est tamisée. Esmeralda est seule, enchaînée par les pieds, dans ce décor de prison. Les archers grattent les cordes, des notes lentes et profondes envahissent la salle, des premiers rangs de l'orchestre aux cages du poulailler. Mille cinq cents paires d'oreilles tendues vers une seule glotte. Certains grimacent déjà. La rumeur se répand plus vite que la musique. Une quinzaine de ronchons ont même quitté la salle. Hugo se dépêche de prendre place dans l'orchestre, sur un strapontin près de l'allée.

Mori-Gosselin se débrouille. Ses premières notes sonnent net. Elle chante l'amour perdu. Son chevalier Phœbus poignardé par une ombre qui a surgi dans la chambre. Les soldats l'ont jetée dans cette cave infâme, attachée à ces fers, sans rien lui expliquer. Depuis, elle se lamente. Elle pleure son bel amant et redoute le pire.

– Dieu bon, que je supplie / Et la nuit et le jour / Daignez m'ôter ma vie / Ou m'ôter mon amour !

Soudain, la grille s'ouvre. Entre l'archidiacre sombre, le redoutable Frollo, une bougie à la main. Son visage est couvert. Il s'avance à pas lents et se place devant elle.

– Quel est cet homme ?

– Un prêtre, chante le baryton.

La pauvre prisonnière se pelotonne contre le mur.

– Un prêtre ! Quel mystère ! fait-elle d'une voix fluette.

– Êtes-vous prête ?

– À quoi ?

– À mourir, dit Frollo en remontant des notes graves des tréfonds de sa gorge.

La salle se laisse prendre. La doublure s'en tire bien. Frollo est excellent. Pendant que les scènes s'enchaînent, Hugo sent un coude qui le cogne. Maladresse ? Son voisin recommence. Coïncidence ? Hugo se tourne et découvre le profil d'un homme mûr, le front large, le nez droit, le menton fier.

– Baron Thénard ?

Le pair de France acquiesce. Hugo chasse l'idée et revient à son œuvre, ou plus précisément à l'adaptation que la Bertin en a faite. Pour être très honnête, il n'aime pas trop cela. L'Opéra, la musique, tout le grand tremblement des cuivres et des cordes le lassent rapidement. Son diapason à lui se cale sur le rythme, les mots et les idées plus sûrement que sur toutes les phrases musicales, les rondos, les demi-tons, les trilles. Si Hugo ne bâille pas déjà, c'est qu'il prie en silence pour le succès de cet acte, pour que la chanteuse s'en sorte, pour qu'on ne lui parle plus de cette maudite Falcon dont le seul cachet bouffe la moitié de la recette. Si le coup est sauvé, il y aura d'autres soirées, il gagnera de l'argent et pourra peut-être enfin s'offrir un toit pour sa famille, avec un grand jardin comme du temps de son enfance. Avec un peu de chance…

Hugo a bon espoir.

Esmeralda tient bon.

Ce Frollo est divin. Il faudra l'augmenter pour qu'il reste dans la troupe.

– Je t'aime / Je t'aime, c'est infâme / Je t'aime en frémissant / Mon amour, c'est mon âme / Mon amour, c'est mon sang / Oui, sous tes pieds je tombe / Et, je le dis / Je préfère ta tombe / Au paradis / Plains-moi ! Quoi ! je succombe…

Phœbus agonise bien, avec le râle qu'il faut et la gestuelle idoine. Languide et émouvant. Des archers montent en scène pour emmener la gitane, soupçonnée du meurtre de Phœbus. Le monstre Quasimodo fait son entrée accroché à une corde. Il chante en se balançant, comme un battant sous sa cloche. Il fait des gestes fous et tente de la sauver. Où est-il allé chercher toute cette mise en scène ?

Hugo se ronge les sangs. Il craint qu'il n'en fasse trop. Mais le public adhère. Même le baron Thénard oublie de le coudoyer. Le monstre Quasimodo s'empare de la doublure. Une foule de figurants se déverse sur la scène.

– Asile ! asile ! asile ! chante le monstre.

– Asile ! asile ! asile ! reprend la foule avant de lever la tête vers une église en carton peint. La condamnée est au Seigneur / Le gibet tombe, et l'Éternel / Au lieu de tombe, ouvre l'autel / Bourreaux, arrière, et gens du roi ! / Cette barrière borne la loi / C'est toi qui changes tout en ce lieu / Elle est aux anges, elle est à Dieu !

C'est bientôt la fin de l'acte. Hugo se détend un peu.

Frollo est dans son coin, sous sa cape, silencieux. Le prêtre a tout perdu. Sa vengeance et la fille.

– Fatalité ! chante Frollo.

– Fatalité ! reprend le peuple.

Avant que le rideau tombe, Hugo file en coulisses. La foule des spectateurs fait un bruit à tout rompre. On siffle, on applaudit. La troupe est acclamée. La Falcon est partie sans demander son reste. Hugo l'ignore encore, mais on ne la reverra plus, sur aucune scène. Elle a cassé sa voix. Elle ne s'en remettra pas. Jamais. Mori-Gosselin, elle, rayonne. Elle va de bras en bras. Toute la troupe salue son talent et son cran. Très modeste, elle répond qu'elle a fait ce qu'elle devait et surtout ce qu'elle a pu. Frollo l'envisage avec la même ardeur qu'il a montrée à son Esmeralda. Il a vingt ans et deux têtes de plus qu'elle. Mori-Gosselin plaquée contre lui disparaît dans sa cape. Hugo se dit que ces deux-là sont au début de leurs noces. Le noir. La blanche. Les deux oppositions. La belle qui s'y jette. Le gaillard qui l'absorbe.

– Vous étiez formidable ! déclare-t-il sans le penser.

Lui a trouvé le temps long. Mais c'est une autre histoire…

Tous les feux de la salle sont rallumés. Un balayeur se hisse sur la scène. Les derniers spectateurs traînent sous la marquise de la rue Le Peletier. Ils sont une vingtaine, des groupes épars. Hugo remarque la stature de Thénard. Il est flanqué d'une femme tout enveloppée de mauve.

– Vous attendez votre voiture ? lance Hugo.

– Oui, dit-il avant de se fendre de quelques mots polis sur la pièce.

Hugo le remercie avec la déférence qu'on doit à un pair de France, et salue la femme en mauve.

Thénard lui serre la main et hésite un instant.

– J'oubliais, cher poète : vous savez que demain on va rendre notre jugement.

– Demain ?

Le baron fait un pas sur l'échiquier de dalles. Les comédiens traversent le foyer. Un membre de la troupe fait signe qu'ils sont en face, ils l'attendent pour dîner. Hugo fait oui de la tête, mais Thénard l'accapare. Il semble se jouer de lui en ralentissant le pas. Une fois sur le trottoir, le pair se livre enfin.

– Oui, demain. Mais je peux déjà vous dire que l'homme ne s'en tirera pas. Barbès sera condamné, car toute la Chambre y tient !

Il fait chaud rue Le Peletier. Les chevaux et les fiacres s'activent dans tous les sens. Un parfum de vétiver, celui que portaient les ultraroyalistes du temps de Charles X, flotte au-dessus des croupes et de l'odeur du crottin. Parfum des vieux de la vieille.

Reste l'image de Barbès. Encore cette charrette du condamné. Encore tous ces badauds attirés par le sang. Le couperet de la lame partie du haut de l'arbre sec. Barbès décapité rue du Faubourg-Saint-Jacques. La tête dans le panier, le bandeau gorgé de sang. Hugo éprouve l'horreur dans son corps et son âme. Il frissonne comme s'il s'agissait de son propre sort. Encore un découpé. Encore un tronc sans tête. Un de plus. Un de trop.

– Mais cela ne se peut pas… Il va bien faire appel…

Le baron l'interrompt en levant le bras droit pour héler son cocher et porter l'estocade à tout ce pathos.

– … Il n'y a pas d'appel contre la Chambre des pairs.

Le fiacre roule doucement jusqu'au baron radieux. Hugo tourne les talons et se rue dans le foyer, traverse le vestibule, prend le grand escalier jusqu'au premier étage. Vite ! Il traverse le couloir vide, croise un appariteur.

– Où allez-vous ?

Il poursuit sans répondre jusqu'au bureau du fond. Du papier. De l'encre. La porte est verrouillée. Le régisseur est parti. La suivante est ouverte. C'est un bureau étroit. Un buvard sur une table. Des coupons compostés qui traînent sous la chaise. Un tiroir accessible. Une plume au bec ferme. Un pot d'encre. Une feuille. Un quartier de lune éclaire un pan de la pièce. Hugo rédige les vers qui lui viennent. Un quatrain suppliant. Puis le glisse dans une enveloppe, la plie, la signe de son nom avant de sortir du bureau et de dévaler le petit escalier. Couloir. Grand escalier. Foyer. Rue. Fiacre libre.

– Aux Tuileries, vite !

Le cocher s'élance vers le palais du roi. Hugo descend du fiacre et tend son enveloppe au garde.

– Pour le roi, c'est urgent.

Le garde est prudent.

– Il est tard, monsieur, dit-il en précisant que le roi ne l'aurait qu'au matin.

– Impossible ! Il faut que le roi lise cette lettre au plus vite, dès ce soir. La vie d'un homme en dépend. Je vous en supplie.

7

Léonie s'est levée. Reposée, détendue. Elle ignore combien de temps elle a passé au lit. Tous ces jours sans nuit la perturbent. Elle quitte sa chambre d'hôtel sans réveiller François. En bas, M. Bank est en train de préparer une soupe de grains d'orge et de cerises sèches. Il touille sa tambouille puis lui tend sa cuillère pour qu'elle puisse la goûter.

– Non merci, répond-elle poliment.

Elle enfile sa veste, remonte son col fourré et met le nez dehors. Il ne fait pas si froid. Le ciel est d'un bleu doux. Les cheminées des toits de chaume jettent de fines fumées. Hammerfest s'éveille. Elle attendra un peu. Léonie lui préfère la colline. Sa pente est un peu raide. Ses versants apparents portent plus de mousse que de neige. Elle devine un sentier. Ses souliers de Parisienne compliquent son ascension. La mousse est trompeuse : elle couvre une roche de granit erratique, pleine d'aigus et de tranchants, jonchée de petits cailloux sur lesquels elle dérape. En regardant trop haut, elle manque de se blesser. Sa cheville cogne une pierre. Elle a mal sur le coup, saigne à peine et poursuit. Un bâton de bois sec lui permet de se caler. C'est mieux. C'est plus facile. La pente s'arrondit à mesure qu'elle progresse. Encore deux cents mètres et elle sera au sommet de ce petit monticule parsemé de plaques de neige.

La voilà. Elle y est. Tout en haut. Elle embrasse l'horizon. Hammerfest autour de son clocher. Des chèvres broutent un toit. À droite et devant elle, le début de la baie. Un énorme caillou d'île émerge devant la ville. Il est noir et poli comme un corps d'éléphant immergé aux trois quarts, le dos et la tête sortant de l'eau. Un rayon de soleil éclaire son côté. Elle devine un glacier. Léonie est trop loin pour le voir précisément. L'horizon est gommé par un brouillon de brume. Un dessin qui s'affine. Une masse qui se densifie. Le bleu du ciel s'estompe. Des langues de gris se répandent. Le vent agite sa robe et emmêle ses mèches blondes. Elle sent l'air frais qui vient. Au bout de quelques minutes, un brouillard épais recouvre la baie et gagne Hammerfest. Elle devrait redescendre. Elle pourrait se faire prendre, elle connaît mal le chemin. La voici qui cherche le sentier. Où est-il passé, d'ailleurs ? Le granit et la mousse virent au gris comme tout le reste.

Ça va bien. Tout va bien.

Léonie se rassure. Ce vent n'est pas mauvais. Il n'a pas l'air chargé d'orage ou de grêle ou d'autres choses bizarres. Cela passera, bien sûr. Le froid n'est pas terrible. Elle guette l'horizon. Dans le bouillon de gris, elle distingue un craquement, un bruit mat et sec, suivi d'un autre, pareil. Le bruit se reproduit. Des claquements étouffés, puis des éclaboussures et des éclats de voix. Léonie se persuade que cela vient du large. La brume porte des sons comme si on l'habitait.

Elle sourit, fascinée.

Ses mèches ne tortillent plus. Le vent est tombé. La nébulosité se rend à l'évidence : le soleil l'emporte. Le bleu reprend ses droits, d'abord par morceaux, par taches grandissantes et enfin tout entier. L'éclaircie victorieuse met au jour une armada étrange, une flottille fragile réduite à un rameur sur un canot pointu. Des dizaines de kayaks doublés de peau de phoque voguent vers Hammerfest.

Sur les pontons de la ville, Léonie aperçoit les habitants qui se pressent. Tout ce monde semble joyeux. Léonie se redresse. En cherchant son bâton, elle remarque le duvet qui enveloppe ses chevilles. Ses mollets et sa robe sont couverts de fines plumes, infiniment légères. M. Bank lui avait dit que la colline là-haut était pleine d'oiseaux. C'est ici qu'ils nichent. C'est probablement de ce même duvet qu'est fait son édredon.

Elle saisit son bâton et quitte son monticule. Arrivée devant l'hôtel, elle entre, souriante, et gagne l'étage.

– Il faut que tu viennes voir ça !

Le bougre ronfle comme un sourd.

– François ! François !

Il marmonne quelque chose. Sa main fouille l'oreiller. Il tire sa montre, ouvre un œil et s'agace.

– Non, mais tu as vu l'heure ?

– Pourquoi ?

– Il est cinq heures, Léonie. Cinq heures du matin. Il est trop tôt pour t'agiter.

Assise sur le matelas, la jeune femme chasse les derniers duvets accrochés à ses semelles. Elle connaît son bonhomme. François est un lève-tard. Il puise dans son sommeil ses heures les plus heureuses. Le lit est sa patrie. Il peint ce qu'il imagine. Pas besoin de se lever. Il a tout le temps de voir. Mais pas elle.

– Allez, allez ! Debout !

Après deux tentatives, Léonie se carapate. Elle court comme une chèvre folle suivre le débarquement. Les premiers lève-tôt se pressent sur les pontons de bois. Même M. Bank en est. Il a trimbalé là sa marmite, son feu et quelques bols. Il vend sa soupe chaude.

Léonie ne lâche pas son guide. Comme elle pointe les kayaks, M. Bank lui répond en articulant le mot :

– Lapons.

Elle a entendu parler du peuple lapon. On lui a dit d'eux qu'ils sont les nomades du Pôle et qu'ils vivent quelque part au fond de la mer Baltique. Peuple ancien. Rites étranges. Culte de l'Ours polaire.

Léonie les observe. Leurs cheveux sont très noirs. Leur visage est carré. Leurs petits yeux bridés lui font penser aux deux magots qui trônent sur le pilier d'un magasin de nouveautés du faubourg Saint-Germain. Sur leurs vestes lainées, ils portent une tunique verte de gros drap. Leurs cols et leurs manches sont ornés de fils dorés, ponctués de gros boutons ou de plaques d'argent. Les Lapons déchargent le produit de leur chasse, de leur pêche et de leur artisanat, des kilos de poissons, des piles de peaux de phoques, de rennes, de loups et de lièvres entassées sur la grève.

La moitié de la ville est sortie pour voir ça, évaluer, marchander, emporter une pièce. Personne ne sort jamais de monnaie ou de billets. Tout se fait sans argent. Mais les Lapons commercent. Telle peau contre de l'huile. Du poisson pour du beurre. Des pointes d'ivoire de morse contre de l'eau-de-vie trafiquée par un homme qu'elle a identifié, parce qu'il répète sans cesse « *ya kuplyu* ». Cette expression est russe. Léonie la connaît. Elle l'entendait souvent dans les dîners de sa mère, quand celle-ci se pavanait au milieu des nobles russes, fiers de tout posséder, « *ya kuplyu* », et d'acheter encore, « *ya kuplyu* ». Un Lapon négocie. Le Russe aux grands yeux bleus lui tape dans le dos.

En se tournant d'un quart, le Russe découvre Léonie. Il se fige soudain. Il efface son sourire et s'incline, bas, si bas que ses paumes touchent le sol. Il garde les jambes raides, le cul perché en haut, et le front frôle ses tibias. Étonnante posture ! Il s'est plié en deux, littéralement, et murmure des paroles avant de se redresser. Sa voix est empreinte d'un infini respect. Il évite son regard et se retire, le front toujours incliné, à reculons.

– Qu'est-ce que tu lui as dit ? lance François qui s'approche.

Le Russe vient de se perdre dans la foule du marché.

– Je l'ignore, répond-elle.

François hausse les épaules et la prend par le bras. Il vagabonde près d'elle et sillonne les étals dressés le long de la berge, les paquets de denrées, les bouteilles d'eau-de-vie troquées contre tout ce qui se mange. Elle fait le guide pour lui, racontant ce qu'elle a vu au matin dans la brume, et le débarquement de ce peuple en kayaks. Un commerçant surprend leur discussion. Il arrête Léonie.

– Pommes de terre ? Pommes de terre ?

Son sourire ponctué d'or et ses joues burinées intriguent Léonie. Le bonhomme est danois, mais il parle français parce qu'il a un jour épousé une Brestoise.

– J'ai oublié son nom. C'tait y a trop longtemps. Alors j'dis la Brestoise, mais je l'aimais, ça ! Pour de vrai.

François lui presse le bras. Mais Léonie s'installe dans

cette conversation avec cet inconnu enveloppé dans sa peau de mouton, son panier de tubercules à ses pieds.

– Je baragouine le malouin, le javanais, l'australien, le malgache et un peu de mots de guèze ; et le marseillais aussi, j'oubliais !

– Grâce à vos femmes ? dit Léonie.

Il répond d'un sourire qui agace François.

– Oui, madame ! Huit fois marié.

Léonie aime sa gouaille, son appétit de rire, cette malice qu'il met dans les secondes d'une rencontre qui fera sûrement long feu. Sans qu'on lui demande rien, il leur raconte cette ville et le marché lapon. Il ajoute qu'il a vu « le Moujik » saluer Léonie.

– Vous le connaissez ? demande-t-elle.

Il dit que cet homme est russe, qu'il vit là depuis quinze ans et qu'il a dû la prendre pour une princesse russe.

– Une princesse, mais pourquoi ?

– Les princesses causent français. Et puis votre col, là. C'est de la zibeline, hein ?

Léonie porte la main à son col de fourrure.

– Oui. Il s'y connaît. C'est un chasseur ?

– Non, non. Au contraire. Il a été chassé. Chassé de son pays par ses maîtres. Chez lui, les femmes des maîtres ont des cols comme le vôtre. C'est comme ça. C'est comme ça qu'elles font, les princesses, là-bas. Vous comprenez, maintenant ? Le Moujik a eu peur, sûrement.

– C'est moi qui lui ai fait peur ?

Le Danois lui explique que le Russe a été paysan, et qu'il a fui ses terres, sa famille et ses maîtres. Tout le monde ici le surnomme « le Moujik ».

– Il est cogné de la tête. C'est un brindezingue, dit-il.

L'hiver y s'enferme dans son hangar et asperge le plancher avec de l'eau-de-vie. Et pis, il enflamme tout. Et pis, y court nu pour traverser les flammes, une fois, deux fois qu'y recommence et pis y traverse toute la ville pour se foutre tout nu dans l'eau. Y dit que ça fait du bien, mais un jour il finira glacé. Y remontera plus, après.

Léonie aperçoit le Moujik qui longe la foule.

Le Danois baisse la voix.

– Un jour, j'ai vu sa marque dans le dos. Il a été fouetté.

À ce mot, elle frissonne et tombe dans ses souvenirs. Des tas d'images anciennes qu'elle voudrait oublier. Sa mère, toujours sa mère. Et tous ces hommes autour. Français, Anglais et Russes qui venaient dîner tard. Ces hommes parlaient fort, riaient fort, buvaient trop. Quand ils n'avaient plus soif, certains cassaient leurs verres. Sa mère en devenait folle.

– Mes beaux verres en cristal ! Mais on ne peut pas faire ça !

Un vieil ami baron lui avait tout offert : la vaisselle, les couverts, des tableaux, tous ces verres. Ce baron généreux passait parfois la voir. Léonie le trouvait bon. Les autres, les Anglais ou les Russes, prenaient en promettant, se servaient sans compter : «*ya kuplyu*». Quelquefois, ils payaient. Quelquefois… Pas toujours… Souvent, Léonie l'entendait qui pleurait. Sa mère devait être un peu comme ce Moujik. Elle avait dû fuir ces messieurs qui se prenaient pour ses maîtres.

Elle avait quitté cette impasse de la rue des Martyrs, affreuse voie sans issue, sombre et courte, sinistre, où Léonie croisait des gamines de son âge qui jouaient sur le boulevard et jouissaient dans les étages. Des gamines de quinze ans que ces messieurs prenaient comme des femmes, sur le plancher, ou sur des lits sans rien. D'autres se faisaient fouetter. Sa mère s'était enfuie vers les Tuileries, plus bas, au troisième d'une maison qui penchait vers l'avant. Un appartement avec un grand salon et une petite chambre. Et plus de place pour elle.

Léonie avait l'âge des filles sacrifiées de la barrière des Martyrs. Elle aurait très bien pu suivre le même chemin, servir à L'Ermitage les dimanches pour le bal, ou se lancer sur les planches. Sa mère connaissait bien le monsieur des Variétés, et aussi celui de L'Ambigu, un peu avant qu'il brûle. Ces grands directeurs venaient souvent chez elles. Elle aurait eu ses entrées. Mais Léonie voyait sa vie dans d'autres bras que ceux qui étouffaient sa mère, dans d'autres draps que ceux de ces pauvres jeunes filles – quand on leur en donnait. On la disait jolie. Elle s'est dit qu'elle poserait.

Elle a toqué chez le sculpteur James Pradier, qui était occupé. Le peintre Géricault avait très mauvaise presse depuis qu'il s'était enfermé avec des bouts de cadavres, des têtes coupées, des membres de la morgue pour restituer l'histoire du naufrage de *La Méduse*. Il payait bien, pourtant. Mais non. Géricault puait la mort. Il y avait également Delacroix, peintre en vue, bien perçu, mais il arpentait à cette époque la Grèce et puis l'Égypte. Elle est allée chez Biard, qui revenait de Syrie.

François Biard a accepté de lui ouvrir sa porte. Léonie, de poser nue pour lui. François Biard lui a dit qu'il était épris d'elle. Léonie l'a laissé fredonner sa rengaine.

– Mais à une condition…

– Laquelle, mon amour ?

– Que je parte avec toi.

Parole tenue, malgré lui, malgré tout. Ils sont là, tous les deux, dans la dernière ville du bout du monde, avec son nom insolite, ces habitants étranges, le Moujik, le Danois, M. Bank. Léonie est heureuse. Ici, elle se sent libre. C'est la première fois de sa vie qu'elle éprouve tant de joie. Toutes ces bizarreries lui plaisent infiniment. Les gens. Le paysage. Même l'odeur du poisson, qui d'ordinaire l'écœure, tout cela lui plaît tellement qu'elle voudrait que cela dure. Encore un jour sans nuit, encore un lever sans heure, encore une nuée bruyante de Lapons en kayaks. Encore, encore ! Elle serre le bras de François qui regarde vers le large.

– Il arrive ! dit-il en pointant l'horizon.

Le Danois se retourne. Trois mâts de voiles déployées. Des carrés de blanc sur l'azur. Une coque noir et blanc, à peine relevée. La corvette approche.

– C'est le bateau de Gaimard ! C'est *La Recherche* !

8

Cela fait plus d'une heure qu'ils arpentent l'esplanade des Invalides. À l'écart des bonnes et des enfants qui jouent. Hugo et Juliette marchent à l'ombre des vieux chênes. Il la tient par le bras. C'est une jolie femme pâle et brune, quoiqu'un peu alourdie par toutes les heures passées à l'attendre, dans son petit logis de la rue Saint-Anastase.

– Il est tard ! s'inquiète-t-il.

– Encore un peu, mon Toto. Un dernier petit tour. Cet air me fait du bien. Pour une fois qu'on peut se voir.

Le temps est sec et chaud. Paris croule sous juillet. Cela fait dix jours qu'ils ne se sont pas vus. Dix jours, c'est un monde aux yeux de sa Juliette qui n'a de vie que pour lui, son amour d'homme marié. Avant, elle jouait sur scène. Elle était comédienne et se donnait au public. Elle s'est beaucoup donnée… Elle a même eu un rôle dans son *Lucrèce Borgia*. Succès modeste. Jeunesse en allée. Depuis, elle s'est rangée. Elle était criblée de dettes.

Hugo a remboursé tout ce qu'elle devait aux uns et aux autres, amants, amis, commerçants et bailleurs. Les ardoises effacées, il a tout pris en charge, son loyer, ses frais ainsi que l'éducation de sa charmante petite Claire. La gamine a treize ans. Claire a été confiée aux bons soins de Mme Marre, du côté de Saint-Mandé. Elle grandit sans problème dans une pension bien tenue, et peut voir sa mère les jeudis et les dimanches. Presque tous les dimanches. Mais pendant les vacances, Claire retourne chez son père, rue de l'Abbaye, cette voie qui longe la paroisse de Saint-Germain-des-Prés. C'est là qu'il travaille, derrière des carreaux de verre tournés vers le nord. James Pradier est sculpteur. Dans son grand atelier, sa fille, Claire, passe des heures à regarder les modèles, à mimer des poses absurdes ou à gratter ses ciseaux sur des blocs de calcaire. Elle s'y ennuie beaucoup. Son père la délaisse. Il a bien mieux à faire. Juliette se dit souvent que les hommes de sa vie avaient tous mieux à faire. Pradier et ses moulages. Alphonse Karr et ses cartes…

– Reste encore avec moi. Ne t'en va pas tout de suite. S'il te plaît, mon chéri.

– C'est que…

– Non, le coupe-t-elle, en posant sur ses lèvres le plus tendre des baisers.

Cela fait six ou sept ans que Hugo trompe sa femme pour retrouver Juliette, jeune Bretonne délicate, dévorée par les hommes, ces voleurs de beauté. Six ou sept ans ? Si Juliette savait qu'il hésite sur les dates, cela la mettrait hors d'elle. Elle sait, précisément. Elle sait que depuis ce Mardi gras, deux mille trois cent trente-sept jours, huit heures et quinze minutes ont passé. Seize minutes ! Elle n'a rien oublié. Ce soir-là, Paris riait et chantait et dansait. Ce 17 février 1833, les masques défilaient malgré le mauvais temps. Des barrières de Belleville au boulevard du Temple, Paris carnavalait pendant qu'eux deux s'aimaient.

Elle se serre contre lui et le pousse à reprendre leur marche.

La foule des samedis a rempli l'esplanade. Un bassin de pierre blanche attire les bras menus. Les manches relevées, les gosses poussent des baguettes pour lancer leurs bateaux, leurs radeaux vers des côtes qu'eux seuls peuvent distinguer.

– J'ai soif ! déclare Hugo.

Juliette guide son amant vers la borne-fontaine. Il cherche le gobelet au bout de sa chaînette. En vain. Pas de petit bol d'étain.

– Quelqu'un a dû le voler !

Son chapeau dans une main, il tend l'autre pour puiser quelques gouttes d'eau fraîche, puis s'asperge le front, les joues et la nuque. Pendant ces ablutions, Juliette regarde ailleurs. Elle a tourné la tête vers le pont de la Concorde qui va de l'obélisque jusqu'au Palais-Bourbon. Il se passe quelque chose. Malgré sa mauvaise vue, Juliette devine au loin une sorte d'échauffourée, avec des mouvements de bras, des courses désordonnées. À force de crisper le front, elle distingue une bagarre et perçoit même des cris. Hugo redresse la tête. Des gouttes d'eau coulent sur ses manches. Il est trop loin pour voir jusque là-bas, sur ce pont que certains surnomment pont de la Révolution. Mais son instinct l'aiguillonne. Il sent aussi la main de Juliette qui le retient.

– Non ! Non ! Reste là, mon Toto. C'est pas bien, ce qui se passe. Va pas te mêler à ça.

– Mais quoi ! Tu as vu ? C'est quoi ?

L'événement l'aimante. Il est comme la limaille, attiré par ce qui gronde. C'est plus fort que lui.

– C'est qu'une bagarre de rien. C'est presque fini, ment-elle en le retenant par le bras.

Mais il faudrait être aveugle pour ne pas se rendre compte

qu'entre les statues du pont, ils sont plusieurs centaines à crier. L'écho de leurs slogans parvient plus clairement. Hugo relève son coude pour desserrer l'étreinte. Il échappe à Juliette.

– Attends-moi là. Je reviens.

Juliette sent ses jambes qui flageolent. Elle tourne sur elle-même pour trouver un banc de libre. À l'ombre, pour l'attendre. C'est le grand mot de sa vie. Attendre la visite de cet homme qu'elle aime tant. Attendre qu'il daigne quitter sa femme et ses enfants pour une brève visite. Attendre qu'il termine telle ode ou telle ballade pour une promenade en ville. Attendre qu'il peaufine le jeu de ses acteurs. Attendre qu'il réponde aux lettres qu'elle lui adresse. Le courrier est relevé trois ou quatre fois par jour. C'est à peine assez pour lui faire parvenir les lettres qu'elle lui écrit. Il est l'homme de sa vie. Son amour adoré. Elle s'est dissoute en lui. Juliette le lui rappelle au moins cinq fois par jour. Elle a forgé un mot à force de l'attendre : « toucaner ». Elle dit qu'elle toucane. Comme ce drôle d'oiseau noir avec ce bec immense, jaune citron, qu'ils avaient observé dans les serres du Jardin des Plantes. Juliette patiente, allant d'une patte à l'autre, levant son long bec pour admirer le vol de son aigle de poète, qui passe, vole, file vers un but invisible que seul son œil a vu.

Elle a trouvé un banc à l'ombre d'un vieux tronc. Elle va y faire son nid pour le quart d'heure qui suit. Son Hugo l'a bien dit. « Un quart d'heure et je reviens. »

Hugo remonte la Seine. Sur les rambardes du pont, des silhouettes s'entassent. Il distingue quelques mots : « peine », « grâce », « Barbès ».

Une manifestation.

Hugo ralentit le pas quand passe un escadron de « cipaux », les gardes municipaux. Ils chargent l'attroupement. La garde vient d'obliquer. Hugo tâte sa hanche. La douleur est partie, mais son souvenir demeure. Échaudé, Hugo s'arrête au bruit des fers sur le pavé. D'où il est, il peut voir ce qui se passe et le consigner dans un coin de sa mémoire.

Peu d'habits, mais des blouses d'ouvriers. Une vague de blouses grises et bleues, comprimée à mi-chemin de la place de la Concorde et du pont.

– À bas la peine de mort ! La grâce pour Barbès !

Leurs appels sont plus clairs. Le cœur de Hugo s'emballe parce qu'il penche pour eux. Il n'en peut plus, de ces têtes tranchées. Cela fait quarante ans que la lame du docteur Guillotin tranche au nom de l'hygiène, découpe les zizanies, tronçonne les coupables sans jamais rien résoudre. Quand une idée déplaît, charcuter son auteur ne solutionne rien. Une théorie ne se décapite pas. Aucun meurtre public n'a détourné les citoyens de commettre un meurtre privé. La loi barbare n'est pas la loi. Armand Barbès est fou, soit. Il sème des idées folles, une litanie de sottises sur le parfum de la poudre, l'harmonie du boulet, la grâce du sang versé. Tout cela pour une farce fomentée sous des voûtes, une lutte contre le luxe venue des catacombes, l'appel d'un Indien à scalper le royaume. Cet Indien, c'est Barbès. D'après les comptes rendus, son mouvement serait parti de la morgue. C'est là qu'il a retrouvé ses insurgés du soir. De ce lieu sinistre, ceux qui n'ont pas fini leur course dans le cimetière portent désormais la chaîne et marchent vers le bagne, à pied jusqu'à Toulon. Seule la tête de Barbès a été réclamée.

– À bas la peine de mort !

Ces ouvriers massés scandent le fond de sa pensée. Hugo sent un frisson qui remonte sa colonne. Les vers postés l'autre jour à l'adresse du roi, en sortant de l'Opéra, n'ont pas produit d'effet. Mais le peuple est d'accord. Son idée fait florès. Il faut figer cette lame, démanteler l'échafaud. Le pont rempli de blouses est cerné par les sabres. Des baïonnettes brillent. Faut-il rejoindre ces blouses pour faire entendre raison au gros Louis-Philippe, roi bourgeois bête et vieux ?

Hugo n'est pas de cet avis. À bientôt quarante ans, il a la conviction que les idées font loi, que la justice existe, que le droit s'imposera par la seule force des mots, des prises de position, des harangues charpentées, des discours percutants, de toutes ces salves de consonnes et de voyelles capables d'abattre des murs et de faire plier les grands. Hugo est convaincu que la plume force le plomb, que l'encre vaut mieux que le sang, qu'il finira un jour par faire entendre raison à tous ces perruqués qui servent le bourreau, à ces fabricants de code et à leurs zélotes serviles, aux seigneurs des prétoires, aux complices du meurtre légal qui sèment du relatif au nom de l'absolu, qui jugent les yeux bandés pour ne pas voir ce qu'ils font : ces décapitations. Hugo exècre les juges, qu'ils soient pairs de France ou magistrats de métier.

À l'autre bout du pont, des rangées de bicornes resserrent leur étau. Les ouvriers fulminent. Ils sont pris de part et d'autre. La Seine coule sous eux comme une menace de plus. Des fusils sont armés. Il n'y a plus de drapeaux. Seulement des bras levés qui appellent au secours. Des hurlements de femmes. Un coup de feu éclate. Des paquets de curieux convergent vers les quais, s'agglutinent aux fenêtres. Des députés délaissent les débats en cours et se précipitent vers les marches de l'Assemblée nationale. On vient d'un peu partout constater le scandale de l'ordre qu'on rétablit de force.

Un couple de bourgeois se glisse dans le dos de Hugo. Un rouquin le crâne nu. Sa femme, une blonde à voilette, a un grain de beauté au cou.

– Si c'est pas Dieu possible de perturber la ville ! s'indigne « Poil de carotte ».

– Ces tas de fainéants ! Qu'ils retournent travailler, répond la femme en dévoilant ses grandes dents de lapin.

Mais une chute les sidère. Un corps tombé du pont qui finit dans la Seine.

– Oh ! font le mari et la femme, unis par les liens de l'onomatopée.

Le corps tombé dans l'eau se débat en surface. Sa blouse forme une nappe qui entrave ses mouvements. Méduse épileptique. Il y a très peu de chances que le bougre sache nager. Hugo pointe son talon et presse pour se déchausser. Ses bras dégagent ses manches. Il palpe une dernière fois le portefeuille dans sa poche et plonge vers la méduse. L'eau de la Seine est froide. Son courant reste léger, il le remonte à la surface.

– Nage ! Nage ! crie-t-il en relevant la tête pour ne pas boire la tasse.

Il l'a vu. Juste devant. À quelques mouvements de brasse. Hugo pratique la nage depuis qu'il est minot. Il a toujours aimé batifoler dans l'eau, et le froid ne l'effraie pas. Il allonge les bras vers la masse. Plus que cinq mètres, à peine. Un bout de planche flotte. La nage réveille la douleur à la hanche. Plus que deux mètres, mais la blouse disparaît. Il tâtonne et appelle.

– T'es où ? Tiens bon ! Il est où ? demande-t-il aux curieux sur les berges.

Tous désignent le même point.

– Là ! Là !

Hugo reprend son souffle et plonge. Les rayons du soleil pénètrent ce gouffre épais. Des ondoiements de bleu, de jaune, de vert. Des nuées de poussières qui flottent dans la rivière. Mais la lumière peine à s'enfoncer plus loin. Le flou qui l'environne complique le sauvetage. C'est un abîme fluctuant où tout est sens dessus dessous. Il repique en apnée. Il scrute comme il peut. Ses vêtements l'entravent. Soudain, il devine une forme qui dégringole. Un tissu qui ondule, et, au milieu, deux yeux écarquillés, deux globes exorbités et une main qui appelle. Il s'enfonce dans le courant. Il nage de toutes ses forces et tend le bras. Il le tient. Il le tire. Il rassemble le spectre et cherche un bout de corps. Une tête. Une jambe. Un tronc. Des doigts agrippent les siens. Ils serrent. Hugo profite du fond et donne une impulsion. Mais la vase l'avale. Il va devoir nager un bras autour de lui, l'autre pour les ramener. Trois mètres. Deux mètres. Le ciel en transparence ondule sous la surface. Plus qu'un mètre. C'est bon. Ouf. Hugo peut respirer. La masse dans la blouse est vivante. Elle s'agite, comme lui. Elle pourrait le faire couler, mais Hugo tient bon. Par chance, le courant les pousse vers la berge. Un passant tend la main et tire le rescapé. Hugo se débrouille seul. En costume détrempé, il ressemble à une loutre. L'autre est débarrassé de sa blouse gavée d'eau. Son torse est pâle et plat. Ses bras sont des brindilles. Ses jambes, à peine formées. Pas d'ombre aux mollets. Il happe l'air comme une carpe.

– Mais c'est un gosse !

9

Dans sa chambre d'hôtel, Léonie se dépêche. Elle a sorti de la malle tout son déguisement : un pantalon de flanelle, un chandail de grosse laine, une veste fourrée et une paire de bottes. Elle tasse sa robe en boule et se glisse dans le pantalon. Il est si long qu'elle doit rouler ses extrémités, formant des gros revers qui pendent sur ses pieds. De même pour la taille : elle bâille au-dessus de son ventre et tombe sous son nombril. Puisant dans le fond de la caisse, elle extrait une ceinture qu'elle glisse dans les passants. La grosse boucle pèse lourd. Elle serre de son mieux et fourre la marge sous le ruban de vieux cuir. C'est mieux. Le pantalon tient bon.

Devant le petit miroir cloué au mur, elle enfile la chemise, met sa grosse laine par-dessus, surajoute la veste qui l'engonce et croise son reflet. Pas fameux, mais tant pis. Sortant du cadre de bois, elle attrape les bottes au fond desquelles elle a glissé un peu de bourre. Elle est presque prête.

François frappe à la porte.

– J'y suis presque, lance-t-elle.

Le miroir lui renvoie son visage. Une ombre passe sur son front. Perplexe, elle ramasse sa brosse et se lisse les cheveux.

Ils sont longs et blonds, légèrement ondulés. Elle revient devant le miroir et tire une première mèche. La lame des ciseaux se positionne à mi-longueur. Un peu plus haut. Encore. Elle coupe sous les oreilles. Une première touffe tombe. Puis une autre. Et encore une. Elle fait vite. Sans doute mal. C'est bien la première fois qu'elle se coupe les cheveux. Mais c'est pour la bonne cause. Elle le fait sans regret. Elle enfonce son bonnet en peau de loutre muni de rabats pour couvrir les oreilles qu'elle a acheté plus tôt.

– Je suis prête, annonce-t-elle en ôtant le loquet.

François glisse une tête. En découvrant sa belle affublée de toutes ces couches, il réprime un sourire. C'est quand elle se retourne qu'il prend enfin conscience de ce qu'elle vient de faire. Elle a osé.

– Quelle croyance imbécile, s'agace Léonie en se claquant les cuisses. Les femmes ne portent malheur que pour les idiots.

François ne répond pas. Inutile. Elle va devoir s'y faire. Léonie et Gaimard se sont bien mis d'accord. Pour pouvoir embarquer, il faut qu'elle fasse comme Mme de Freycinet quand elle avait rejoint son mari capitaine à bord de *L'Uranie*. Elle s'était travestie. Et Léonie aussi. Les valises sont bouclées. La malle est refermée. M. Bank se montre pour l'aider à porter leurs bagages. Il prononce quelques mots en voyant Léonie. Des phrases perchées en l'air dans une langue étrangère. Il ramassera ses mèches. Il pourrait même les vendre, si cela lui fait plaisir.

Bank se baisse pour chercher une prise sous la malle. François, de l'autre côté, la soulève pour qu'il s'active, mais surtout qu'il se taise. Léonie les précède. Une main sur la rampe, elle descend prudemment les marches de l'escalier.

La malle pèse un âne mort. François fait entendre vaguement des « ouf », des « ah », des « mais », des bribes de démentis qui s'achèvent dans un souffle tant il peine à passer la malle dans l'escalier. Elle racle les murs. Elle frôle la peau d'ours. M. Bank dégaine un regard noir de menace.

Les mains accrochées à son froc de marin, Léonie sort la première. Le soleil tape fort. Les bruits de la ville résonnent. Le marché, les Lapons, les kayaks sur la rive, les marins qui débarquent : Hammerfest est en fête. Personne ne prête attention à sa démarche étrange, à ses pas mal assurés, à ses bottes qui se prennent dans ce pantalon de flanelle. François et M. Bank poussent la charrette derrière elle. Les trois mâts de *La Recherche* barrent l'horizon de la baie. Les haubans, les étais, les épars, les marchepieds brouillent son architecture comme des toiles d'araignée au maillage compliqué.

En s'approchant encore, Léonie aperçoit une théorie de marins affairés à ferler les grand-voiles, à les emmailloter, pour qu'elles tiennent bien serrées sur leurs axes. Sa coque bicolore lui paraît élégante. Elle ne voit pas les plaques de fer et de cuivre évoquées par Gaimard. Elle s'attendait à découvrir une sorte de steamer, une grosse masse métallique, comme celui qu'ils ont pris plus tôt. Mais non. Pas de trace de placage. Aucun. Le flanc de bois noir et blanc est légèrement bombé. Il est percé d'ouvertures carrées. Ses panneaux d'écoutilles sont relevés pour aérer le faux-pont et les cales. La corvette respire. Les mâts dressés très haut et le ventre mis à nu, on dirait qu'elle s'efforce de reprendre son souffle.

– Han ! fait François en descendant la malle.

Jamais elle n'a vu un navire aussi beau ! La ligne de son pont est un peu recourbée. Son mât de beaupré le prolonge comme un nez. On lui avait dit que la corvette était extraordinaire. Elle est d'accord. S'il n'y avait pas ces vêtements qui l'engoncent, Léonie pourrait dire qu'elle est heureuse.

– Ouf ! souffle François en déposant les bagages sur le bord du ponton.

À la poupe du navire, une chaloupe se détache. Deux canotiers s'échinent à ramer vers la rive. Un troisième homme est debout, sans doute un officier. Léonie s'assoit sur la malle. Elle fixe l'embarcation qui file droit vers eux. On l'a bien avertie qu'elle risquait d'avoir le mal de mer. Le grand moment approche. Elle a chaud dans sa laine. Elle déboutonne sa veste, pendant que François vérifie qu'il n'a rien oublié. Ses pinceaux. Ses feuilles. Ses toiles de peintre roulées dans leurs longs tubes de cuir. La chaloupe arrive. Elle distingue plus nettement le troisième homme dressé. Ce n'est pas Paul Gaimard. Il est bien plus grand et plus svelte que le chef d'expédition. Ses épaulettes bordées de rubans de fils d'or étincellent sous le soleil. Son regard s'illumine quand il les aperçoit. Les canotiers relèvent leurs rames et les arriment au garde-corps. L'officier s'incline.

– Chère madame, commence-t-il avant de se présenter. Je suis le lieutenant Labiche, envoyé par le capitaine de cette corvette pour vous conduire à bord. Si vous voulez bien me suivre…

Léonie réprime un coup de fard en saluant le beau lieutenant, svelte et blond, les yeux bruns, une bouche à perdre patience tant elle a l'air gourmande. En recevant ses hommages, elle réalise enfin qu'il vient de l'appeler « madame ».

La pauvre. Elle se sent bête, sous ce bonnet ridicule, dans cette toile de flanelle qui lui gâche la taille et cette grosse laine rêche qui gomme tout le reste, ses épaules, sa gorge, la cambrure de ses reins. Elle aurait pu lui plaire, déclencher un désir chez cet homme si bien fait. Elle aime ça, Léonie, justifier le pouvoir de la beauté sur les hommes, conforter ce coup d'avance sur le hasard des rencontres. Elle maudit ce matelot qui se redresse pour elle, jette un pied vers la berge, tend une main charitable et assure le passage du ponton vers la barque.

– Si 'ou 'plaît, bredouille-t-il.

Elle ravale son merci. C'est donc que tout le monde sait. Le secret a fuité. François s'active pour charger leurs bagages. Léonie baisse la tête quand le lieutenant ordonne aux marins de ramer. Quelle blague ! Quelle comédie grotesque ! Elle écarte sa veste et ôte son col de laine.

Sur le gaillard d'avant, Gaimard trône à côté d'un homme digne et sévère. Sans doute le capitaine. Il porte l'uniforme, l'épée et le bicorne. Gaimard est vêtu simplement. Son ventre a dégonflé. Son visage s'est creusé. Il se penche au-dessus de l'échelle de coupée.

– Grimpez ! lui lance-t-il. Accrochez-vous au bout et grimpez !

– À la corde, là ? demande-t-elle, perplexe devant cette échelle molle.

Gaimard s'offusque.

– Malheureuse, ne prononcez pas ce mot ! Il n'y en a que deux à bord. Celle de la cloche et celle du pendu.

Ça recommence ! pense-t-elle. Une superstition chasse l'autre. Elle saisit le bout, place son pied sur une planche pendant que François lui pousse les fesses. En bas, les canotiers se donnent des petits coups de coude. En haut, les hommes du pont échangent des clins d'œil. Le capitaine rejoint Gaimard, puis aide Léonie à franchir la rambarde. François la suit de près.

Brièvement, le capitaine Fabvre leur souhaite la bienvenue.

– Je vais laisser à Gaimard le soin de vous guider… Une affaire urgente, dit-il.

Gaimard accueille Léonie comme une bonne amie, l'embrassant, l'appelant par son prénom et la félicitant pour son drôle de bonnet.

– Je vois que tout le monde sait ! dit-elle en l'ôtant.

Gaimard pâlit en découvrant ses cheveux. Il va devoir s'expliquer.

– C'est que la donne a changé ! Je ne sais pas comment, mais tout l'équipage est au courant depuis que nous avons quitté Le Havre. Les choses sont ainsi faites. Je ne l'avais pas prévu. C'est peut-être mieux ainsi.

– Sans doute, laisse tomber François.

Pendant que des matelots saisissent leurs bagages, Gaimard les engage à le suivre sur le pont.

– Il nous manque des hommes. Le capitaine Fabvre est inquiet. Et moi aussi. L'an dernier, nous avions laissé là un groupe de savants. Cinq hommes. Deux Français. Trois Suédois. Des physiciens pour la plupart. Ils devaient effectuer toute une batterie de relevés sur la flore côtière et le phénomène étrange des aurores boréales.

– Qu'est-ce donc ? demande Léonie.

– Je vous raconterai, dit poliment Gaimard, avant de leur indiquer l'écoutille et l'échelle.

Il s'engage le premier et attend Léonie à l'entrée du faux-pont. En la guidant dedans, il poursuit son récit. Sa voix est étouffée par l'étroitesse des lieux. Pendant qu'ils traversent le carré des officiers, il explique que *La Recherche* devait retrouver ces hommes à un point de rendez-vous plus au sud, sur la côte.

– Nous les avons attendus deux jours. D'où notre retard.

– Pourvu que rien de grave ne leur soit arrivé, dit François.

Gaimard acquiesce. Tout le monde l'espère.

– Le problème, c'est le temps. Le capitaine n'aime pas ça. Nous ne sommes pas équipés pour affronter l'hiver et l'affreuse nuit polaire. Il est pressé de partir.

– Mais pas sans eux, j'imagine.

– Non, pas sans eux. Mais pour l'heure, suivez-moi, je vais vous faire découvrir vos quartiers…

10

Un gamin, torse nu. Petit comme les gamins qui peuplent les rues de Paris, rabougri par la faim, frêle comme une feuille d'automne. Quel âge peut-il avoir ? Treize ans ? Quatorze ans ? Il grelotte sur le quai. Ses côtes saillantes tremblent. Sa blouse gît près de lui. Son bleu a pris des teintes qui tirent vers l'indigo. Elle est gorgée de flotte. Juliette a rejoint Hugo.

– J'étais morte d'inquiétude !

Après avoir semé toutes les versions possibles de sa sollicitude, elle tente de prendre la main ; frottant le dos de l'enfant pour qu'il reprenne vigueur, palpant ses bras, ses jambes, puis elle essore sa blouse. Au-dessus des quais, les badauds font demi-tour. Le spectacle est terminé. Pas de mort. Pas de blessé. Plus rien à raconter. Même là-bas, sur le pont, la partie est finie. La police a chargé. Le millier de manifestants a rebroussé chemin. Il en reste quelques-uns, de l'autre côté, sur la place, au pied de l'obélisque que le Pacha d'Égypte a offert à Louis-Philippe. Ils ne sont plus qu'une centaine. Bilan bileux pour eux. Les banderoles sont rangées. Ils ne passeront pas la muraille de sabres dressée devant l'Assemblée. Le sort de Barbès paraît joué.

Le môme rescapé reprend lentement son souffle. Il a les

joues creuses, les ongles noirs de crasse. Il jette des regards en biais à ce couple de bourgeois.

– Qu'est-ce qui t'est arrivé ? Pourquoi es-tu tombé ?

– Qu'est-ce que ça peut vous faire ?

– Un peu de souci pour toi. Je t'ai vu chuter, et je me suis lancé. Je crois que j'ai bien fait, sinon tu aurais fini noyé.

Malgré sa petite taille, son ton est orgueilleux. Il dit qu'il ne s'est pas jeté pour esquiver quiconque.

– Les cipaux me font pas peur. C'est que j'ai été poussé. Violemment. Méchamment.

– C'est indigne, dit Hugo.

– Mais non, t'y comprends rien. Vous n'y comprenez rien, vous deux. Si je suis tombé à l'eau, c'est la faute aux prolos ! dit-il avant de pester car il a perdu l'un de ses souliers.

Cette goguenardise ne surprend guère Hugo. Ce gosse parle et agit comme les gamins de Paris qui nichent à droite à gauche, à ces petits becs qui vont très volontiers par bandes, comme des volées de moineaux, des fournées de lardons, toujours à tout narguer et surtout leurs aînés quand ils veulent les aider. D'ordinaire, on les chasse. Les artisans repoussent cette mauvaise graine d'enfance. Les commerçants se méfient de ces chapardeurs-nés. Ils portent des guenilles, et quand ce qui les couvre ressemble à une blouse, elle est toujours très vieille, usée jusqu'à la corde. A-t-il volé la sienne ? Hugo s'empare de la veste mouillée.

– Rends-moi ça ! C'est la mienne !

– Elle est sale, dit Hugo.

– Voleur ! Voleur ! Rends-moi mon habit !

– T'es mal placé, petit, pour me dire ce que je dois faire. Je te trouve bien jeune pour juger ton sauveur. Qu'est-ce que tu fais ici ? Et pourquoi prétends-tu que c'est à cause des prolos que t'es tombé de là-haut ?

Le gamin tend les bras pour reprendre son bien. Une première fois, raté. Une autre, encore raté. Il tournoie autour de Hugo.

Comme il devient mauvais, Hugo lui tend son vêtement. Le gamin s'en saisit et le roule dans sa main. Il baisse un peu les yeux. Il semble plus conciliant. Hugo insiste.

– Alors, pourquoi ?

– Parce qu'y voulaient pas de moi.

– Qui ? Qui ne voulait pas de toi ?

– Les autres, pardi. Tous les vauriens de là-haut, avec leur Barbès.

– Les manifestants ? Tu ne marchais pas avec eux ?

– Moi ? dit-il avant de se fendre la gueule d'un étrange éclat de rire, comme une gaieté acide, une amertume hilare.

Hugo se détourne de quelques degrés pour lire dans les pensées de Juliette. Que pense-t-elle de lui ? Aurait-il sauvé un traître, un judas, un espion démasqué par la foule sur le pont ?

Pendant que le gamin repêche sa chaussure, Hugo remarque trois hommes qui remontent le quai. Ils s'avancent, torse nu à la mode des haleurs qui remorquent les bateaux. Leurs pantalons sont secs. Ils marchent à pas lents. Le plus petit d'entre eux se tourne vers son voisin. Ensemble, les trois hommes se déportent légèrement. Quand ils ne sont plus qu'à quelques pas, le plus petit lance à Hugo :

– Plomb ! Plomb !

– Que dites-vous ?

Les trois allongent le pas comme s'ils voulaient éviter de

passer près du gosse. L'un d'eux jette à Hugo qu'il devrait se méfier, que ce gamin est « piqué ».

– Piqué ? Ça veut dire quoi ?

Hugo ne comprend pas. Juliette n'en sait pas plus. Le gamin serre les poings. Rouge de rage, il balance sa blouse sur le pavé. Les trois autres s'enfuient.

– Vous voyez ! Ça recommence. Ils étaient avec eux, avec les autres là-haut. C'est des amis de Barbès. Ils se battent pour lui. Mais y se moquent bien de moi. Y voulaient pas de moi. J'sais pas comment ils savaient pour mon plomb. J'sais pas comment ça se sait. Y sont pires que les cipaux, plus vicieux. C'est eux qui m'ont poussé parce qu'y voulaient pas de moi. Mais moi, je sais que c'est pas vrai. J'en ai même plus, ou presque plus. Et puis c'est dans mon sang, ça se refile pas. C'est tous des niais. Y comprennent rien. Y savent rien. Et leur Barbès non plus ! Y comprend rien à mon mal, dit-il en se frappant les reins.

Au loin, sur le quai, les trois rendossent leurs blouses. Après avoir berné la police à leurs trousses, ils ont réussi à semer le trouble dans l'esprit de Hugo.

– Les salauds ! dit le gamin en essuyant la morve qui dégouline. Je voulais juste passer voir un de leurs meneurs. Y en a un qui avait des amis bien placés. C'est lui qui aurait pu me faire avoir une autre place. Mais d'autres s'en sont mêlés et j'ai été poussé.

Le petit paraît sincère. Sa chute était réelle. Il claque sa chemise pour l'essorer encore, puis l'enfile toute trempée. Avec le temps qu'il fait, elle sèchera rapidement. Il ajuste son vêtement et rassemble ses souliers. Il va aller pieds nus. Encore désorienté, il cherche des points de repère. Le pont. Le soleil. L'écoulement de la Seine. Mais ses jambes se dérobent. Un tremblement soudain l'oblige à se rasseoir. Il est redevenu pâle, aussi blême que tout à l'heure, quand Hugo l'a tiré de l'eau. Ses lèvres blanches tremblotent. Ses paupières se ferment. Il va perdre connaissance.

– Oh, mon Dieu ! lance Juliette qui se précipite vers lui.

De justesse, elle amortit sa chute, puis s'accroupit près de lui. Hugo se penche. Il surveille son état. Son pouls bat. Sous ses paupières closes, ses yeux semblent se mouvoir.

– Il faut trouver un médecin.

L'adolescent marmonne. Il grogne vaguement. Il a ouvert les yeux et fixe Hugo intensément. Il semble halluciné.

– Pas les médecins. Non. Pas Beaujon. Je veux pas y aller, dit-il.

Il supplie et s'accroche à la robe de Juliette, comme si une menace pesait de nouveau sur lui. Hugo recompose les pièces de ce casse-tête. Il fait facilement le lien entre médecin et Beaujon. Dans tout l'Ouest parisien, il n'y a qu'un grand hospice. Il porte le nom de ce conseiller d'État, ancien trésorier devenu riche à millions. L'hospice est tenu par des sœurs dévouées, les meilleurs médecins, et possède l'une des pharmacies les plus complètes de France.

– Ne t'inquiète pas. Nous n'irons pas. C'est compris, dit Hugo du ton le plus calme possible. N'est-ce pas, Juliette ?

– Non, non, nous n'irons pas, dit-elle en défroissant sa robe.

Le gamin se calme un peu. Il regarde Juliette.

– Vous vous appelez Juliette ? Ma mère aussi s'appelait Juliette. Elle était bonne, ma mère. Et jolie tout comme vous. Vous êtes de Lyon ?

– C'est un joli prénom. Je l'aime beaucoup. Mais pour dire le vrai, c'est un prénom que j'ai pris. Je suis née Julienne,

Julienne Gauvain. En Bretagne, à Fougères. Quand j'ai quitté ce pays, je suis devenue Juliette.

– Juliette Gauvain.

– Non, Juliette Drouet.

– Ça fait beaucoup de noms pour une dame. Mais c'est que vous le méritez. Moi j'ai même pas de nom. J'ai que le surnom qu'on me donne depuis que je suis minot. Tout le monde m'appelle Gavroche. C'est pas loin de votre nom.

– Gauvain. Gavroche. C'est vrai que c'est…

Le jeune garçon la coupe.

– Faut que j'y aille.

– Où ça ? demande Hugo.

– Je dors près de la grande place qu'ils sont en train de construire. Celle qu'est près du canal. C'est pratique. Ça me coûte rien.

– Quelle grande place ?

– Celle qu'est près de l'éléphant.

Pauvre Gavroche, pense Hugo. *Cet enfant doit être fou. Ses frayeurs étranges et maintenant cette histoire d'éléphant.*

– L'éléphant de la Bastille ! s'exclame Juliette.

– Oui, voilà. Comme vous dites. Je dors dans cette chose-là. Elle fait quarante pieds de haut et autant de large. Sur le chantier d'en face, y traînait une échelle. Du coup, j'ai pu grimper. Je dors dans sa charpente. Au moins, j'ai pas froid en hiver et son gros ventre me protège de la nuit.

– Le ventre de l'éléphant ! murmure Victor Hugo.

Il a vu cette maquette près de la place de l'ancienne Bastille. C'est un projet bizarre né au début du siècle. L'empereur voulait que soit construite une fontaine avec de l'eau gratuite pour tous les Parisiens. Il a fait concevoir un éléphant géant. Il devait être en bronze, coulé des canons des insurgés d'Espagne. Deux cents tonnes au total. De sa trompe devaient jaillir des trombes d'eau puisée dans l'Ourcq voisine. Mais le retour des Bourbons a gelé ce projet pour une banale colonne.

– Adieu ! dit Gavroche.

11

Ils ont passé trois jours à guetter les absents. Trois jours à arpenter la ville de long en large, à laisser des messages, à poser des questions.

Et puis très tôt ce matin, un Lapon a collé son kayak contre la coque. Il a saisi l'échelle de coupée et s'est hissé à bord. Il portait une lettre adressée à Gaimard.

– Des nouvelles de nos hommes ? s'est enquis le capitaine.

Le chef d'expédition a ouvert la lettre. Elle était de la main du géologue Bravais. Auguste Bravais dirigeait le petit groupe des cinq savants qui ont hiverné dans le Grand Nord : le dessinateur Bévalet, le géographe Lottin et les deux astronomes suédois, Øsgen et Nøhln. Ils se sont retrouvés bloqués pour diverses raisons : une blessure de Bravais, des relevés incomplets de Lottin. Quant aux savants suédois, Øsgen et Nøhln, ils ont pris de l'avance et les attendent plus haut, dans la baie de la Madeleine.

– Est-ce qu'on peut mettre les voiles ? demande le capitaine.

– Je pense qu'on peut y aller ! répond Gaimard.

Sous le pont, dans sa cabine, Léonie grelotte. Dans son gros pull de laine et son manteau de fourrure, elle fait des bonds, pieds joints, pour gagner quelques degrés. Elle distingue faiblement le premier coup de sifflet. Puis le second, plus net. *La Recherche* lève l'ancre. Sa coque tangue légèrement. Deux autres coups de sifflet suivent. Ils sont plus rapprochés, suivis d'une série d'ordres gavés de mots étranges : Étai de flèche ! Grand hunier ! Perroquet et beaupré ! Brigantine ! Haubanage !

C'est le grand moment. Elle jette un bref coup d'œil par le hublot. Hammerfest a disparu dans la pénombre. Elle fouille dans sa grosse malle pour en extirper ses gants, enfonce sur ses cheveux courts le bonnet à oreilles pour aller sur le pont en espérant que cela lui fera penser à autre chose qu'au froid. Les mâts et les haubans crissent et sifflent au-dessus d'elle. Un coup de vent brusque fait rouler le navire. Léonie se rattrape de justesse à la table de sa cabine, fixée par précaution.

François a disparu. Le bougre a bien de la chance. Il est plus à l'aise qu'elle. Très vite, il s'est fait au tangage, au roulis, au bruit du clapotis. Le soir, il s'endort sans peine, serré contre elle, ses bras autour de son corps. Léonie fait bonne figure. Pas question de se plaindre. C'est elle qui l'a voulu. Elle sort.

– Cap au soixante-quatorzième parallèle ! ordonne plus loin le capitaine.

Léonie ferme les yeux, pour parer au coup de vent qui dégringole du pont. Elle lève la tête. Nouveau roulis de la coque. Elle sent sa bile qui remonte. Il faut qu'elle se dépêche. Sur le pont, ça ira mieux. La rumeur prétend que pour faire passer le mal de mer il suffit d'embrasser le premier marin venu. Celui qui vient est roux et sa mère lui disait que les roux portaient malheur. Le suivant a l'air fourbe et risque d'abuser de la situation. Le troisième est mignon, mais l'esquive sans manière. Elle se dit que tant pis, elle visera l'horizon. C'est le conseil de Gaimard. Regarder le lointain pour oublier les petits remuements intérieurs. Léonie secoue les muscles de ses cuisses engourdies. Elle longe la coursive, dépasse le carré des officiers. Les caisses rangées jusqu'à l'échelle du fond. La lumière est tombée. Il est tard. C'est le soir. Elle ne s'y est pas faite. Toujours pas. Toutes ces nuits rabougries lui ont fait perdre ses repères. Elle s'agrippe à la rampe qui glisse sous ses gants de peau de phoque. Elle sent l'air du large qui afflue vers elle. Le claquement des voiles lui fait lever la tête. Il fait nuit, bel et bien, et les voilà lancés. Le pont est un monde d'araignées affairées sur les mâts. Les voiles sont grosses de vent. Les cordages sont pointés comme un jeu de pousse-épingles. Le sifflement des drisses. Le grincement des poulies. Le battement des toiles. Bien campée sur ses jambes, Léonie lève le nez sur ces ombres en mouvement. À la proue, elle devine les silhouettes de Gaimard et de Fabvre, mais aussi du second, du bosco, du lieutenant Labiche et de son cher François qui tapent des semelles pour mieux se réchauffer. Elle n'a pas eu le temps de retenir tous les noms. Ils sont près d'une centaine. Officiers supérieurs. Officiers subalternes. Élèves de première classe. Savants et matelots.

Ils fixent un même point caché derrière le foc. Une étrange lueur. Léonie baisse la tête pour passer les haubans et découvre en se redressant un drapé de lumière verte, une vague luminescente qui ondule dans la nuit. Une lueur surgie d'un point lointain, par-delà l'horizon.

– Mais qu'est-ce que c'est que ça ?

– Une aurore boréale, répond fièrement François, collant son coude au sien.

– C'est mouvant ! Incroyable. Et elle change de couleur !

La volute céleste se décline lentement du vert au jaune, avant de produire soudain de longues traînées de bleu, comme des traces dans la nuit.

– Je regrette mes savants, soupire Paul Gaimard. Tous ceux qu'on a laissés. Je les avais chargés d'étudier ce phénomène. Je leur avais donné l'hiver pour tenter de collecter les savoirs anciens, les mythes, les récits, les histoires qui tournaient autour de ce sujet.

– C'est bien la première fois que je vois une chose pareille, s'émerveille Léonie.

– Bévalet, Øsgen et Nøhln sont restés là pour ça. Entre novembre et fin janvier, tout le Pôle est plongé dans une longue nuit arctique. C'est le meilleur moment pour les observer.

– Et vos savants expliquent-ils cet étrange phénomène ?

Gaimard lui expose des bouts de théorie. Météores. Galilée. Clarté remarquable. Optique. Champ magnétique. Réfraction et diffusion. Mais son ton change soudain quand il poursuit sur le terrain des mythes. Les aurores boréales ont toujours fasciné. Depuis les temps anciens, les savants se disputent en des termes pointus qui disent des bouts de vrai périssable, éphémères.

– La science ne progresse que par tâtonnements. Une certitude chasse l'autre. Reste l'intuition primordiale ; la perspicacité.

Gaimard dit qu'il accorde aux mythes une place particulière. Depuis qu'il sillonne les eaux glacées du Pôle, une certitude secrète s'est faite au fond de lui. Une impression que son statut de savant l'empêche de publier. Mais l'idée le hante. Il n'a rien inventé. Elle est tombée de la bouche d'un vieux pêcheur finnois.

– Selon lui, les aurores que vous voyez sont des signes de l'au-delà. C'est la mémoire du monde qui danse pour les vivants. Ces âmes nous regardent de là-haut, perchées au-dessus du dôme qui sépare nos deux mondes. Leur lumière éternelle se glisse par des brèches : les entrées, les sorties qu'empruntent les esprits qui vont d'un monde à l'autre, de la vie au trépas, à l'orée des cieux sacrés et des bas-fonds des ténèbres. C'est de la clarté venue des grands Porte-Flambeaux. Les âmes divagantes frôlant l'audace athée. Il n'y a plus de nuit. Ce n'est pas vraiment le jour. C'est un vaste entre-deux, une valse-hésitation. L'ombre d'une pensée.

– L'enfer, le paradis. Toutes ces choses nous dépassent, dit Léonie.

– Peut-être, convient Gaimard. Mais ce vieux mage finnois m'a aussi raconté que ces vagues étincelantes mimaient le jour du chaos, quand l'eau s'est répandue pour inonder le monde, quand la Terre n'était plus qu'une sphère saturée d'ondes, comme ces traces irisées vertes. Les voyez-vous ?

– Quand je vous écoute, oui.

– Vous souvenez-vous de la Bible ? « L'an six cent de la vie de Noé, le second mois, le dix-septième jour du mois, en ce jour-là toutes les sources du grand abîme jaillirent, et les écluses des cieux s'ouvrirent. La pluie tomba sur la terre quarante jours et quarante nuits… »

Léonie ne relève pas. Paul Gaimard se tait. Il observe, silencieux, la danse du ciel radieux, pendant que sa main droite fouille la poche de sa veste. Cette lumière jette sur eux des reflets d'étrangeté, blafards. Gaimard tire son gant, souffle sur sa petite boussole pour en réchauffer le cuivre et de son index nu enfonce le petit bouton. Le couvercle s'entrouvre, le cadran apparaît. Il le passe dans son autre main pour remettre son gant. Léonie a appris que le froid peut brûler, que l'acier, le cuivre, le bronze et les métaux arrachent parfois des bouts de peau aussi bien que des couteaux.

– Vous souvenez-vous de ce que je vous avais dit ? La boussole. Regardez !

C'est la même boussole. Le même couvercle de cuivre. Mais son aiguille oscille. Elle semble devenue folle.

– Elle a perdu le nord, murmure Léonie.

– Elle a trouvé sa voie, corrige Paul Gaimard. Souvenez-vous…

– Je me souviens… Le doigt de Dieu.

– Il nous dit que c'est là. Il dit que nous ne sommes pas loin de l'origine du monde.

Le capitaine s'approche d'eux et soupire. Il lâche un commentaire ironique qui cloue le bec de Gaimard. L'explorateur encaisse. Il range sa boussole et les laisse avec ce mystère qui s'estompe sous leurs yeux. Le dôme colmate ses brèches. Les esprits refluent. La raison vient buter sur ce spectacle unique.

– C'est juste le magnétisme, affirme le capitaine, soutenu par son lieutenant, son bosco et le second maître qui vient de les rejoindre.

Mais l'équipage s'est tu.

Les matelots et les seconds décrochent leurs regards du ciel. Le capitaine donne une consigne reprise par son lieutenant, reprise par son second maître, reprise par le chef de grand-hune. *La Recherche* se cale sur le bon cap : le Spitzberg.

Léonie sent la bile qui remue dans son bide. Le lieutenant Labiche se mêle de ce qu'il ne faut pas. Bel homme, devenu bête. Quand tout l'équipage s'est remis à la manœuvre sur le pont, à la proue du navire, il regarde bizarrement Léonie. Elle inspire amplement. Pas question de flancher.

12

Dans son petit bureau d'angle, Hugo compose des vers. La matinée l'inspire. Il est bien dans ses rimes, fort dans son amertume. Les strophes s'enchaînent.

Rien qui puisse anoblir le vil siècle où nous sommes,
Ne sortira du cœur de l'homme enfant des hommes !
Homme ! esprit enfoui sous les besoins du corps !
Ainsi, jouir ; descendre à tâtons chez les morts ;
Être à tout ce qui rampe, à tout ce qui s'envole,
À l'intérêt sordide, à la vanité folle ;
Ne rien savoir – qu'emplir, sans souci du devoir,
Une charte de mots ou d'écus un comptoir ;
Ne jamais regarder les voûtes étoilées ;
Rire du dévouement et des vertus voilées

La bible posée devant attire son attention. Plusieurs fois il y revient. Il l'ouvre nonchalamment, passe ses doigts sur la tranche. La ferme. L'ouvre encore et fouille les pages du Nouveau Testament. Souvent il s'y replonge pour puiser des images, faire surgir des thèmes. Il tombe sur le passage du prophète Jonas et du monstre marin. Jonas est resté trois jours dans la baleine. Trois nuits dans ses entrailles au plus profond des mers. Il repense au gamin de la veille. Gavroche n'est qu'un enfant. Le rejeton d'une grande ville pleine de fange, mais tout de même ! Paris n'est pas Ninive. La Ville lumière a beau abriter des coins sombres, des bas-fonds et des cloaques comme celui qui se trouve à quelques pas d'ici, dans la rue Jean-Beausire. Une vraie Cour des Miracles avec ses mendiants, ses boiteux, ses filles de joie et toutes les nuances de la truanderie. Cela ne fait pas de Paris une capitale païenne, la Ninive de Nemrod. *Non, c'est trop*, pense-t-il.

Hugo laisse ses travaux. La place sur laquelle s'érigeait la Bastille n'est pas loin. À peine sorti de chez lui, il entend les bruits. Depuis quelques années, la place abrite un chantier. Jour et nuit, semaine après semaine, des dizaines d'artisans frappent et frottent, fondent des pièces de canon et soudent le bronze comme un grand tuyau de poêle en l'honneur de Juillet. Les journaux ont prédit que la colonne serait bientôt achevée, sans doute l'hiver prochain.

C'est drôle, se dit Hugo en regardant le sommet de la charpente dressée comme un échafaud. *Il y a un demi-siècle, la chute de la Bastille entraîna celle du roi. Aujourd'hui un autre roi érige sa colonne pour glorifier son régime, sa monarchie de Juillet. Étonnant paradoxe ! Ironie de l'Histoire. Les hiboux sont de retour, mais la chouette est en berne. Minerve ferme les yeux sur ce retournement.*

Une barrière l'arrête. C'est une palissade basse qui ne coupe rien, vraiment, mais qui sert d'urinoir aux cochers de passage.

Hugo en fait le tour, détournant le nez pour esquiver les relents d'excréments. À l'autre bout du chantier, surplombant un fossé, il découvre l'éléphant. Sa maquette immense est installée sur un talus, un réduit ridicule, jonché d'herbes folles et de rebuts. C'est la première fois qu'il va voir cette maquette faite de bois et de plâtre. Elle est morne. Austère. Sa surface est noircie par la pluie et le gel. Sa structure est délabrée. Sa tête penche de côté. Sa croupe est cabossée. Son ventre est enfoncé par endroits.

Hugo lève la tête. Tout est si haut perché. Pas la moindre prise en vue. Il cherche un point d'entrée. Le vent charrie cette même odeur de miasmes. Comment peut-on vivre là ? Comment peut-on supporter tant d'insalubrité ? Il faut bien de la misère pour y voir un refuge.

– Monsieur !

Hugo fait demi-tour. Un ouvrier s'avance. Il a de la sciure au front et son maillet en main. Sa puissante poitrine aspire des litres d'air. L'homme est fort, et sans doute très vaillant. Il lui rappelle que cette place est un chantier.

– Et puis, c'est pas pour vous ! lance le charpentier en montrant ses bottines.

Hugo hausse les sourcils puis soulève une de ses chaussures. Elles sont toutes rapiécées. Leur cuir est craquelé et ses semelles feraient honte au pire des cordonniers du faubourg Saint-Antoine.

– Elles en ont vu d'autres ! proteste-t-il.

L'ouvrier se radoucit et lui demande ce qu'il fait là.

– Je cherche quelque chose.

– Ah ben ça ! Quoi comme chose ?

Hugo décrotte ses semelles contre une pierre qui affleure.

– Une idée, prétend-il.

– Le drôle ! dit le charpentier. Ici, c'est un terrain vague.

Y a que des étais et de la limaille. Je vois pas d'idée qui traîne.

Hugo acquiesce mollement. C'est vrai que dit comme ça, sa demande est nébuleuse. Mais comment formuler les choses ? Il ne va pas lui dire qu'il cherche l'enfant caché. Il pourrait se faire prendre.

– Je suis auteur, déclare-t-il. Je me promène en quête d'une nouvelle intrigue.

Dans le fond, c'est vrai. Hugo est comme Rousseau. Il déambule des plombes pour stimuler son imagination. Quand il débusque l'idée, il l'essaie en chemin, il la chevauche le jour, la nuit, pour voir ce qu'elle a dans le bide, si elle est ferme, si elle est grosse, féconde, si elle est mère, si elle en porte d'autres en elle. Et lorsque c'est le cas, il délaisse ses errements et s'empare de sa plume pour la clouer avec des mots, la fixer par des phrases.

– Les sages-femmes accouchent les êtres vivants. Les hommes sages délivrent des idées bien formées.

L'ouvrier tourne le manche de son maillet de bois pour sonder ce bonhomme qui se prend pour un sage.

– Faites quand même attention, faudrait pas vous blesser avec toute la limaille et les tessons qui traînent.

Hugo le remercie. L'ouvrier s'éloigne de la palissade et regagne son chantier. Hugo peut poursuivre, maintenant. Les autres semblent occupés. Il furète sous le monstre, touche la surface de plâtre et appelle faiblement :

– T'es là, Gavroche ? Gamin, m'entends-tu ? C'est moi.

Il passe entre les pattes de la maquette. L'odeur du bois moulu, de la pourriture et de l'urine n'a rien à envier aux entrailles du monstre qui avala Jonas. Il faut tomber bien bas pour se hisser là-haut, se loger tout entier dans l'affreux pachyderme, immonde pandémonium. Des saillies de bouts de charpente transpercent l'entrejambe de l'éléphant.

– Gavroche !

Son nom monte le long de la grosse patte de plâtre, se glisse par le trou de chat, que Hugo vient de découvrir, ricoche dans le squelette vermoulu et finit piégé par les toiles d'araignée.

Une échelle gît au sol, nichée dans les hautes herbes. Il la prend et la cale. Ses barreaux sont branlants. Elle semble peu résistante. Il hésite un instant. Depuis le plongeon de la veille, Hugo s'est juré qu'il en avait assez de jouer les casse-cou. À chacun son métier. Le sien comporte peu de risques, du moins en théorie. Et puis, il y a ses proches, sa femme, ses enfants. Tout le monde lui en voudrait de devoir garder le lit pour une jambe cassée, ou même pire : un poignet. Sa famille compte sur lui, surtout Léopoldine, sa fille de quinze ans. Les jeunes filles de cet âge s'avancent vers les fiançailles. La sienne n'y déroge pas. Elle plaît beaucoup. On dit qu'elle est gentille. Elle a les cheveux de sa mère, les yeux d'une âme pure et tout l'amour d'un père qui se réjouit de la voir entrer dans sa chambre, prenant sa plume, ouvrant ses livres, s'asseyant sur son lit, riant, avant de s'en aller comme un oiseau qui passe. Léopoldine. Sa fille. Un homme l'aime. Il s'est même déclaré. Il y aura mariage, donc dépenses, donc argent. Or les comptes de Hugo sont dans le rouge. L'un de ses éditeurs, Henri Delloye, vient de lui annoncer qu'il était en faillite. Delloye a différé le versement d'une coquette somme ; près de cent vingt mille francs pour l'exploitation et la vente de ses œuvres complètes. Un pied sur le barreau, Hugo remue ces pensées. Il n'aime pas manquer d'argent. Il déteste cela. Il ne supportait pas de voir sa mère sans le sou. Quand il était gamin, elle devait quémander un peu d'aide de son père, toujours en garnison, toujours parti très loin. Le manque d'argent associé à l'absence. Hugo veut épargner aux siens ce malheur. Il doit donc travailler. Produire, écrire et vendre. Il vient juste d'achever un recueil de quarante-quatre poèmes. Il pourrait s'inspirer du sort de ce petit Jonas moderne pour en ajouter un.

Il pourrait s'y atteler, si tant est que cette échelle ne bouleverse pas tout. Allez ! Il faut monter voir. Les barreaux craquent sous lui. Encore une dizaine avant de gagner la crevasse qui permet d'entrer.

– Gavroche !

Il arrache un bout de plâtre pour agrandir la brèche. Mais le reste demeure fixé à la structure. Il faudra faire avec. Hugo allonge les bras, s'accroche, tire de son mieux et parvient tant bien que mal à faufiler son torse dans le ventre de l'animal. Mais il a grossi et la charpente l'arrête. L'obscurité l'empêche de distinguer le détail. Des couinements effarés. Des masses délogées. Un rat pointe son museau sous le nez de l'intrus, le sonde puis déguerpit dans le fond avec les autres. À quelques mètres devant, il devine vaguement la forme d'un pagne de laine sur ce qui pourrait ressembler à une vieille paillasse. Après quelques coups de reins, il se hisse tout entier. Une fissure laisse passer un fin rayon de lumière. Le sol est jonché de petits bouts de corde et de papiers gras. *Pauvre gamin*, pense Hugo.

– Il y est plus ! lance une voix venue de nulle part.

– Qui ? Quoi ?

– C'est le petit Lyonnais que vous cherchiez tantôt ?

La tête de l'ouvrier reparaît dans la brèche. Hugo frappe des mains pour se dépoussiérer.

– C'était ça, votre idée ?

– Vous le connaissez ?

– Le connaître, je prétends pas. Mais je l'ai vu quelques fois. C'est pas un mauvais bougre. Vous êtes de ses amis ?

– Je le connais un peu, dit Hugo en retournant vers la brèche.

Le charpentier s'écarte pour le laisser passer. Hugo s'engage doucement.

– C'est pas malin de venir s'aventurer dans cet assemblage de vieux plâtre. Il en faut, des idées, pour se mettre là-dedans. C'est vraiment pour écrire ?

Hugo dodeline de la tête et répond que c'est possible, qu'il cherche pour le moment… L'ouvrier tire l'échelle pour la cacher plus loin. Il craint que d'autres curieux n'aient la même idée que lui.

– Et le gamin ?

– Le Gavroche ? Eh ben, je crois bien qu'il y est retourné. C'est triste à dire, franchement. Mais je l'ai vu l'autre jour, avec sa blouse et son bâillon.

– Son bâillon ? Pour aller où ?

– À l'abattoir, monsieur. C'est comme ça qu'on l'appelle, nous autres du faubourg. L'abattoir de Clichy.

– Il y a un abattoir à Clichy ?

– Non, non ! fait l'ouvrier en cognant le bout de son maillet contre sa cuisse. On se comprend pas bien, nous deux. Il est retourné travailler à l'usine de l'autre gars. À Clichy, c'est pas les bêtes qu'on tue, c'est les hommes qui s'y tuent. C'est pour ça que nous autres, on l'appelle l'abattoir. On y meurt à la tâche. Les jeunes surtout, ou les vieux soldats. De tous ceux qui s'y risquent, j'en connais peu qui reviennent.

– Quelle usine ?

– J'ai oublié le nom, mais demandez à voir où y fabriquent leur blanc. Le fameux blanc de Clichy dont mes gars recouvrent les murs, les façades, tous les grands bâtiments. C'est le blanc à la mode. Tout le monde veut cette teinte. Mais faut voir d'où elle vient et ceux qui la fabriquent. Vous connaissez pas le blanc de Clichy ?

– Non.

– Comme vous semblez curieux, je vous donnerai un conseil. Si vous y allez, faites comme lui, comme le Gavroche. Emportez un bâillon si vous tenez à votre vie…

– *Charivari ! Charivari !* Demandez *Le Charivari* !

Le journal dans une main, un gros paquet dans l'autre, un marchand ambulant oblique vers le chantier.

– Les harpies du Système ! C'est dans *Le Charivari* !

– Faut que j'y retourne, lui dit le charpentier. Mais faites ce que je vous ai dit. Armez-vous d'un bâillon si vous allez y voir.

Le ciel s'obscurcit. Il va du gris au noir. Hugo boutonne sa veste. L'air est devenu humide. Mais la place Royale n'est pas loin. Il sera vite rentré. Devant le chantier de la colonne, le boulevard se dépêche. Les chevaux des omnibus agitent leurs oreilles. Les cochers ont sorti leurs larges chapeaux de cuir. Les coupés et les fiacres ont allongé le train. Un orage crève le ciel. Un paquet de pluie s'abat. Ses gouttes comme des grêlons rebondissent sur l'asphalte. À l'angle du boulevard et de la rue des Tournelles, Hugo s'abrite sous un porche avec d'autres personnes. Quatre badauds comprimés, attendant que ça passe. Parmi eux, un colporteur. C'est un pauvre garçon d'une vingtaine d'années, le visage plein de pustules, comme un vilain crapaud. Il parvient à refourguer un journal au voisin. Comme la porte est profonde, celui-ci peut l'ouvrir sans risquer de noyer l'encre imprimée. Hugo plisse les yeux.

L'article n'est pas signé. Il court sur trois colonnes. Il évoque un Système, des harpies. Au troisième paragraphe, le mystère s'éclaircit. Il est question de Barbès et de sa peine de mort.

> « Quoi de plus beau que la clémence ? C'est quelque chose de saint qui agrandit l'âme et qui rapproche l'homme de la divinité. Le Système en fait quelque chose de couard et de vil, contre quoi le diable lui-même protesterait, pour peu qu'il fût bon diable. Voyez la commutation de Barbès. C'est si bassement odieux que tout ce que l'homme a de nobles instincts, de droiture et de grandeur se révolte rien qu'en y songeant… »

Barbès ? Commutation ? Hugo fouille la suite, mais comme son voisin tarde à tourner la page, il lui arrache des mains.

– Eh !

– Un instant, dit Hugo pressé de savoir le fin mot de l'histoire. Barbès est donc gracié ?

Le « Système » en question, c'est le roi, que le journaliste se garde bien de nommer. La liberté de la presse a des nuances qui flirtent avec l'absurdité. Au moins, le journal paraît et son auteur s'indigne de cette demi-grâce, cette clémence dévoyée qui remplace l'échafaud par le bagne, la lame par le boulet, la mort brutale par une lente agonie.

– C'est bon ? Vous avez terminé ?

Hugo déplie la feuille pour lire les autres colonnes, trop happé pour répondre.

> « La tendresse même des parens (*sic*) repoussera cette indigne substitution, et la sœur de Barbès dont on évoque les larmes pleurera bien davantage… »

– Et mon quatrain ? pense-t-il à voix haute.
L'article ne mentionne pas les vers qu'il a portés l'autre jour chez le roi, aux Tuileries. Pas un mot de sa démarche. Une main se tend vers lui. C'est le voisin qui réclame.
– Reprenez votre torchon ! répond Hugo bravache.
Il s'enfonce droit devant lui, sous la pluie battante qui trempe sa veste, l'imbibe jusqu'à la trame, transperce sa chemise et lui mouille tout le dos.

Pendant que sa domestique tire ses bottines pleines d'eau, il retrouve ses esprits. Les larmes de la sœur valent plus qu'un quatrain. Le cœur a parlé. Il y avait mille poitrines sur le pont de la Concorde. Les larmes, les cœurs et le quatrain ont plié l'esprit d'un roi… Mais dans quelle galère Gavroche s'est-il fourré ?

13

Vent tournant, brèves rafales, *La Recherche* bourlingue. Léonie brinquebale. Et le petit canot amarré à la poupe valse comme une feuille morte dans la brise glaciale.

Après une grosse semaine de mauvais temps et d'ennui, la pauvre se sent moins mal. Léonie a pris le pli. Son corps a renoncé à trouver l'équilibre, le point de stabilité, et chassé du même coup ce maudit mal de mer. Elle fait un peu de tri, met de l'ordre dans ses mêches, coupant ici, ajustant là, se tapote les joues pour réchauffer son sang et se montre dehors. Le capitaine la voit. Ses officiers saluent d'un rapide coup de menton. Les matelots affairés font entendre des mots de patois qui semblent bienveillants. Elle reste une heure sur le pont, observe les manœuvres, le courage des gabiers qui grimpent sur les haubans, toilent, détoilent.

– Bellsund en vue, hurle la vigie perchée en haut du mât.

– La baie de la cloche, précise le capitaine. On approche du but.

Léonie s'accroche au bastingage. Sur la rive, différents oiseaux de mer se tiennent côte à côte, alignés. Comme en miroir, ils observent cette communauté d'hommes entassés sur cette grosse coque de noix. Goélands. Pétrels.

Stercoraires. Eiders. Guillemots. Un savant scandinave dont Léonie ne parvient toujours pas à retenir le nom prend note des espèces et les compte. La corvette poursuit. François se tient derrière, à l'abri d'une toile tendue sous le grand-mât, une fourrure sur les genoux, une autre sur la tête. Un crayon dans les mains, il dessine le vol d'une mouette au ras de l'océan, les icebergs flottant pareils à des diamants, avec leurs tranchants, leurs pointes et leurs proéminences. Léonie se rapproche. Sur la troisième planche il esquisse une ombre qui glisse sous les flots.

– C'est quoi ? demande-t-elle.

– C'était une baleine ! Tu ne vois pas ?

– Non.

– Mais là-bas, regarde.

– J'ai de bons yeux, François. Je ne vois vraiment rien.

Il reprend son dessin. Léonie laisse dire. Il faut bien que François distingue des faits saillants, un peu d'extraordinaire dans cette traversée qui n'offre plus grand-chose depuis les brefs rayons de l'aurore boréale.

– Il faut apprendre à observer pour capter ces détails. Tu n'as pas l'habitude. Tu ne sais pas ce que c'est. Tu verras, ça viendra.

Elle relève sa fourrure. La température extérieure a baissé sévèrement. Moins quinze degrés hier. Autour, derrière, devant, le mouvement des matelots semble se ralentir. Léonie remarque le sifflement des drisses. Le vent est capricieux. Il fait claquer les voiles. À la proue du navire, Gaimard et le capitaine jettent des regards inquiets, allant des mâts à l'horizon, et de l'horizon au sommet du grand-mât. Léonie soulève la toile verticale qui protège François et gagne la rambarde. Au loin, un nuage blanc file au-dessus des eaux. Il gonfle à vue d'œil, se répand, s'épaissit. Elle sent la morsure du froid sur ses pommettes. Des cristaux de neige gelée festonnent sa fourrure, son col, le bout de ses manches et les oreilles pendantes de son bonnet de loutre.

– Restez pas là, lui suggère quelqu'un.

Léonie se tourne pour le remercier, mais il a disparu. Il n'y a déjà plus personne à bâbord, sur le pont. Le blanc avale les formes, les mâts, les drisses, le reste. Même François sous sa tente a été effacé. Du grésil l'environne. De la neige se répand sur le garde-corps devant. Le nuage confond tout, le ciel avec les voiles, l'air avec l'océan.

– Le blizzard, dit une voix portée par le vent.

Elle devine une ombre. Un homme l'agrippe. Il ne porte pas de gants.

– C'est vous, lieutenant ? Monsieur Labiche ?

Elle voudrait reculer, mais le pont est couvert d'une pellicule de glace. Léonie se rattrape de justesse. Le lieutenant la tient fermement, comprimée contre lui. Elle n'y voit plus rien. Elle doit tendre son bras libre pour tâter le néant, estimer le relief, d'éventuels obstacles.

– Et François ? Où est-il ?

– On vient de le ramener par l'échelle de proue. C'est Fabvre qui l'a conduit.

Tout est allé si vite. Ils ont été pris de court. Ce blizzard et cette grêle sont-ils dangereux ? Peut-être. Et alors ? Léonie n'a pas peur. Elle est juste étonnée par la rapidité du phénomène. Le lieutenant passe devant elle. Sans lui lâcher le bras, il s'engage le premier par l'écoutille centrale. Il descend quelques échelons pour lui montrer la voie.

– C'est par là.

Elle devine le carré de gris parmi le blanc. Elle avance le

pied. Elle cherche un point d'appui. Elle piétine le vide. Elle a si froid aux chevilles !

– Vous y êtes, Léonie ! Descendez !

– Mais je ne sais pas. Je ne trouve pas ! Je ne sens rien.

Ses sens sont engourdis. Ses pieds, ses cuisses. Elle n'éprouve plus rien. Plus la moindre sensation. Elle commande à ses muscles ; elle voit bien que ses jambes ballottent au-dessus d'un vague carré de gris, mais rien ne lui indique qu'elle aurait trouvé l'échelle, qu'elle buterait sur ses barreaux, ou serait positionnée. Les bras palpant le vide, une jambe tâtant en vain, elle éprouve son premier frisson de peur.

– Allez-y, Léonie ! Je suis là. Je vous tiens.

– Mais je ne sens rien. Je ne vous vois pas. Je ne comprends pas.

Sa jambe s'est enfoncée de quelques centimètres. Sans qu'elle s'y attende, elle bascule en arrière, retenue par miracle dans un drôle d'équilibre. Ses cils pleins de grésil laissent l'obscurité prendre le pas sur le blanc. Elle descend lentement. Elle échappe au blizzard. Elle distingue plus nettement l'échelle à portée de main. Mais ses gros gants l'empêchent de saisir quoi que ce soit.

– On y est presque. C'est bien.

Les mains de Labiche l'agrippent par la taille. Ce sont ses mains aussi qui retiennent son buste, puis son dos, et enfin ses épaules jusqu'à ce qu'elle tienne toute seule, adossée à la coque. En fermant l'écoutille, le lieutenant coupe court au bruit de la tempête, à la morsure du vent, à tous ces paquets de neige qui l'avaient aveuglée. À l'abri, Léonie se reprend. Les sensations reviennent. Un vague brouillard de buée auréole le lieutenant. C'est la condensation.

– Ça va mieux ?

Elle grommelle quelques mots qui restent dans sa bouche, coincés au bord des lèvres, saisis comme l'étaient tout à l'heure ses membres.

– Asseyez-vous ici. Je vais vous apporter ce qu'il vous faut.

Le faux-pont bruisse de voix. Des pas vont et viennent à l'autre bout de la coursive. Un matelot passe et salue poliment. Elle tremble sur sa caisse. Elle guette François, sa silhouette dans le passage. En vain. Il doit sûrement l'attendre. Labiche est de retour avec un grand sourire et une couverture.

– Permettez ? demande-t-il.

Elle acquiesce.

Le lieutenant l'enveloppe et la frotte vigoureusement. Les vaisseaux qui maintenaient son sang près de ses organes vitaux, le cœur, les poumons et la rate, se relâchent. Une vague de chaleur se diffuse en elle jusqu'aux extrémités.

– Voilà, comme ça, dit-il, après l'avoir ballottée en tous sens.

Puis il lui ôte ses gants et s'agenouille devant elle.

– Je peux ?

Avant qu'elle puisse répondre, le lieutenant s'empare de ses mains, les enferme entre les siennes, les lève, les approche de sa bouche. Près. Tout près. Ses lèvres butent sur ses pouces. Il écarte ses doigts, entrouvre un peu ses paumes pour former une poche d'air et se met à souffler dedans, au creux, doucement, délicatement. Un autre matelot passe.

– Merci ! dit-elle, gênée.

Léonie se méfie de ce qu'on pourrait penser. La posture du lieutenant, leur attitude, son abandon pourraient inspirer bien des qu'en-dira-t-on. Les langues se délient vite. Les hommes ont des idées qui ne conviennent pas à une jeune femme rangée. Léonie le sait bien. Elle n'est pas dupe. Des rires fusent soudain à l'autre bout du passage. Le lieutenant à ses pieds dégouline de neige. Elle dégage ses mains. Il cherche à les reprendre. Une lueur dans son regard la met très mal à l'aise. Elle ramène ses jambes sous elle et tente de se redresser. Il serre ses mains et sourit étrangement. Elle se lève malgré lui. Elle est debout, il relâche son emprise. Elle récupère ses mains, mais elle peine à passer tant la coursive est étroite.

– Laissez-moi ! ordonne-t-elle.

Sa tête frôle la sienne. Il grogne des mots bruts. Elle esquive son regard et arrondit le dos. Il vient de lever la main pour saisir sa nuque. Elle sonde les alentours. *Il faut qu'un matelot vienne, qu'un officier débarque, maintenant, là, tout de suite.*

– Laissez-moi, supplie-t-elle.

Son front cogne contre la poitrine du lieutenant. Elle tend le bras devant elle pour entamer le mouvement qui la libérera.

Une voix éclate soudain. C'est celle du capitaine à l'autre bout de la coursive.

– Lieutenant Labiche !

Le lieutenant se recule sans la quitter des yeux, avec un rictus attaché au coin des lèvres comme une idée salace, une pensée mauvaise qu'il retiendrait de justesse.

– Mon capitaine ? finit-il par répondre, d'un ton parfaitement calme.

Le lieutenant lâche prise. Léonie reprend son souffle. C'est le capitaine Fabvre qui vient prendre des nouvelles. Il trimbale une longue carte couverte de relevés, d'azimuts et de zéniths. Il se plante devant eux, sans deviner ce qui s'est joué.

– Premier blizzard, n'est-ce pas, chère madame ?

Elle acquiesce mollement.

– On atteint le cercle arctique avec tous ses caprices, ajoute le capitaine sur le ton réjoui de celui qui aime ça, les conditions extrêmes, la tempête, la traversée qui flirte avec l'exploit. On marche au près à deux ris aux huniers, forte brise et mer dure. On y sera bientôt. Mais il ne faudra plus traîner sur le pont par ce froid. Je compte sur vous ?

– Oui, merci, capitaine, répond Léonie en remontant sa manche.

Le capitaine affiche un air bienveillant.

– Je vois que le lieutenant Labiche est là. C'est bien ! C'est bien ! Vous veillez sur notre hôte ?

– Bien sûr, mon capitaine ! Comptez sur moi.

– Bon sang ne saurait mentir ! s'exclame le capitaine Fabvre en frappant l'épaule droite de son brave lieutenant. Je suis si fier de vous !

Lui sourit. Elle blêmit.

Sur cette corvette au large, dans un monde de marins, avec ses codes, ses lois, ses rites et ses usages, dans cette situation, Léonie étouffe. Debout, près de ces deux hommes, elle éprouve de la honte. Tout cela, c'est sa faute. Les femmes n'ont pas le droit d'être à bord. On lui avait bien dit que c'était mal vu. Les marins savent pourquoi. Elle n'avait rien à faire sur le pont tout à l'heure, avec ce blizzard. Elle n'aurait jamais dû s'exposer de la sorte, mettre sa vie en danger, et peut-être celle des autres. Labiche l'a sauvée. Sans son intervention, elle se serait transformée en congère. *Imbécile ! Pauvre sotte !* Elle s'en veut tellement.

Elle tremble longtemps, moins à cause du froid que de toutes ces idées. Ses yeux sont embués. Une larme se forme au coin de ses yeux gris.

Mais non ! Mais non ! Pas pleurer, se dit-elle. *Pas maintenant. Surtout pas ! Pas maintenant. Pas devant lui. Pas devant le capitaine.*

– Madame ?

– Tout va bien, ment-elle.

– C'est sans doute l'émotion, intervient le lieutenant.

– Vingt degrés en dessous de zéro, paraît-il. C'est ce que vient de m'annoncer notre savant danois ; en voilà une bordée ! dit Fabvre en relevant sa carte pour éviter qu'elle tombe dans la mélasse d'eau et de glace qui se forme sous leurs pieds.

– Il faut vous reposer, minaude le lieutenant. Je vais vous raccompagner.

Le lieutenant Labiche prend son bras, appuie son épaule contre la sienne et longe la coursive. Il ne pipe mot. Elle se sent coincée. Lui donne l'apparence d'être sûr de son droit. Pas l'once d'un remords. Pas le début d'un doute. Elle est bouleversée.

– Voilà, dit le lieutenant une fois devant sa porte.

Elle perçoit dans ses yeux un brin de frustration. Il pourrait recommencer.

– François, jette-t-elle par-dessus son épaule.

Le lieutenant se dérobe. Sans un mot. Sans un geste. Et retrouve son capitaine avec ses officiers qui l'attendent au carré.

Reprendre ses idées. Inspirer. Expirer. C'est mieux, maintenant. Elle entend de l'autre côté le cliquetis du pêne. La porte s'ouvre enfin. Une lanterne brille au fond de la cabine.

– Te voilà ! lance François d'un ton de lame.

Il se glisse dans son dos. Il fait claquer la porte. Son visage est figé. Léonie sent que ça revient : la bouche sèche, le cœur fou, les idées noires, la tristesse, la colère. Sentiment d'abandon. La peur. Le besoin d'être aimée. Elle aurait tant voulu qu'il la prenne dans ses bras pour lui montrer qu'il l'aime.

– Je t'ai cherchée sur le pont.

– J'ai eu si peur, si tu savais !

– Je t'ai appelée ! poursuit-il en faisant les cent pas dans ce minuscule réduit qui leur sert de cabine. Tu ne m'entendais pas. Non. Bien sûr. Tu ne m'entendais pas. Tu étais avec lui. Avec ce lieutenant. C'est lui qui t'a ramenée.

– J'ai eu si peur. Si tu savais…

François se cale dans le coin comme s'il fallait mettre un peu de distance pour juger ce que Léonie a à dire. Depuis qu'ils sont partis, le lieutenant tourne autour d'elle. Sur le pont. Dans le carré au dîner. Toujours des prévenances. Toujours des élégances qui rendent François jaloux et qui, elle, la dégoûtent. Les hommes ne savent pas. Les hommes se font toujours des idées sur les femmes. François est comme les autres. Pas mieux que tous les autres.

– Prends-moi dans tes bras. Viens te serrer contre moi, et tais-toi, François.

14

Hugo dîne en silence. Depuis qu'il est rentré, il tourne des tas d'idées. Il a cet air soucieux que ses proches connaissent bien. Le front bas. Les épaules tombantes. La bouche dans son assiette.

François, le petit dernier, grignote sa côtelette. Charles, le second, a déjà terminé, comme la petite Adèle. L'aînée, Léopoldine, bavarde avec sa mère. C'est une jolie jeune fille. Coquette et raffinée, elle est proche de sa mère. Elles peuvent parler pendant des heures toutes les deux. Hugo pose ses couverts.

– Mais tu n'as rien mangé ? s'étonne Mme Hugo.

– Pas faim !

Il repousse sa chaise. Ses fils le regardent faire. Hugo se lève en jetant sa serviette sur la table, leur souhaite une bonne soirée et file vers l'entrée.

– Tu sors ? lui lance sa femme.

– Tu vas où, papa ? Tu vas où ? répètent ses fils en chœur.

François a presque onze ans. Il ressemble à son père. Il a hérité de lui ce tic qui lui fait remonter le nez, un peu comme les lapins. Charles en a deux de plus. Depuis quelques mois, sa voix est en train de muer. Son timbre flotte et provoque des changements de ton qui se logent parfois dans un seul et même mot. Sa moustache est naissante. Son front est couvert de boutons éphémères. Il a l'âge de l'autre gosse, mais pas la même vie. Charles, François et Adèle et Léopoldine ont chacun leur chambre, un vrai matelas de bourre, des draps propres, un bureau. Hugo peut être fier de ce qu'il a accompli. En bon père de famille, il assure à ses proches une vie confortable. Un toit. Des livres. Une table toujours servie. Une mère qui se donne à chacun tout entière. Oh l'amour d'une mère, amour que nul n'oublie…

Le gosse hante son esprit. L'image de ce gamin niché dans ce ventre infâme, rejeté par les autres, livré à cette usine baptisée « l'abattoir ». Il a trouvé la clef. Il sait ce qu'il doit faire.

– Je vais aller voir Richet.

Sa femme le rejoint dans le petit vestibule.

– Qui ça ?

– Le docteur Richet.

Elle lui tend son chapeau avant qu'il passe le seuil. Il la repousse poliment.

– Je n'en aurai pas besoin, dit-il. C'est une visite rapide.

– Reviendras-tu dormir ici ?

Une main sur la rampe, Hugo hausse les épaules.

– Je l'ignore.

Adèle ferme la porte. Hugo dévale les marches. Au bas de son immeuble, un fiacre s'arrête pour lui.

– À l'hospice Beaujon ! ordonne-t-il au cocher.

Hugo s'est souvenu qu'il connaissait un médecin au bureau de bienfaisance. Gustave Richet. Un Nantais, comme sa mère. Il s'était occupé de son grand frère, Eugène, quand sa crise de folie prenait un tour mauvais. Richet était venu l'ausculter parmi d'autres. Ce jeune médecin a prodigué à son frère des soins pleins de bienveillance quand les gens de l'asile ne parlaient que de bains, de saignées, de laudanum et de poudres diverses. Richet le faisait parler. Beaucoup. Pauvre Eugène ! Enfermé à l'asile avec les aliénés ! Il n'avait rien fait de mal. Avec son épée, il avait tranché l'air sans verser le moindre sang. Il n'avait rien dit de mal, même s'il souffrait au fond des succès de son frère. Il est mort rêveur, enfoui dans son silence, dans une chambre blanche et froide du côté de Charenton. Richet allait de l'un à l'autre. De l'asile de Charenton à l'hospice Beaujon, dans le faubourg du Roule. Le frère de Hugo est mort il y a deux ans, en 1837. Victor a gardé la lettre de condoléances du docteur Richet. Il l'avait assuré de sa fidélité. Ce soir, il ira voir ce que ce jeune médecin met dans ce grand mot.

À l'entrée de l'hospice, une religieuse se présente. Elle porte une tunique de laine noire, une guimpe et le bandeau blanc sur le front des sœurs hospitalières.

– Que puis-je faire pour toi, mon fils ? Viens-tu chercher du secours ?

– Je viens voir un ami.

– Qui ça ?

– Gustave-Antoine Richet.

– Notre médecin, acquiesce la bonne sœur en le faisant entrer.

Quatre corps de bâtiment autour d'une petite cour. Trois étages par façade. Au fond un pavillon surmonté d'une horloge. Ils prennent l'escalier, traversent une grande salle, gagnent un petit couloir qui donne sur un parc. La sœur lève le bras pour lui montrer le chemin. Ils longent un sentier de gravillons, tournent au pied d'un grand chêne, s'engagent dans l'allée sur la gauche, font vingt pas et s'arrêtent devant un petit édifice. De rares lumières brillent aux étages.

Le docteur loge à l'angle du rez-de-chaussée. Trois fenêtres alignées. Un couple de chauves-souris fait sa ronde et repart. La sœur toque à sa porte. Le craquement d'une chaise. Le frottement d'un vêtement. Le tintement du verre.

Richet ouvre sa porte. Le jeune médecin nantais a pris un coup de vieux. Il n'a que trente-deux ans mais les plis de son visage et le noir de ses yeux lui donnent vingt ans de plus. Il sourit sincèrement et rabat sa chemise. Cela faisait des années qu'il n'avait pas vu Hugo.

– Monsieur Victor Hugo, que me vaut votre visite ?

Le logement du médecin fourmille d'instruments, de livres, de cahiers. Sur la table du salon, il balaie ce qui traîne pour déposer deux verres et une bouteille d'eau-de-vie.

– Ça me change de tout le lait que je dois boire chaque jour. Avec ces saturnins, je me protège comme je peux.

– Saturnins ?

Le médecin jette le contenu de son verre dans le fond de son gosier et reprend la bouteille. Le bouchon qu'il tire fait couiner le goulot. Le bruit de l'eau-de-vie qui se déverse dans son verre semble l'emplir de joie. *Alcoolique !* pense Hugo. Il pose sa main à plat pour signifier qu'il ne boira rien. Le médecin trempe ses lèvres avant de soupirer d'aise.

– Ce nom fait référence à la fameuse planète de notre système solaire. Vous n'êtes pas sans savoir que, pour les alchimistes, chaque planète symbolise un métal. Le soleil, c'est l'or ; la lune, c'est l'argent ; à Vénus est associé le cuivre ; à Jupiter, l'airain. À la planète Saturne, le plomb. Saturne est la

« *materia prima* », la matière première qui doit permettre de transformer le plomb en or.

– Vous êtes alchimiste ?

– Non, hélas. Ici, dans cet hospice, on traite tous les maux, mais depuis quelques années, celui-là se développe plus vite que tous les autres. Sur les quatre mille patients que nous recevons chaque année, un dixième est atteint de ce mal terrible. Et personne ne fait rien. Les pauvres sont victimes d'un poison redoutable, un venin insidieux qui s'immisce par les pores, les muqueuses, les plus petits orifices pour se répandre ensuite dans les parties du corps.

– Et le lait les protège ?

– Peut-être. En partie. Mais jamais complètement. Mais pourquoi ces questions ? Vous avez rejoint le conseil de salubrité de la Seine ? Le roi vous a nommé ?

– Dieu m'en garde, dit Hugo. Je n'ai aucune compétence en matière médicale.

– Les membres du conseil n'en ont pas plus, vous savez…

– Si vous le dites, docteur. Seulement, j'ai vu un gosse, l'autre jour, près des quais. Il a évoqué le plomb, votre hospice et Clichy.

– L'usine de Clichy…

– Oui, c'est ça.

– Quelle tristesse ! dit-il en faisant couiner le goulot pour se resservir. C'est pour ça que vous êtes là ? Vous cherchez ce gamin ? Comment s'appelle-t-il ?

– Gavroche. Il habitait dans le ventre de l'éléphant qui se trouve près de la place de l'ancienne Bastille.

– Gavroche ? Non. Ce nom ne me rappelle rien. Il est venu ici ? Je vois tellement de monde. J'oublie beaucoup de noms…

– Je sais très peu de chose de lui. Des mots épars. Des bribes d'informations. Cela dit, il semblait éprouver une frousse bleue des médecins et de l'hospice.

– Je peux le comprendre, hélas. La science progresse lentement. Trop lentement pour faire face à l'afflux de patients. Ils viennent pour être soignés. Très peu sortent vivants d'ici.

– C'est donc si terrible ?

Le docteur Richet achève son troisième verre, puis rebouche sa bouteille en l'écartant de la table.

– Vous fumez ?

– Rarement, répond Hugo en suivant le docteur qui s'approche de la fenêtre.

Dans une sacoche en cuir sur une table, il saisit un cigare qu'il glisse entre ses lèvres puis sort de sa poche une petite boîte en bois. Le visage tourné vers le jardin, il l'ouvre et gratte un bâton d'allumette. Le tabac prend doucement. Les premières fumées se répandent alentour. Il ouvre la fenêtre et jette l'allumette.

– C'est drôle, pense-t-il tout haut, sans regarder Hugo. Celui qui a inventé ces petits bouts de bois soufrés est aussi celui qui fait souffrir ces gens.

– Comment ça ? Expliquez-moi.

– Un chimiste français. L'ancien roi Charles X l'a élevé au titre de baron il y a plus de dix ans, si ma mémoire est bonne. Depuis, cet homme est partout. Dans toutes les commissions. Dans les académies. Dans les sociétés. Il fut député. Aujourd'hui, j'ai ouï dire qu'il était même pair de France. Tout ça, dit le médecin en désignant l'hospice d'un geste, c'est bien à cause de lui.

– Qui ? De qui parlez-vous ?

– Si j'osais…, dit Richet avant de fermer la fenêtre.

Il tire sur son cigare, souffle de la fumée entre eux, marque une pause silencieuse et s'approche de Hugo.

– Cette fumée, docteur…, dit Hugo en levant ses deux bras pour balayer l'air.

Le médecin ne s'excuse pas. Il pense à autre chose.

– Peut-être que vous…, dit-il. Levez-vous, monsieur Hugo. Faut que je vous montre quelque chose.

15

Le blizzard s'installe. Une équipe réduite poursuit les manœuvres. Fabvre veille au grain. Des paquets de mer glacée claquent la proue du navire. Les cognements sur la coque. Le craquement des mâts. Le sifflement des drisses. La corvette tient bon.

Calfeutrée en cabine, Léonie hiberne comme une ourse dans sa grotte. Si la caverne est stable, la cabine d'un navire confronté au blizzard est un défi constant. Dans sa couchette de bois, elle tient ferme son homme, amarrée à François par les bras et les jambes, roulant d'un bord sur l'autre, cognant contre les murs, perdant leurs couvertures et finissant debout, bondissant pour réchauffer leurs corps dans des éclats de rire.

– Tu es si étonnante ! répète son artiste, pressé de retourner sous leurs grosses couvertures.

Mauvaise fortune, bon cœur : les pendants d'une pensée. Léonie se loge là, telle quelle. La rancune est exclue de sa grammaire intime.

« *Viro major* », l'appelle François. C'est-à-dire : « plus grande que bien des hommes ». Elle s'est résignée. Elle se dit que ça passera. Elle affronte les choses malgré la frousse causée par ce maudit Labiche.

Quand le doute rapplique, Léonie se rappelle qu'elle l'a un peu cherché : défier les coutumes de la Marine française ; voguer vers l'inconnu biblique, le mystère du déluge et du début de ce monde. Elle n'a même pas vingt ans et cherche à s'imposer en défiant ces marins qui la regardent de travers.

Pas question de se plaindre, de couiner ou de geindre. Pas question de regretter. Pas question de réveiller la figure maternelle… Sa mère n'est jamais assez loin. Elle est toujours prête à surgir, l'œil mauvais, la bouche sèche, pour vomir des salves de reproches. Léonie fait face. Aller sans se retourner. Avancer coûte que coûte. Laisser les doutes en marge. Taire ses hésitations. Balayer les niaiseries des tergiversations. Aller. Poursuivre. Essayer. Faire avec ses remords, composer, mais ne jamais regretter. Non. Les regrets sont des fosses, des trappes pour l'espérance. Sa mère se tient dans l'ombre de ces gouffres amers aux aguets, prête à lui sauter dessus avec ses remontrances.

Quand elle était gamine, sa mère se gavait de ses hésitations et de ses moindres fautes. Les « tu vois », les « voilà », tous les « je te l'avais dit » de l'ogresse maternelle ont criblé sa conscience et miné sa confiance. Sa mère exigeait tout et ne tolérait rien. L'école ? Quelle idée ! Des leçons de piano ? Cette folie ! Elle comptait sur sa fille de six ans pour négocier une remise auprès de tel commerçant ; sur sa fille de dix ans pour un retard de loyer ; sur sa fille de douze ans pour retenir un homme dans la pièce d'à côté quand elle était aux prises avec un autre monsieur. Tâches ardues. Délicates missions. Troublantes situations. L'enfant n'avait pas le choix. Si un nouveau client se montrait impatient, il fallait qu'elle s'y mette, sinon sa mère sortait et, constatant le départ, lui jetait de nouvelles salves de « tu vois » qui la tuaient, de « j'te l'avais bien dit » tranchants comme des couperets. « Mais quand comprendras-tu que c'est pour toi que je fais ça ! »

C'est pour ne plus l'entendre qu'elle a décampé, pour effacer ces hommes, baron, bourgeois, boucher, comte à crédit, chef d'escadron fauché, nobles parfois, ignobles toujours. C'est pour ne plus entendre cette mère qui répétait qu'elle se dilapidait pour nourrir cette sale gosse, qu'elle se vendait pour ça, pour cette enfant née de l'aube à la maison d'accouchement de la rue de la Bourbe. Elle était allée rue d'Enfer, laisser ceux qui avaient suivi, les bâtards, les lardons, les mouflets non voulus. Une enfant suffisait. C'était déjà beaucoup.

L'année du choléra, quand les premiers cercueils avaient chassé les plus aisés, les clients se firent rares. Sa mère enrageait. Léonie avait pris la fuite.

Prendre ses jambes à son cou pour éviter de sombrer. S'enfuir pour se donner une chance de vivre sa vie. Éviter les miroirs. Conjuguer les remords à tous les temps : passé, présent, futur. À douze ans, Léonie s'était forgé une biographie. Un passé en province. Une mère morte à l'auberge. Un mot écrit de la main d'un parent bienveillant, et quelques pièces volées pour acheter un silence. Sœur Ernestine l'a admise dans son institution sans creuser plus avant. Elle lui a trouvé une place parmi d'autres pensionnaires, des filles de bonne famille avec des particules et des tas de prénoms. Léonie s'est fabriqué une généalogie en faisant l'amalgame des noms qu'elle avait entendus autrefois, chez sa mère. Thévenot et Aunet.

Elle est entrée nulle et nue chez les Bénédictines du Saint-

Sacrement, mais pressée d'acquérir assez de conversation pour occuper l'ennui, des citations latines pour grimer ses lacunes, de notions de solfège pour apaiser les âmes et un début de maîtrise de l'art de faire semblant. Léonie a excellé à prier sans jamais croire, simulant des langueurs pendant le chant choral, s'inquiétant d'une voisine pour mieux dissimuler son parfait détachement. Quand vingt mois ont été passés, elle a enfin estimé qu'elle pouvait se lancer. Elle avait quatorze ans et assez de répondant pour tenir tête au monde. Elle a griffonné un mot et promis deux cents francs pour qu'on la laisse sortir. C'était il y a cinq ans.

Et depuis lors, voilà. Léonie file au nord à bord d'une corvette valsant dans le blizzard.

Depuis trois jours, elle dîne sur une chaise dont les pieds sont scellés. La table du capitaine aussi est accrochée au sol. Au milieu trône une étrange pièce de bois pleine de trous et de chevilles sur laquelle le maître coq dépose des plats qui vont et viennent, tanguent et roulent. Depuis trois jours, on sert du hareng, du maquereau et du thon. Elle tranche des filets, elle citronne des darnes, elle recrache des arêtes et sirote des coulis, des bisques et des bourrides comme tous les invités du capitaine Fabvre. Ils sont une douzaine à dîner à sa table. Léonie est assise à la place d'honneur, à la droite du capitaine. François est en face d'elle, à côté de Paul Gaimard et du vieil aumônier.

Une fois le repas béni, le curé se recoquille, quoi qu'on dise, quoi qu'on fasse, oscillant dans le tangage, acquiesçant sans entendre les récits des uns et des autres.

Ce soir-là, Gaimard débarque avec un bloc de pierre qu'il

pose sur la table. Un fossile très ancien découvert l'année précédente.

– Une vertèbre de mammouth, l'ancêtre de l'éléphant. Un fossile extrait de la baie de la Madeleine, où nous allons nous rendre. Il y en avait des centaines, dans le substrat quaternaire, dans cette terre à nu qui date du déluge. Le mammouth y vivait avant le grand déluge. Les autres fossiles sont entreposés dans un laboratoire du Jardin des Plantes.

– Oh, le Jardin des Plantes, s'exclame soudain François. Nous y sommes allés, ma Léonie et moi. Te souviens-tu, chérie ?

Léonie acquiesce. Mais elle aurait voulu que Gaimard poursuive. Mais celui-là s'obstine. Il raconte les singes, la cage aux capucins, comme celui qu'il avait rapporté de ses voyages.

– Vous ramenez des fossiles, et moi des êtres vivants, clame bêtement François. Vous traversez le blizzard, j'ai plongé dans le simoun, ce blizzard à l'envers, rouge brûlant, sec et lourd. L'un enneige. L'autre ensable.

Gaimard range son fossile. Le capitaine Fabvre encourage François.

– Racontez !

Il raconte les bédouins du désert d'Arabie, le marché aux chameaux et le singe qu'il a sauvé de ce violent coup de vent. Sa cage s'était renversée. Sa chaîne s'était brisée. Le macaque affolé cherchait un coin de marché pour s'y réfugier. Mais tout avait volé. Les tentes et les marchands s'étaient éparpillés.

– Je l'ai appelé Mouniss ! Il savait des grimaces à se tordre de rire.

La table attend la suite. Un bref silence. Gaimard se tourne vers lui.

– Il savait ?

– Pauvre bête, laisse tomber Léonie.

François reprend plus bas. Ce singe était le cadeau d'anniversaire de sa chère Léonie, le 14 février.

– Il était si humain !

– Il jouait du tambour. Mon petit singe…

– Mouniss a été retrouvé dans la cour de l'immeuble, attaché à sa chaîne, sans vie. Il n'a pas supporté le printemps parisien, le temps de la place Vendôme et toutes les boues sales dans lesquelles il piochait tout un tas d'immondices.

Léonie sent soudain une main qui se pose sur sa cuisse.

– L'air vicié de cette ville ! Je ne sais pas comment des gens y vivent encore, déclare le lieutenant Labiche.

Il se tient à sa droite. Il parle sans la regarder, déblatérant ce qu'il peut sur la vie impossible, les rues sombres, les égouts, la mauvaise vie des Halles, les abattoirs de Montmartre.

Léonie chasse sa main. Le lieutenant poursuit comme si de rien n'était.

– Je me demande comment les gens supportent de demeurer sur ce tas d'ordures. Paris, cette écurie !

Le capitaine s'amuse des propos de son lieutenant. Il se moque à demi-mot, compare avec Le Havre où est né son lieutenant. Pendant que la table inventorie les villes, la vie dans l'arsenal et la vie dans les halles, Léonie se défend contre cette main qui revient. Elle serre pour qu'il lâche prise. Mais comme il lui résiste, elle le pique et le pince.

– Je connais mal votre ville, monsieur le lieutenant. Elle est peut-être très belle, mais là où nous logeons, nous sommes privilégiés, se gargarise François, répondant à ce qui se dit sans voir ce qui se joue, devant lui, de l'autre côté de la table.

– Place Vendôme, dit Gaimard. Le grand roi Louis XIV en fit une place royale. « Ô monument vengeur ! trophée indélébile ! / Bronze qui, tournoyant sur ta base immobile, / Sembles porter au ciel ta gloire et ton néant ; / Et, de tout ce qu'a fait une main colossale, / Seul es resté debout ; – ruine triomphale / De l'édifice du géant ! »

Le carré applaudit.

– C'est de vous ?

– Non, Hugo, répond l'explorateur. J'aime plus sa poésie que son livre sur l'Islande…

– Je l'ai croisé quelques fois, se vante François Biard. Il voulait que je travaille à décorer ses scènes. Cela ne s'est pas fait, pour une bête histoire de calendriers. Mais cela se fera bientôt. J'ai ouï dire qu'il aimait ma façon de voir le monde. Il faudrait que je l'invite au retour à l'atelier. Je lui donnerai à admirer sa colonne sous un angle inédit.

– Magnifique colonne, s'extasie Paul Gaimard.

– Un plongeoir…, grogne Labiche.

– Vous dites ?

François a pour lui des méfiances larvées. Léonie les a déminées, par ses soins redoublés, ses tendresses appuyées, trois jours sous une peau de bête, mais Labiche s'est mis en tête de contrer.

– J'ai lu dans la presse que chaque mois des pauvres gars grimpaient à son sommet et se jetaient de là-haut pour se tuer. Un tremplin bien morbide.

– Mais… mais, bafouille François.

Le capitaine s'offusque. Un enseigne interpelle Labiche.

– Vous ne pouvez pas dire ça ! C'est votre vieux sang qui parle ; pas votre tête, lieutenant.

Labiche est acculé et présente des excuses qui partent du bout des lèvres, sans remuer rien d'autre.

Pendant que le malaise se dissipe en surface, Léonie s'empare de son couteau à poisson. Il n'a pas le tranchant d'un couteau à viande, mais sa lame en demi-lune a une pointe effilée. Sous la table, elle l'enfonce dans le pouce du lieutenant.

La grimace de Labiche passe pour ce qu'elle n'est pas. Les convives la prennent pour un rictus de remords. C'est juste la douleur. Vaincu, le lieutenant lâche prise discrètement et plonge son pouce meurtri dans un mouchoir de poche. Quelques gouttes de sang. Un regard en coin qui pèse.

– Je vais me coucher ! dit Léonie, prenant tout le monde de court.

Tous les hommes se lèvent.

Ses épaules sont relevées. Son dos est en ciment, un mortier où s'agrègent la colère et la honte, la rage et les regrets de s'être fait surprendre par ce diable à belle gueule, Labiche, ce prédateur. Elle ferme le verrou de sa cabine glacée et pousse un cri en dedans, un rugissement muselé par ses mains sur sa bouche. Sa peine tombe dans sa paume. Elle s'affale sur son lit, le visage enfoncé dans son oreiller de plumes. Étouffer sa rancœur. Faire taire la voix qui pointe. Tous les « j't'avais prévenue, ma petite ! », « fallait pas t'embarquer ! », « pour qui te prends-tu ? », « aguicheuse, arrogante ! », « sirène prétentieuse ! ». Les expressions défilent. Sa mère revient se glisser dans sa conscience. C'est à devenir folle. Léonie se relève et fouille furibarde le petit coffre, puis la table, puis le tiroir. Le petit miroir est là. Un carré de barbier avec son bout de ficelle. Il était chez sa mère. Il renvoyait alors l'image qu'elle fuyait. Elle le jette par le hublot.

– Hourra ! clament les marins.

– Hourra ! reprennent les officiers dans le carré d'à côté.

Il se passe quelque chose.

16

Ils longent le pavillon. Hugo presse le pas pour suivre le docteur. Ils remontent une allée jusqu'au bâtiment dressé au bout à droite.

– Les malades sont là ! chuchote Richet en désignant une grosse maison carrée. Au rez-de-chaussée, les plus jeunes. Au premier, les adultes. Au second, nous entassons bêtement les plus faibles, les plus vieux, ceux qui ont très peu de chances de s'en sortir.

Alertée par le bruit des pas sur le gravier, une femme en robe-chasuble dresse sa lampe devant les fenêtres du premier. Hugo et le docteur la retrouvent dans le hall.

– Moins de bruit, voyons. Faites attention, docteur. Ce n'est pas le moment de vous promener ici. Et puis, dit-elle en levant sa veilleuse, qui est ce monsieur ?

– Un confrère, ma sœur. Voici le docteur Hugo, de l'Académie des sciences.

– Bonsoir, ma sœur, dit Hugo d'un ton neutre.

Son air renfrogné n'engage pas au dialogue.

– Docteur Hugo ? Connais pas !

– Ça viendra ! tranche Richet, agacé qu'on le contrarie.

Il contourne la religieuse et invite Hugo à le suivre dans

la grande salle à droite. Le docteur Richet tire sur son petit cigare et lui fait découvrir un dortoir tout neuf d'une dizaine de lits séparés de rideaux. La tête contre le mur, les pieds vers les fenêtres, ils sont tous occupés. La sœur passe derrière eux et ouvre les fenêtres.

– Oui, c'est mieux, dit le docteur. Il faut aérer. Maintenir aéré tant qu'on peut. N'est-ce pas, cher collègue ?

– Mais oui, bien sûr, fait Hugo, jouant le jeu.

– Brave femme ! confie le docteur. Sans ces hospitalières, nous ne ferions rien de bon. Elles sont plus de cinquante. Nous sommes six médecins, avec deux chirurgiens. Mais nous avons presque autant de lits qu'à l'Hôtel-Dieu. Et pourtant, comme vous pouvez le constater, ils sont presque tous pris.

Le docteur se penche au-dessus d'un malade. Comme il fait assez sombre, Hugo distingue à peine les traits de son visage. Son crâne est ras. Son front, lisse. Un petit nez busqué. Des joues imberbes.

– Un gamin ! dit Hugo.

– Un enfant, oui, monsieur. Un petit de douze ans. Comme ses voisins, dit-il en écartant le rideau.

Un patient plus grand, tourné sur le côté, a les mains sur le ventre. La sœur tire de sous le lit un pot plein de matières fécales.

– Névralgie des organes digestifs et urinaires. Dépression des parois abdominales. Douleurs intestinales. Crampes tétanisantes.

La religieuse pose sa lanterne sur une chaise et quitte le dortoir. Le médecin peut traduire en termes plus courants. Il s'agit d'un patient d'une quinzaine d'années. Il est atteint de coliques saturnines, c'est-à-dire dues au plomb.

– C'est une femme ! dit Hugo, remarquant les mèches qui dépassent du fichu.

Un petit front bombé, comme les chats. Des yeux grands cernés. Des pommettes saillantes. Une mâchoire carrée sur un long cou fébrile. Elle doit être jolie.

– Oui, monsieur. Mère et fils, côte à côte. Quand ils sont venus ici, tous les deux, ils se plaignaient d'avoir chaud et froid, d'avoir perdu l'appétit, l'un et l'autre, en même temps. Ils disent tous la même chose. C'est toujours le même roman, soupire le docteur Richet en soulevant délicatement la lèvre de la mère.

– Vous allez la réveiller, s'inquiète Hugo.

– Non, pas elle. Elle est engluée dans une profonde torpeur. Elle ne sent presque plus rien.

Une odeur âcre et piquante s'exhale de sa bouche. Ses dents sont déchaussées. Ses gencives sont recouvertes d'une étrange couche bleuâtre, pareille à du salpêtre.

– Pauvre femme, dit Hugo, la main sur le nez. Vous pouvez guérir ça ?

– Nous lui avons appliqué le traitement de rigueur. Des purgatifs. Des vomitifs. Et un peu de thériaque pour apaiser les douleurs, mais le mal est ancré. Elle a trop de plomb en elle. Demain, elle sera portée là-haut, à l'étage des perdus.

– Et l'enfant ?

– Avec elle…

Le docteur Richet se redresse et tire le rideau. Il s'éloigne des lits et invite Hugo à sortir avec lui. La sœur hospitalière est venue reprendre sa lampe.

– Vous n'êtes pas médecin, dit-elle en jetant un regard noir à Hugo. Vous n'auriez jamais dû entrer dans ce bâtiment. Je ferai mon rapport, docteur. Je le ferai savoir au docteur Renauldin.

Sans attendre de réponse, elle tourne les talons.

– Ne faites pas attention. Sœur Dominique va nous maudire cette nuit ; et puis demain, elle aura oublié votre venue comme votre nom. On n'en parlera plus. Le docteur Renauldin est un ami. Il comprendra très bien.

Le carillon de l'horloge sonne les douze coups de minuit. Hugo et le médecin traversent le jardin. Une nuée de moucherons flotte au-dessus de la pelouse. L'ombre d'un oiseau de nuit s'abat soudain dessus.

Le médecin gravit les marches du perron. Il a laissé ouverte la porte de chez lui. Les moustiques vrombissent. La cire des bougies fond. Il se penche pour prendre sa bouteille sous la table. Il en reste la moitié. Hugo retient son verre. Il n'a pas envie de boire.

Le médecin se sert et boit cul sec comme s'il fallait faire vite. Il ouvre sur la table un grand livre.

– C'est le registre des entrées. Je l'ai pris en passant tout à l'heure. Quel âge a votre Gavroche ?

Hugo lui dit ce qu'il sait. Le médecin fait ce qu'il peut. Un simple surnom en tête, il examine les colonnes, les dates et les observations. Il y a bien une entrée datée de trois semaines auparavant d'un certain Gabin, originaire de Digne. Mais ce n'est pas la Savoie. Personne n'est venu de Savoie ou ne s'est déclaré provenant de ce pays. Hugo n'insiste pas. Richet referme son registre et gratte une allumette. Son teint est devenu gris, gris maussade, gris chagrin. Avec toute cette eau-de-vie qu'il a bue, il peut être saoul. Ce serait bien normal. Pourtant Hugo sent que cela reflète autre chose. Un émoi plus profond.

– Ils sont presque tous morts. Tous ces noms que je viens de lire. Tous ces gens alignés, dans le registre, en colonnes. Et là-bas, dans leurs lits, presque tous y passeront. Chaque année, cela empire. Chaque année, ils remplissent un peu plus nos lits, des entrées, des perdus. Très rares sont les sortants.

– Le saturnisme…

– Oui. Le saturnisme. J'ignore si vous croyez, si vous priez le bon Dieu, si vous vous confessez quelquefois à l'église.

– Je crois, oui. Je crois en Dieu. Un Dieu présent qui se manifeste à travers la vie de l'univers, et, au deuxième degré, à travers la pensée de l'homme. Un Dieu de la nature et de l'art.

– Et vous êtes son prêtre, c'est cela ?

– Et nous sommes ses prêtres, oui. Je suis un artiste, un poète. Vous êtes un homme de l'art, un médecin. Plus ou moins inspiré. Plus ou moins éclairé.

– Peut-être, oui. Mais face au saturnisme, mon art est sans effet. Je crois comme vous, monsieur. Je crois en Lui, bien plus qu'en nous. Je crois qu'Il a jeté un défi à l'humanité. Ces ouvriers malades, ceux qui travaillent le plomb, qui le manipulent, qui le brûlent, qui le réduisent en poudre pour en faire de la céruse, la poudre blanche des peintres, des maçons, des artistes, ceux-là meurent par centaines en fabriquant cette teinte. Le blanc. Le blanc de céruse. Le blanc le plus parfait. Pour la beauté de l'art et la beauté des villes, pour tous ces murs de pierre badigeonnés de blanc, des ouvriers travaillent et viennent mourir ici. Un holocauste de plomb. La femme que je vous ai dévoilée tout à l'heure, elle va bientôt mourir. Dans deux jours, peut-être trois. Elle aura travaillé deux semaines tout au plus. Deux semaines à produire ce maudit poison de plomb, ce blanc de blanc parfait qui fait la fierté de nos décorateurs et des gens des salons. Deux semaines à respirer les vapeurs du plomb auront eu raison d'elle. Et sûrement de son enfant.

– L'usine est à Clichy ? Gavroche l'a évoquée.

– Oui. C'est là-bas qu'on fabrique la plus belle céruse, le fameux blanc de Clichy. Vous l'ignoriez ?

– J'ai entendu parler de ce blanc de Clichy. Autrefois, les femmes s'en couvraient le visage. On en faisait du fard avec de la farine. Je sais que mes comédiennes y ont toutes renoncé. Mais je ne savais pas que ce blanc pouvait être si toxique.

– Il ne vous fera rien. Il ne cause aucun mal tant qu'il couvre les murs. C'est chez ceux qui le produisent qu'il provoque des ravages.

– Je comprends, dit Hugo. Ces faits sont-ils connus ?

– Connus ?

Le médecin est secoué d'un spasme, comme un rire empêché, une saccade nerveuse. Il jette son bras devant lui pour saisir la bouteille, confondant la boisson avec une bouée de sauvetage. Il la lève et observe son contenu par le culot. Hugo se retient d'intervenir. Cela ne le regarde pas. Richet pourrait mal le prendre. Le père de Hugo buvait beaucoup. Quand il vivait à Blois, rue du Foix, avec sa nouvelle femme, le général Hugo vidait tout ce qu'il pouvait. Il est tombé raide mort à cinquante ans passés. Une bouteille près de lui. Cirrhose, a dit le médecin. Congestion. Apoplexie. Son foie payait le prix de tout le vin bu à Blois, et ensuite à Paris. Paix à son cher père.

La bouteille est finie. Elle roule sur la table. Mais le

médecin tient bon. La force de l'habitude. Il déroule des pensées qui semblent cohérentes.

– Les faits sont connus et recensés de longue date. Il y a dix ans, un roi avant notre cher roi avait mis le holà à ce massacre légal. Charles X a fait interdire le blanc de céruse en pains.

– En pains ?

– Oui, en blocs de céruse bien compacte. En briques sèches.

– Je vois.

– Mais nos chers ingénieurs n'allaient pas renoncer à une manne pareille. Quand la loi est passée, ils se sont attelés à produire une céruse en poudre, une farine de blanc de céruse. Celle qu'on produit là-bas, à Clichy.

– L'abattoir ?

– C'est comme ça qu'on l'appelle, oui.

Il pousse la bouteille et plonge ses doigts sous un tas de feuilles éparses. Il en sort un cigare et la boîte d'allumettes. Il plante le cigare entre ses lèvres molles. Ses yeux sont vitreux. Il gratte une allumette qui se brise et répand sa tête enflammée à travers la pièce. Hugo se penche et l'évite de justesse. Le soufre consumé achève sa course au sol. Richet en frotte une seconde. Il tète son cigare. Il le fixe à travers la première bouffée.

– Je vous ai aperçu l'autre soir à l'Opéra. J'étais dans la salle pour voir *L'Esmeralda* adaptée de votre roman.

– Ah oui ?

– Dommage pour la Falcon. Mais la soirée fut belle.

– Ravi qu'elle vous ait plu.

– Il y avait un homme qui marchait près de vous. Un grand bonhomme sûr de lui avec une femme en mauve.

– Thénard.

– C'est ça. Thénard, dit le médecin en détournant le regard vers sa boîte d'allumettes. C'est lui qui a formé l'inventeur de cet objet. L'allumette.

– Je l'ignorais.

– Un homme très distingué. Un esprit respecté. Il préside la Société d'encouragement pour l'industrie nationale. Et puis, ses amis sont membres du conseil de salubrité de Paris. Et vous savez quoi, Hugo ?

– Dites-moi.

– C'est votre cher Thénard qui a breveté un nouveau procédé de blanc de céruse en poudre. C'est ce même procédé qui permet de fabriquer le blanc de Clichy.

– L'abattoir…

– Et c'est son ami Roard qui dirige l'usine. Il l'a même médaillé.

Les mains de Hugo sont moites. Son souffle est devenu court. Il se souvient de Thénard et de cette histoire de médaille qu'il projetait de remettre. Le visage de Gavroche lui revient à l'esprit et puis celui de cette femme allongée dans son lit.

– Ne vous avisez pas de vous rendre sur place. L'usine est bien gardée. On y entre seulement si on tient à mourir.

17

Le blizzard levé dévoile une côte étrange. Des dents de granit noir enveloppées de glaciers. Le Spitzberg est une île perchée en haut du globe, un millefeuille de neiges sales et de glaces séculaires surmonté de pitons et d'aiguilles.

– Les neiges luxueuses et muettes n'existent que chez Hugo. Tout bruisse sans cesse ici, remarque Léonie en reposant le livre sur la malle près du mât.

– Spitzberg, dit Gaimard. En scrutant cette carte, vous verrez que les contours de cette île s'emboîtent avec ceux du littoral arctique. C'est une carte récente. Nos agents du Bureau des longitudes viennent de la dégotter.

– C'est écrit en anglais, remarque Léonie.

– Bien vu, chère amie. C'est une carte anglaise. Leur Marine est allée plus avant vers les côtes du Groenland. Ils ont un coup d'avance. Mais nous nous rattraperons. Bientôt. Du moins je l'espère. Regardez comme notre île semble détachée de ces côtes.

Le vent fait valser la carte des Anglais. Il faut quatre mains pour la maintenir à plat. Léonie et Gaimard se partagent la tâche en prenant bien soin de ne pas la déchirer. Mais une rafale soudaine les oblige à renoncer. Léonie lâche prise. Gaimard roule sa carte.

– Le Groenland, dites-vous ?

Gaimard tourne la tête vers la droite et indique d'un coup de menton les côtes qu'ils longent.

– À tribord, le Spitzberg, dit-il. Et à bâbord, bien plus loin, au-delà de cet horizon dont nous ne voyons pas le bout, s'étendent les rivages du Groenland.

Pendant que François dessine tout ce qu'il voit, l'explorateur Gaimard se lance dans le récit des conquêtes vikings, des sagas islandaises, du crime d'Erik le Rouge il y a près de mille ans et de son bannissement avec vingt-cinq navires.

– Il a dû fuir l'Islande avec tout son clan, sa famille, ses esclaves. Il a suivi le couchant, pendant des semaines entières avant de toucher terre. D'après cette saga, Erik le Rouge fut le premier des Vikings à fouler le Groenland, à y construire des maisons, à le coloniser.

– Il y a mille ans !

– Oui, à peu près, dit Gaimard.

Léonie aime tout. Le blanc, le gris des glaces, l'air frais, le bleu du ciel. L'histoire d'Erik le Rouge et de sa femme Thjódhild, qui bâtit une église dans un fjord situé à l'ouest du Groenland.

– Et savez-vous ce que ce nom signifie ?

Le coup de vent est passé.

– *Land*, c'est la terre ? dit-elle. Et *Groen*…

– *Groen* vient de *green*. Le Groenland, c'est la *Green land*, la Terre verte, le Pays vert.

– Mais c'est une île du Pôle. Il n'y a que de la glace, comme ici.

– Oui. Mais la question, ma chère, une des nombreuses

questions que nos explorateurs sont venus démêler ici, c'est : depuis quand ? Depuis quand le Pays vert est-il glacé ? Depuis quand le Groenland n'est-il plus vert ? Que s'est-il passé ? Pourquoi s'est-il ainsi couvert de glace ? L'était-il déjà quand les Vikings sont venus ?

Léonie est séduite par les propos de Gaimard. Il y met tant de cœur. Il est tellement sincère. Sa compagnie lui plaît. Il est toujours aimable. Son accent du Midi rend tout si agréable. Mais c'est surtout ce qu'il sait qui fascine Léonie.

– Une chose me turlupine. Pourquoi explorez-vous le Spitzberg ? Pourquoi n'allons-nous pas plutôt sillonner le Groenland ?

– Bonne question. Excellente question ! s'exclame Gaimard.

Pendant qu'il range sa carte, Léonie enlève ses gants et entrouvre son manteau. L'air est moins frais que la veille. Elle peut rester mains nues sans craindre de perdre un doigt. Même le garde-corps, devant elle, a retrouvé ses couleurs. Le brun du bois. Le cuivre des attaches. Le givre a disparu du pont de *La Recherche*.

Le thermomètre dressé au pied du mât de misaine indique quatre degrés.

– Le Groenland est trop vaste et trop impénétrable. Pour explorer les îles et les terres qui le composent, il faudrait le sillonner plusieurs hivers de suite. Quelques Anglais s'y sont essayés. Mais la longue nuit de l'hiver polaire et les températures ont eu raison d'eux. C'est pour cette raison que nous nous sommes rabattus sur un de ses morceaux, l'énorme échantillon que constitue le Spitzberg.

Léonie guette l'îlot. Elle cherche en vain le bout de cet amas de glaces. Le capitaine Fabvre a fait réduire les voiles. Deux hommes sont postés à l'avant. Elle découvre des noms nouveaux : sarrasins, bourguignons, glace mobile, glace bordière. Ils guettent les affleurements ; les pointes givrées émergent dans une douce indolence, ces blocs de diamants bruts flottent comme des offrandes trompeuses. La coque de *La Recherche* a beau être blindée, doublée d'une gangue de cuivre, renforcée de plaques de fer, le plus petit bourguignon pourrait l'endommager.

Au bout d'une bonne heure, le capitaine Fabvre brandit sa lunette. Il visse le rouleau pour faire sa mise au point et lève le bras droit. Le bosco répercute l'ordre d'emblée. Une dizaine de matelots se lancent à l'assaut des mâts, des espars et des vergues, tirant sur les étais, bordant certaines voiles. À l'autre extrémité, sur le gaillard arrière, le timonier s'arrime à la barre du gouvernail pour la tirer vers lui.

Après deux semaines de mer, ils distinguent leur but. La baie de la Madeleine est un fjord qui s'enfonce dans un coin du Spitzberg sur près de dix kilomètres. Il est large et profond. Les chasseurs de baleine danois, anglais, français l'ont repéré de longue date. Elle porte le nom de la sainte censée les protéger. Sainte Marie-Madeleine. C'est à l'abri de sa baie qu'ils ont travaillé leurs prises.

– Comme vous devez le savoir, les baleines boréales sont recherchées pour leur graisse. On en fait du savon ou le combustible de nos lanternes. Il reste des fonderies d'huile dans le fond de la baie. Mais depuis quelques années, les artisans des villes sont devenus très friands de ces baleines, eux aussi. Elles sont munies de fanons pour filtrer le plancton. Ces fanons sont des lames de corne. Ils sont souples et solides. C'est pour ces qualités qu'ils sont très recherchés par les fabricants de corsets et d'ombrelles. Les baleines tendent leurs toiles, renforcent leurs structures.

– Je l'ignorais, monsieur Gaimard. Je vous remercie, dit Léonie en espérant qu'il ne se lance pas dans d'éventuels développements qui pourraient la gêner.

– Mais elles ont disparu. Les dernières fonderies sont en ruine. Les baleines à fanons, qu'on surnomme mysticus, ont déserté l'Arctique. Plus personne ne vient travailler dans la baie.

– Sainte Marie-Madeleine ne protège plus personne ?

– Du moins, plus les marins, pondère l'explorateur.

Au-dessus de leurs têtes, perchée dans son nid-de-pie, la vigie veille. Les eaux de la baie sont un miroir dans lequel Léonie se regarde, pensive. Elles lui renvoient l'image d'une petite tête blonde aux cheveux coupés, les mains sur le bastingage, le crâne auréolé par le ciel bleu derrière elle. Une silhouette glisse sous la surface et brouille son reflet.

Sur un amas de glaces qui flottent au large de l'île, des colonies de phoques gris triste, jaune sale, musardent sur leur glace. Des myriades d'oiseaux vont et viennent dans le ciel. Un premier phoque plonge. Les pétrels s'en mêlent. D'autres phoques quittent leur bloc. Les oiseaux frôlent l'eau. Une partie de pêche s'engage. Les phoques se disputent un butin de poisson avec les pétrels. Des rires rauques éclatent dans le ciel bleu azur. Chacun a eu sa part. La corvette glisse mollement dans les eaux de la baie.

Un craquement puissant vient soudain tout changer. Un immense bloc de glace se détache de la banquise. Une cathédrale de blanc bascule dans l'eau. Les pétrels s'affolent. Les phoques se carapatent. Léonie fait un pas pour rejoindre François. Qui disait que le Grand Nord était froid et inerte ?

Qui disait ces sornettes ? Les fjords de l'Arctique bruissent et grincent sans cesse. Ils craquent et mugissent.

Pan.

L'odeur de la poudre se répand sur le pont.

Pan.

Le canon d'un fusil est ramené près d'une jambe. Un marin hoche la tête. Le lieutenant Labiche se tient juste derrière lui, l'air également satisfait.

Deux points rouges sur la glace. Deux masses molles transpercées. La flaque de sang grandit parmi les phoques adultes. Deux paires d'yeux suppliants se tournent vers le navire. Quatre billes presque humaines qui lui demandent pourquoi. Ils n'avaient rien fait de mal. Ils ne méritaient pas d'être brûlés par ce plomb, de voir leur sang sur le blanc de cet Éden. Une chaloupe s'élance et rame vers les dépouilles. Une autre détonation coupe le souffle de Léonie. Elle sent ses nerfs qui lui vrillent le dos. La chaloupe accoste parmi la colonie. Les deux marins l'arpentent sans la moindre résistance des mammifères et ramassent leurs trophées.

La baie de la Madeleine et ses diamants souillés. L'hécatombe des blanchons marque le retour de l'homme. Les larmes lui montent. François taille sa mine. Son dessin représente quatre hommes sur une barque. Le harponneur debout arme son bras et pointe un cétacé gisant sur un bout de banquise. Ce n'est pas un petit phoque. Ce n'est même pas un phoque. C'est un morse colossal, avec sa peau rugueuse et ses longues dents d'ivoire.

Léonie détourne le regard. Ce massacre l'afflige, mais elle garde pour elle tous ses ressentiments. En fixant un point lointain, elle accroche son esprit sur les marins qui se pressent pour affaler les voiles. La corvette va mouiller. Le capitaine

Fabvre donne l'ordre de jeter l'ancre pendant que les marins de la chaloupe tuent, découpent et dépècent tous les phoques qu'elle peut contenir.

À la poupe du navire, Gaimard tire une caisse. Deux savants suédois le rejoignent les bras chargés du cuivre et du verre de leurs instruments. Ils ouvrent la grosse malle. Gaimard fait signe à François de venir. Léonie le suit de près. Elle ne se sent pas d'humeur à subir le retour du canot des chasseurs.

Gaimard fait la moue.

– Nous allons faire des mesures. Cela va vous ennuyer.

– Je ne veux pas rester là.

François laisse faire Gaimard. C'est à lui de décider. Pendant qu'il réfléchit, il demeure sur le pont, ses feuilles dans une main et ses crayons dans l'autre. Léonie passe une jambe au-dessus du garde-corps, s'agrippe au bout de l'échelle de coupée et descend. Il ne reste plus de place à bord du canot. François est dépité. Pendant que les deux marins se mettent à ramer, Gaimard lance à François qu'il va bientôt revenir, que c'est l'affaire d'une heure. Léonie a obtenu gain de cause. Gaimard vise la presqu'île qui se dresse à quelques coups de rames.

– Vous avez fui le bord pour éviter le sang, mais où nous allons, il y aura des ossements. Je vous conseille d'attendre avant de débarquer. Vous pourriez rester là, avec les rameurs. Nous allons récolter des limons, des roches, comme ces fossiles que je vous ai montrés l'autre jour. Ces dépôts datent du quaternaire, c'est-à-dire du déluge.

– *Diluvium !* dit l'un des deux Suédois, enthousiaste.

– Le fameux *diluvium*, confirme l'explorateur. La glace a

protégé ces traces des temps anciens. Les fossiles sont très abondants dans cette région du globe.

Léonie serre contre elle son pantalon de flanelle et cale ses mollets contre le banc de la chaloupe. Ils s'approchent du rivage. Cela fait des semaines qu'elle n'a pas touché terre. Une épaisse glace côtière complique leur arrivée. Quelques mouvements de rames et voilà qu'ils accostent. Un marin lève et saute pour arrimer la barque. Le second demeure à bord pour faire contrepoids. Gaimard ouvre sa malle. Les deux Suédois s'échinent à transporter ce qu'ils peuvent.

– Attendez-nous ici, intime Gaimard à Léonie.

– Pourquoi ? s'obstine-t-elle.

– Parce que cette presqu'île est un tombeau, madame. Vous voyez la cabane en ruine là-bas ?

Léonie observe la masse située à cent mètres du rivage. Des bouts de planches brisées. Le reste d'un toit ouvert. Une façade aveugle, sans porte ni fenêtres.

– C'est le dernier chalet des marins de passage. Le sol que nous fouillerons est gavé de leurs ossements. Une centaine de marins ont péri sur cette côte, autour de cette maison. La faim, le froid et le scorbut les ont décimés. Ce n'est pas un spectacle pour vous, chère Léonie. Nous allons vite revenir. Attendez-nous ici. Ce n'est que partie remise. Demain, vous nous suivrez sur le Bellsund, un glacier gigantesque. Vous serez la première femme à le gravir.

Léonie reste assise sans un mot, sans bouger. Elle observe les trois hommes arpenter la presqu'île, s'arrêter brusquement, planter leurs instruments, ramasser quelque chose, de la glace ou des cailloux, puis enfoncer une sonde pour faire quelques mesures. À dix mètres du bord, la glace laisse apparaître une plage de cailloux noirs. Elle devine une croix, dressée près du chalet. Un autre coup de feu éclate. Les canotiers se réjouissent. Léonie, dégoûtée, s'accroche à la rambarde et saute vers la côte.

– Hep ! madame. Y vous a dit de rester.

– Laissez-moi.

– Mais, madame, faut pas…

Léonie frappe ses mains contre les pans de son manteau. La glace est pleine de sable. Ses pieds s'enfoncent dedans. Elle n'est pas équipée des semelles spéciales qu'ont chaussées les savants. Ses mains tâtent le bloc devant elle. Elle examine les reliefs, devine le dur et le mou. Elle se trace un chemin vers les ruines. Mais tout tangue sous ses pieds, comme si le mal de mer la rattrapait à terre.

– Léonie !

Gaimard s'est figé. Il lui adresse des signes qu'elle peine à comprendre. Elle sent le vent dans son dos. Il s'est levé d'un coup et porte la voix de Gaimard au loin, dans la direction opposée. Elle ne peut pas deviner. Elle ne peut pas savoir que la glace est friable. Un trou se forme sous elle.

– Pas par là, hurle Gaimard.

Mais il est déjà trop tard.

Léonie disparaît, aspirée par le fond. Ses jambes n'ont plus d'appuis. Un tunnel s'est formé et l'absorbe malgré elle. La morsure de la glace la saisit par les pieds, monte vite, l'enveloppe comme l'onde, jusqu'à la tête. Son corps est engourdi. Le bruit sourd d'une plongée. Ses pieds battent l'eau glacée. Ses mains cherchent l'équilibre. Ses poumons sont gonflés. Ses joues retiennent l'air. Une lueur opalescente lui révèle le pire. Léonie est piégée sous cette couche de glace. La lumière sous la glace forme des lueurs saisissantes, des irisés de bleu, des métaphores de vert. Un dégradé d'horreur ponctué des bulles d'air qui s'échappent de sa bouche.

Une silhouette s'approche. Une forme sombre surgie de l'abysse arctique. Léonie agonise. Elle a perdu son air et ferme les paupières. L'indiscernable forme s'est hissée auprès d'elle. L'incertain touche au plus profond de son être. Une vague chevelure blonde et une voix merveilleuse.

– Je suis l'Ève éternelle. La première des femmes. Celle qui donne la vie depuis la nuit des temps. Mes enfants ont péri sous les glaces du déluge. Tu seras la première à les chercher pour moi. Tu conduiras nos fils et nos filles vers l'avenir. Il n'y aura plus de Marie ni de Madeleine sur terre. Tu féconderas le génie. Tu seras la nouvelle Ève de cette ère nouvelle. Va trouver le génie et dis-lui ce que tu sais. Je te rends à la vie.

Elle sent le vent lui caresser les tempes. Puis des ombres passent sur ses paupières. Son cœur martèle sa poitrine. Ses mains happent le vide autour d'elle et une main se pose sur sa joue. Elle écarte les lèvres et aspire la vie. Elle revient à elle.

– Je suis là, ma chérie. Je suis là, Léonie.

François a remonté la couverture sur elle. *La Recherche* est de retour. Le Havre est en vue.

18

Hugo est venu seul chez Fortunée Hamelin. Il a pris le coche d'eau, celui de huit heures précises. Il n'y avait pas foule au port du pont Royal. Quelques familles aux enfants impatients de faire une croisière, deux trois couples bourgeois. Il a attendu que tout ce petit monde prenne place sur les bancs. Il est monté le dernier, à l'avant, à l'abri des fumées du moteur à vapeur. C'est sa place préférée, au premier rang à droite. Il dispose d'une rambarde pour reposer son bras, d'assez d'espace aussi pour déplier ses jambes, et d'une vue plongeante sur la Seine et ses rives.

Cela faisait des mois que Fortunée insistait. Des mois qu'elle lui postait des tas d'invitations. Il était occupé. Il avait fort à faire. L'usine de Clichy était inaccessible. Les membres du conseil de salubrité n'ont rien voulu entendre. Le roi a esquivé ses sollicitations. Certains se sont moqués de son obstination pour un gamin des rues, pour un gosse d'usine, pour ce rogaton d'être qui mourrait de toute façon. Ces enfants sans parents sont les queues de la comète. Ils brillent le temps de brûler. Et puis on les oublie. Hugo n'oubliait pas, mais le mur contre lequel il a buté est défendu comme une place forte, une citadelle imprenable. Il va devoir revoir toute sa stratégie. L'éléphant de la Bastille vient d'être démembré.

Il a accepté de se rendre chez Fortunée Hamelin. N'est-elle pas l'amie d'un membre très influent du conseil de salubrité, le docteur Villermé ?

Fortunée Hamelin est née au siècle dernier. Elle a quitté son caillou, ses champs de canne à sucre, le ciel de Saint-Domingue, la mer des Caraïbes pour gagner le grand monde. Débarquée à Bordeaux, elle l'a trouvé sens dessus dessous. La Révolution venait de tout bouleverser : les plans de ses parents et ses vues sur l'avenir. Elle se rêvait duchesse. Elle est devenue Merveilleuse. C'est ainsi qu'on appelait les belles du Directoire. La France relevait la tête. La Terreur s'achevait. La vie pouvait reprendre. L'appétit. Le désir. L'envie. L'amour. Les chroniqueurs évoquaient une « fureur dansante », une « frénésie joyeuse ».

La première fois que son nom a figuré dans le journal, c'est parce qu'elle a paru vêtue d'un voile de gaze sur les Champs-Élysées. Personne ne se souvient qu'elle arborait aussi un cordon rouge au cou, des sandalettes de cuir et une tiare fichée dans ses fines boucles brunes. On n'a retenu que cette gaze qui ne cachait plus rien, ni ses seins ni ses fesses. La mode était lancée. Sa compagnie a été recherchée. Fortunée s'est mariée, sans renoncer à vivre. Elle n'avait que vingt ans. Des élégantes sortaient vêtues de la même toile qu'elle, dans les mêmes allées, les mêmes salons, ardentes et scandaleuses, parfaitement Merveilleuses. Fortunée avait le monde à ses pieds et l'Empire dans son lit. Des ducs, des archiducs. Connus ou inconnus. Barras. Ouvrard. Chateaubriand, et l'empereur en personne. Bonaparte l'a aimée.

– Parlez-moi un peu de lui !

C'est souvent par ces mots que Hugo l'entreprend.

– L'astre ! Ce cher astre !

Hugo débarque seul sur le port de Samois. Fortunée n'est pas venue. Elle demeure invisible quand il passe le muret à l'entrée du moulin. Pas âme qui vive non plus devant la grille rouillée de son vieil ermitage.

Mais où est-elle passée ?

Une allée de gravier serpente parmi le gazon et les fleurs : une coulée de clématites, des pieds-d'alouette azur. Des touffes de pivoines rouges et de boutons-d'or lui rappellent le temps des jours heureux, bénis, de l'enfance aux Feuillantines. C'est là que Hugo passa ses plus belles années, avec ses deux frères et leur mère rien que pour eux.

– Voilà notre Immortel !

Hugo entend une voix. Est-il devenu fou, atteint de saturnisme ?

– Hugo ! L'ami Hugo !

La voix vient du rosier. Elle a poussé au pied et Fortunée se dresse sous un chapeau de paille aux franges effilochées. Un sécateur en main. Elle porte un vieux tablier de lin. Ses bras nus révèlent une chair flasque. Deux vagues de bourrelets s'agitent quand elle salue. À soixante ans passés, Fortunée Hamelin a perdu de son allant. Des taches brunes sont sur le cou. Ses dents sont moins éclatantes. Ses amants se font rares. Les visites s'estompent. Pourtant elle sait recevoir. Toujours un mot courtois, un ton très enjoué. Curieuse, bien informée, elle sait tout de qui fait quoi. C'est aussi pour cela que Bonaparte l'aimait. Elle était son espionne, son œil dans

Paris, son oreille dans les salons et sa bouche pour la nuit. L'empereur aimait tout d'elle ; autant ce qu'elle savait que ce qu'elle était. Mais là, rien de très secret. Tout le monde sait que Hugo est académicien. Cela fait déjà deux ans qu'il siège sous la coupole et que cette affaire de plomb le préoccupe.

– Immortel ! répète-t-elle. Et ami pour la vie.

Hugo la rejoint.

– Comme un frère et une sœur, approuve-t-il. Comme deux âmes qui se touchent sans jamais se confondre ; les deux doigts de la main.

Elle acquiesce et l'embrasse en ouvrant grand ses bras.

Dans le dos de Fortunée, une autre tête surgit. Des cheveux blonds bien coiffés. Deux billes d'yeux gris-beige. Un sourire épanoui sur des lèvres rouge pivoine.

– Je vous présente ma voisine. Elle vient de s'installer à deux pas de l'ermitage.

– Madame, fait Hugo très respectueusement.

– Monsieur, répond-elle, calée sur le même ton que lui.

Fortunée hoche la tête avec un brin de malice. Le poids des convenances jusque dans ces fourrés. Ce formalisme l'amuse.

– Brisons un peu cette glace, s'écrie Mme Hamelin. Mon amie Léonie revient du Pôle. Elle a vu le Spitzberg, un glaçon d'île géante perdu dans le cercle arctique.

– J'ai entendu parler de cette expédition.

Léonie sourit. Mme Hamelin poursuit.

– Victor est le poète qui se pique de politique. Vous devez sûrement connaître M. Victor Hugo ?

– Oui, bien sûr ! Il était du voyage. Pardon, vous étiez du voyage, cher monsieur Hugo. J'y ai lu *Han d'Islande* avec grand intérêt. L'histoire du jeune Ordener parti dans le nord de la Norvège pour sauver celle qu'il aime et le père de celle-ci.

– Ah ! le condamné à mort de la prison de Munkholmen… Une œuvre de jeunesse, se justifie Hugo. Écrite à la va-vite. Pas ce que j'ai fait de mieux. Je n'avais que dix-huit ans, dit-il, les deux pieds dans le terreau, les doigts sur les feuilles glauques d'un œillet mignardise.

– Et moi, dix-neuf ans quand je me suis embarquée.

– N'est-elle pas étonnante ? interroge Fortunée, en saisissant la taille de sa jeune protégée.

Hugo tourne une idée le temps d'un battement d'ailes, puis s'incline et s'empare de la main de la jeune femme pour déposer dessus un baiser respectueux et les vers qui lui viennent.

– Votre nom, traduction de votre double génie, commence comme lionne et finit comme harmonie.

Hugo était ferré. Ce second sourire le harponne.

Léonie.

Sa façon de lever un sourcil circonspect. Sa manière de marcher en inclinant la tête. Ses épaules dressées haut sur sa taille. L'odeur de sa peau pimentée d'une pointe aigre. Ce bref éclat de rire qu'elle sème dans le couloir, sur un mot de Fortunée qui vient de lui échapper. Sa silhouette disparue en entrant dans le salon. Le canapé de soie et lui assis juste en face d'elle, aimanté. Est-elle seulement mariée ? Elle ne porte pas de bague. Ni jonc d'or ni caillou. Ses mains sont lestes et libres. Celles de Hugo sont moites. Ce qu'il éprouve alors échappe à tout ce qu'il sait. Devant l'émotion neuve, tous les mots sont usés. Il la laisse s'épanouir, remuer des sentiments qu'il croyait rouillés depuis le temps. La montée des possibles, le présent infini des vastes spéculations sur elle, sur eux, sur l'instant et l'avenir. Sur le goût de ses baisers. Il s'est passé mille ans avant que Fortunée revienne en charriant des gâteaux, trois tasses et une théière. Elle sourit en servant. Elle a ce regard en biais de la femme qui sait. Cette Léonie lui plaît. Bien sûr qu'elle lui plaît. Elle est irrésistible.

– Vous ne dites rien, mon ami ? Victor Hugo se tait ! En voilà une surprise.

Il se demande pourquoi. Pourquoi lui ? Pourquoi elle ? Pourquoi Mme Hamelin a-t-elle insisté pour qu'il vienne ? Cette jeune beauté blonde n'a rien de ces gamines qui soupirent pour un rôle, qui minaudent pour une scène dans une pièce de sa main. Il connaît ces actrices qui se bousculent en coulisses. Elles déclament. Elles rient fort. Elles s'activent, trépignent, caressent et cognent pour frapper les esprits en vue de charmer. Elles veulent toutes s'imposer dès le premier regard, provoquer le coup de foudre du dramaturge en vogue. Il y a eu *Hernani*. Le succès fantastique. On se battait pour le voir, on se battait dans la salle, on se battait en sortant. Puis il y a eu *Ruy Blas*. C'était il y a cinq ans. Aujourd'hui, on l'attend au tournant.

Au théâtre, les carrières prennent du temps. Les échecs sont rapides. On met des années pour se faire connaître, et quelques heures seulement pour sombrer dans l'oubli. Une gloire perdue est rondement enterrée. Hugo sait bien cela. Depuis le printemps dernier, les directeurs tardent à répondre à ses lettres. Même ses éditeurs prennent peu à peu leurs distances. Alors quoi ? Qui voudrait d'un dramaturge en fin de course ? À quoi bon se battre pour un auteur occupé par les faits, impliqué dans le présent, bataillant pour des causes qui ne font vivre que la presse ? À quoi bon publier cet homme qui regarde ailleurs ? Il a pris l'habit vert. Il siège sous la coupole. Il est de l'Académie et perçoit une pension. Son nom circule jusqu'aux plus hautes sphères. On dit que Louis-Philippe hésite à le faire entrer à la Chambre des pairs mais qu'un certain Thénard s'obstine à l'en empêcher. Le spectacle vivant n'a plus besoin de lui.

– Je voulais vous entretenir du docteur Villermé…

– Ce vieux chirurgien ? Je l'ai bien connu du temps de la Grande Armée. Il est toujours vivant ? s'étonne Mme Hamelin.

– Toujours. Et très actif. Il s'intéresse aux conditions de travail dans les usines. Il faut que je le rencontre.

– Ah, le vieux bougre et ses chiffres. Il est aussi peu médecin que politique. Il compte avant de faire. Il observe sans soigner. Très bon dans l'intendance. Mais peu agile des mains. Il mettrait le monde en chiffres si on le laissait faire. Cependant je doute qu'il ait jamais fait évoluer la moindre situation. Il est encore médecin ?

– Oui. Médecin-conseil du préfet de Paris. Et c'est à ce titre que j'aimerais le voir.

– Bien, bien, dit-elle, nous verrons. Si je vous ai réunis, tous les deux, ce n'est pas pour discuter d'hygiène et de salubrité. Tant s'en faut…

19

Léonie a changé. Le souvenir de cette chute revient soudain la nuit. Elle recompose les mots. Elle cherche à percer le sens. Qui était cette image, cette Ève de la nuit des temps ? Le capitaine pensait qu'elle avait eu de la chance de s'en tirer vivante. L'explorateur Gaimard a à peine tiqué quand elle lui a confié cette affaire nébuleuse. François était surtout rassuré qu'elle s'en sorte. Quant à l'étrange histoire de l'inconnue des glaces, il y a prêté l'oreille, plusieurs fois, gentiment, sans pousser plus avant.

– Ça passera ! disait-il quand le soir Léonie en parlait.

Mais non, ça ne passe pas.

Depuis qu'ils sont rentrés, Léonie a acquis un peu de notoriété. On sait ce qu'elle a fait pour s'imposer à bord d'un bateau de la Marine. On raconte son voyage au Spitzberg. Parfois, elle confie qu'elle a failli mourir et qu'une étrange figure est venue la sauver. Mais les visages narquois l'empêchent de poursuivre. Le temps des mystères est passé depuis des siècles. La mode est raisonnable. L'esprit se veut cartésien. Elle se le tient pour dit. Pour faire passer le temps, Léonie fait semblant. Elle répond quelquefois aux lettres d'admirateurs. Des compliments venus de parfaits inconnus :

une alpiniste française. Un poète poussif. Un baron alsacien… La presse a publié des titres et des sous-titres sur la femme du Spitzberg.

Elle aurait tant voulu que quelqu'un lui explique, écoute, comprenne, traduise. Elle aurait tant voulu transformer l'expérience. Mais non. La parenthèse est close. Un mur est dressé haut entre elle et les consciences.

Elle est rentrée, c'est tout. Gaimard s'est enterré au Bureau des longitudes pour écrire son rapport. Les scientifiques suédois analysent leurs cailloux, les fossiles, les vestiges de ce fameux déluge. François en a rapporté des images exotiques à l'opposé du Pôle. De la couleur partout, au lieu de ces caprices de gris.

Tout est allé si vite ! Lassée, incomprise, elle s'est laissée aller à se reposer sur lui. Elle est tombée enceinte parce qu'il fallait bien jouir pendant toutes ces longues nuits. Ils se sont mariés par esprit de convenance. Leur fille s'appelle Marie, en souvenir de la baie de la Madeleine, de la belle Marie-Madeleine. L'homme qui l'a fécondée n'est sûrement pas le génie évoqué par la femme des glaces. François est juste normal, tendant vers le moyen. Elle a fait cette enfant. Mais depuis qu'elle est née, lui aussi a changé. L'homme qui l'aime est inquiet. Ses tableaux se vendent mal. Une seule toile exposée aux trois derniers Salons. Très peu de commandes publiques, malgré l'appui du roi. Le chef d'expédition a commandé une toile pour le Bureau des longitudes. Une petite toile pas chère. François a le sentiment d'avoir été floué.

Face aux complications, ils ont dû renoncer à la place Vendôme. Trop peu de collectionneurs. Trop cher à entretenir. Ils ont plié bagage, landau et chevalets, rangé les pots de couleurs, vissé les huiles, cartonné les dessins, laissé un peu de pain pour faire monter les rats et enrager le duc, propriétaire des lieux, pour s'amuser un peu. Elle en a pleuré de rire une partie du chemin. Mais la route était longue avant de gagner Samois. Et le sourire de Léonie a pris un mauvais pli.

Pour cinq cents francs par an, ils louent une maison, un jardin de curé entre les bords de Seine et le plateau de la forêt de Fontainebleau. Leur fille, Marie, a fait ses premiers pas. Elle bredouille désormais quelques « papa » et beaucoup de « maman ».

Elle pourrait être heureuse, Léonie. Comblée comme la mère d'une jolie Marie. Comblée comme l'épouse d'un François qui s'accroche à son art, qui se débat pour vendre ses toiles et ses dessins aux notables de province et aux décorateurs des beaux quartiers de Paris, qui prend le coche d'eau pour regagner Paris. Au début, le matin et retour dès le soir ; maintenant François part des semaines entières.

– Il le faut bien ! dit-il.

– Je sais !

Il y était bloqué en février dernier, pour son anniversaire. Elle est née le 14 février, pour la Saint-Valentin. Elle aimait cette idée et l'entretenait de son mieux du temps des jours heureux, quand François s'appliquait à lui faire la surprise. Il était présent, il se déguisait, les bras chargés de bontés. Léonie l'a attendu jusque tard dans la nuit. Elle a soufflé la bougie de ses vingt-deux ans, a jeté tout le dîner et a pleuré dans son lit.

– Il le fallait bien !

– Je sais !

L'inventaire des regrets. La liste des amertumes. Combien de fois Léonie lui a-t-elle rétorqué « Je sais » ? Elle n'a pas de modèle. Pas le moindre mode d'emploi d'une vie à deux, à trois. Elle a sarclé ses reproches, elle a bêché son dépit, et jeté à l'encan des brassées d'espoir pour l'automne trop long, pour l'hiver si gris. Le printemps venu, elle a croisé Fortunée.

Mme Hamelin allait par le chemin de halage, cueillant des marguerites. Elle s'est avancée vers elles. Léonie accroupie démontrait à sa fille que des cailloux bien plats pouvaient rebondir sur l'eau.

– La métaphore d'une vie ? a lancé la dame d'en face.

Léonie s'est retenue de jeter son galet et s'est relevée lentement pour saluer l'inconnue. Fortunée est apparue comme une dame affable, précédée de cette formule qui venait de faire mouche.

– Oui, d'une certaine manière.

La dame s'est présentée. Nom, prénom et adresse. Elle a dit qu'elle habitait au-dessus du moulin, l'ermitage de la Madelaine.

– Avec un *a* comme dans « graine » ou dans « souveraine ».

Léonie a répondu qu'elle vivait depuis un an dans la maison là-bas.

– Aux Plâtreries ? a-t-elle dit.

Léonie a acquiescé.

– C'est bien ça.

Fortunée est repassée par le même chemin. Léonie s'y trouvait, avec ou sans sa fille. Elles ont échangé des phrases, des minces filets d'idées pour ne rien brusquer, mais l'effet se produisait. Elle avait de l'affection pour cette dame isolée, qui vivait toujours seule dans son vieil ermitage. Elle a accepté le thé avec sa fille Marie. Marie à la Madelaine. L'idée les a amusées. Elles ont dîné rapidement. François les a rejointes et a gâché la soirée en prenant la parole sans jamais la lâcher. Il a tout tourné sur lui puis l'a assommée de ses vues sur l'art romantique, la sottise des Salons, l'aveuglement terrible de ses contemporains. Il était si amer dans tout ce qu'il disait sur Eugène Delacroix, ce peintre brouillonneux, sur Louis Boulanger, ce peintre gelé, que Mme Hamelin a abrégé la soirée.

– Quel toupet ! a-t-il dit. Elle vient de nous mettre dehors…

– Il le fallait bien, a rétorqué Léonie.

– Comment ça ?

– Je disais ça comme ça. Rentrons, je suis fatiguée.

Pendant de longues semaines, Léonie l'a guettée sur les bords de la Seine, après la touffe de joncs et la plage aux galets, là où certains se baignent quand le temps le permet. Même Marie la cherchait. La petite disait « Damedam » en agitant ses doigts vers le sentier devant. Léonie n'osait plus apparaître à sa grille. Engluée dans l'ennui, asservie à ce rôle où elle s'est fait prendre, piégée par la distance, la province et le fil de la Seine qui court dans l'autre sens, loin de la vie et de Paris. Fallait-il qu'elle s'enfuie ? Elle y a pensé, mais quoi ? Comment vivre ? Survivre ? Une femme et son enfant ne vont jamais très loin…

Elle a reçu une lettre, signée de la grande absente. Enfin ! Cette chère Fortunée l'invitait à la rejoindre au camp de cavalerie de Fontainebleau. « Au bal des hussards. »

Léonie se moquait bien de la chose militaire. L'uniforme

et la charge ne lui disaient rien qui vaille. Elle ne savait rien des hussards, fiers cavaliers d'élite, rompus aux champs de bataille du temps de l'empereur, reconvertis depuis en unités d'honneur. Elle ignorait ce qu'ils faisaient aux chevaux dans leurs manèges, les carrousels, les quadrilles, les voltes et demi-voltes. Mais l'occasion de sortir a fait qu'elle s'est dépêchée de porter sa réponse, sans passer par la poste, en mains propres, un oui écrit le cœur battant. François n'était pas là. François ne pourrait rien dire. La nourrice viendrait et garderait le secret de cette soirée entre elles. *Sois bénie, Fortunée !* Quand elle pensait à elle, quand elle parlait toute seule, Léonie la tutoyait comme si elles étaient sœurs.

La jeune mère y est allée. L'enceinte militaire était toute parée pour la fête. Un bal plein de couleurs. Son nom était inscrit en toutes lettres sur la liste tenue par l'officier maréchal des logis, un homme au ventre rond, la moustache faite, tous ses boutons brillants et l'épée au côté.

– Vous êtes accompagnée ?

– Oui, de Mme Hamelin, qui doit déjà y être.

– Une amie de Fortunée ! Alors, bienvenue, madame.

Elle a traversé la cour aux pavés récurés, a longé les écuries aux box refermés et couverts de feuillages et d'herbes aromatiques, a emprunté l'escalier, accédé au premier au mess des officiers gavé de bruit et de monde. Des hommes en livrée assuraient le service. Trois musiciens au fond jouaient des mesures d'ambiance couvertes par les rires. Fortunée a levé le bras pour qu'elle cesse de la chercher.

– Là, ma chère ! Là ! Venez !

Fortunée avait bien le triple de son âge ! Son visage brun était creusé. Sa voix était devenue rauque. Son assurance était flagrante. Tout aurait dû détonner entre elles, pourtant elles s'entendaient, confondaient leurs rires, souriaient à l'unisson l'une et l'autre comme s'il y avait entre ces deux femmes des vases communicants, des harmonies profondes brouillant les apparences. Elle lui a tendu un verre. Deux officiers de la garde se sont positionnés autour d'elles, les piquant d'une pointe d'esprit, gonflant leurs récits.

Elles ont bu et se sont moquées. Au bout du troisième verre, Fortunée a donné le bras au plus grand des deux, a entamé quelques pas d'une danse exubérante qu'on appelait polka, avant de s'éclipser. Léonie a laissé l'autre la conduire au début. Mais ses yeux trop gentils et ses épaules tombantes ont fait qu'elle a lâché sa main pour aller de l'un à l'autre, cherchant le beau cavalier qui venait de se jeter dans une nouvelle polka. Elle est passée devant lui. Repassée une autre fois. S'est laissé prendre les mains pour un tour sur elle-même suivi d'un pas chassé. Deux sourires amusés. Sa main sur ses hanches. Quelques gouttes de sueur qui perlaient sur son front. Les talons qui claquaient sur le plancher du mess. Elle revenait à lui. Brun pour elle. Le nez droit. Les joues douces. Et ce parfum de peau qui lui plaisait. Elle a voulu prendre l'air. Ils sont sortis dans la cour. Elle l'a entraîné vers les écuries. Ils se sont retrouvés devant un box vide. Ouvert puis refermé. Le vantail verrouillé.

– Mais comment t'appelles-tu ? a demandé l'officier, déboutonnant sa veste.

– Quelle importance, a-t-elle dit en s'emparant de sa bouche pendant que ses mains fouillaient son pantalon moulant.

– Euh… Je… moi… capitaine… Dieudonné, a-t-il dit la bouche prise.

Elle avait les seins nus.

– Et ?

Il allait recommencer. Léonie a repris son souffle.

– Donne-moi le nom que tu voudras, Dieudonné.

C'étaient des mots pour rien, des mots pour un lendemain qui n'était pas de mise. Elle lui a saisi la tête et l'a poussé sous elle, sous sa jupe soulevée, sous les plis de son jupon. À genoux entre ses jambes. Léonie s'est cambrée sous la langue du gradé. Elle la tenait ferme en elle. S'est adossée aux planches mal équarries, rugueuses, et s'est laissée aller à la vague qui venait.

Il lui a fallu un temps avant de prendre conscience de la présence, dans le box voisin, de l'amie Fortunée qui ramenait son corsage, ramassait un ruban, remettait un peu d'ordre dans ses cheveux bruns défaits et a éclaté de rire quand elle l'a vue sortir au même moment qu'elle.

– Secret ? a dit Léonie, l'index sur la bouche.

– Secret, a dit Fortunée, négligeant son amant qui lançait des au revoir.

Les deux femmes étaient liées et ont quitté la caserne avec le sentiment que la vie leur souriait. Bras dessus bras dessous.

C'est ainsi que l'ermitage est devenu une seconde maison, un havre de secours pour elle et pour sa fille Marie, qui aime ce jardin et ce parterre de fleurs. Elles allaient chez « Damedam ».

– Et François ?

– Il est revenu hier.

– Mais encore ?

– Il est revenu.

– Tu mérites mieux que lui.

Léonie le savait. Elle s'est retenue de répondre. Que pouvait-elle répondre ? Son amie a poursuivi son idée.

– Je voudrais te présenter un homme que j'admire.

– Comment s'appelle-t-il ?

– Victor Hugo.

20

Son souvenir revient dans tout ce qu'il aperçoit. La forme d'un nuage. Une flaque d'eau dans la rue. Un nœud sur un tronc d'arbre. Un parfum qui traverse. Même le claquement du fouet lui rappelle ce petit bruit qu'elle a fait avec la langue, agacée de chercher le mot qui décrirait le mieux le bruit des glaciers.

– Papa ?

Sa fille, Léopoldine, est assise à sa gauche. Chapeau rose. Robe claire. Leur fiacre roule droit vers un modiste du faubourg du Roule.

Cela fait trois semaines qu'ils ne se sont pas vus, tous les deux, père et fille. Depuis que Charles Vacquerie l'a demandée en mariage, cet été à Villequier.

– Oh pardon, ma Didine. Tu disais ?

– Rien, papa. Rien de très intéressant.

Il s'en veut d'être ainsi. Occupé par cette femme. Assailli nuit et jour par ce beau visage blond. Cela fait plusieurs jours qu'il aligne les vers sans finir une strophe, pas le moindre quatrain sans qu'il se fasse reprendre. La plume pointée en l'air. L'encre séchant à son bout. Il fermente.

– Tu devrais lui écrire, suggère Léopoldine.

– Lui écrire ? Ah ? Tu crois ? répond-il sans buter sur le fait que sa fille puisse percer ses rêveries.

Il pense à Léonie.

– Ben oui, papa. Si Thénard se défausse chaque fois que tu le croises, tu devrais lui écrire pour démêler tout cela. Il faut crever l'abcès.

Hugo se reprend.

– Ce sinistre sire ! Maudit Thénard. Il joue contre moi. Il cherche à me cornaquer, comme ces dompteurs hindis avec leurs pachydermes.

– Tu devrais lui parler.

– À lui ? Mais non, ma fille chérie. Il défend l'industrie. Il est payé pour ça. Il fait l'apologie du travail des enfants. Ils ont voté une loi qui limite ce travail, mais Thénard a tout fait pour qu'elle soit sans contraintes. Une grosse loi pour rien. Un machin de la chose. Une production de la Chambre faite pour ne rien faire, puisqu'on viole cette loi protégeant le travail des enfants à l'usine sans craindre la moindre amende ou la plus petite peine. Une vraie loi pour rien. Les pairs et les élus ont l'art de faire semblant.

– Oh, papa.

– Il faut que je le réduise. Il faut que j'écrase cet homme. Ce Thénard sème la mort pour gonfler sa fortune. Si tu voyais ces gosses et ces femmes qu'il empoisonne avec son procédé.

– Tu penses toujours à ce gamin ? Ce Gavroche ?

Il se tourne vers sa fille, sa chère Léopoldine, l'aînée, sa préférée. Fraîche, blanche, belle. Les cheveux raides en chignon, recouvrant ses oreilles. Deux yeux sombres mais souriants. Deux traits de sourcils très fins. Des joues pleines d'enfant. Une voix basse qui apaise.

– Ma Didine chérie. Je ne devrais pas te parler de cela. Ce n'est pas le moment.

Il dépose un baiser sur son épaule couverte d'une étoffe rose, comme son chapeau, et s'adosse dans le coin du fiacre cabriolet loué pour la matinée. Elle aura dix-neuf ans le 28 août prochain. Comme elle, comme Léonie. Elle avait dix-neuf ans quand elle s'est embarquée dans cette expédition. Pendant que Léopoldine répand des tas de mots, Victor Hugo se figure ce que pouvait être cette femme étonnante, au même âge que sa fille. Une gamine. Une enfant. Dix-neuf ans. Comment peut-on se lancer dans une telle aventure si jeune ?

Quelle femme fascinante.

– Il faudra que je lui écrive, laisse échapper Hugo.

– C'est bien, papa chéri. Une lettre bien tournée, c'est mieux qu'une guerre ouverte.

Hugo éclate de rire. Sa fille fait des yeux ronds.

– J'ai dit une bêtise ?

– Oh non, oh non, ma fille. Pas toi. Certainement pas. Tu ne dis jamais de bêtises. C'est juste que je pensais à autre chose.

– T'es si bizarre, papa ! Je ne sais pas ce que tu as en ce moment, mais je te trouve bizarre.

– Bizarre ? Oui, peut-être bien, ma fille. Cela m'arrive parfois.

– Souvent, même…

– Je ne m'en rends plus compte. Je crois que là, au fond, dit-il en pointant son cœur, j'ai le dégoût du simple. Et c'est vrai que toutes les fois que je songe à ces mots, liberté, honneur, désordre, amour…, je les préfère au pluriel. Les libertés. Les honneurs.

– Papa ! Comment oses-tu ?

– Comment j'ose quoi, ma fille ? dit-il, sincèrement surpris qu'on puisse mal prendre ce qu'il dit.

– Les désordres ? Les amours ? Mais comment oses-tu dire ça à ta propre fille ? Je vais bientôt me marier et toi tu fais des phrases sur les désordres amoureux ?

Ravalant son sourire, rassis contre le dossier de cuir du cabriolet, Hugo fixe le vide, puis risque une allusion.

– Tu sais, ta mère et moi…

– Mais non, papa. Tais-toi ! Un mot de plus et je descends.

– Tu n'es pas sans savoir…

– Papa ! le coupe-t-elle.

– … avec sa Sainte-Bave.

– Halte ! lance-t-elle au cocher en lui tapant l'épaule pour être sûre qu'il comprenne. Je veux descendre. Maintenant. Arrêtez cette voiture. Tout de suite. Arrêtez ça !

Léopoldine tend le bras pour tourner la poignée. Elle s'apprête à sauter. Hugo fait de son mieux pour l'en empêcher. Il se répand en excuses, promet qu'il arrêtera, dit qu'il va faire silence jusqu'au faubourg du Roule.

– Et au-delà si tu veux. Mais ne pars pas, Didine ! J'veux pas que tu me laisses sur un mauvais coup de tête. Je suis bête. Je m'en veux.

– Trop loin…

– Oui, oui ! Trop loin, ma chérie. Mais j'ai compris, va. Reste. Allons chez ton modiste. Allons voir cet ensemble.

Léopoldine inspire pour retrouver son calme. Elle surveille son père encore quelques instants puis ordonne au cocher de reprendre au petit trot.

Une ! Deux ! Une ! Deux ! compte Hugo dans sa tête, au

rythme impulsé de leur voiture. *Une ! Deux ! Une ! Deux !* Léopoldine est prude. Adorable, mais prude. Il y a tant de choses légères qu'elle refuse à la vie. Léonie, elle… *Une ! Deux ! Une ! Deux !* La voiture des Hugo passe le Château-d'Eau, remonte vers le Châtelet et oblique sur la droite après la place Vendôme. Le souffle de la vitesse et le claquement des fers ont supplanté les mots.

Le père tient parole. Ses cheveux longs faseyent sous le feutre qu'il vient de payer comptant chez le chapelier Besset. Il lui serre le crâne. Une fortune passée dans les poches de Besset. Pourquoi payer si cher un bout de laine bouillie ? Hugo palpe la poche intérieure de sa veste. Où est son portefeuille ? Tout l'argent d'une représentation. C'est ce que cela va coûter. Un *Ruy Blas* pour une robe. Une salle remplie pour un chiffon à franges. Le visage de Hugo prend deux teintes de pâle. Il est lancé maintenant. Il classe, additionne et soustrait pendant que sa main inquiète farfouille dans sa veste.

– Mais où est-ce que je l'ai mis ?

Et Juliette Drouet qui lui réclame encore de quoi améliorer son ordinaire. Il lui verse déjà près de cinq cents francs par mois, pour ses frais quotidiens, son petit appartement de la rue Saint-Anastase, et le remboursement de ses anciennes dettes. Deux foyers pour un homme. Sa poitrine l'oppresse.

Où est mon portefeuille ? Me l'aurait-on volé ?

Paris grouille de mendiants, toute une foule venue des provinces, une masse bigarrée, une vraie Cour des Miracles, sans nom, sans adresse, un peu comme celui-ci. Un pauvre hère, blond, sale, flanqué de deux gendarmes. Il porte une chemise de drap jaune, un pantalon usé, un pantalon de coutil. Les pieds nus et gonflés comme des fruits trop mûrs qui menacent de crever.

Hugo détourne la tête et poursuit l'inspection des côtés de son habit. Plus bas, le pantalon. La poche gauche est vide. Normal. Elle est encore cousue par mesure de prudence, pour contraindre la dépense. À droite, ses doigts s'enfoncent dans la doublure et finissent sur sa cuisse.

– Trouée ! s'exclame-t-il en s'agitant sur la banquette.

Sa fille fait la moue. Elle connaît trop son père. Son rapport à l'argent compliqué, inquiet. Cette peur de manquer héritée de sa mère, qui a passé sa vie à réclamer quelques sous au père Hugo absent, de quoi élever leurs fils, Victor et ses deux frères, leur tripotée de garçons conçus le temps d'une étreinte, puis laissés à leur mère pendant que celui-là allait à ses armées, d'une garnison l'autre. Victor est le dernier. Il a grandi en biais, taraudé par la crainte de finir comme sa mère.

Le modiste les reçoit près de la barrière du Roule. Il enveloppe Léopoldine dans un coupon de taffetas blanc, accroche des tas d'épingles, serre autant de rubans à sa taille, à ses bras, à son cou, puis verticalement, de ses chevilles à ses genoux, et tend un bout de papier au père dans son fauteuil. Hugo lâche son journal et découvre le montant. Un chiffre et des zéros. Une date de remise. Et de menus travaux qu'il avait oublié de lui facturer plus tôt. Sa fille le rejoint. Elle ne dit pas un mot. Elle évite son regard. Elle avait oublié de lui parler de ces « menus travaux » qui pèsent sur la facture. C'était pour son mariage, pour les demoiselles d'honneur, des cousines éloignées qu'il faudra habiller aux couleurs de la mariée. Elle ne sait plus leurs noms. Lui non plus. Elles vont venir et repartir, avec leurs robes neuves et un crédit au nom de M. Victor Hugo.

– Ah, si, je me souviens, dit-il. Il y a parmi elles une certaine Anastasie, non ?

– C'est possible, papa.

Hugo pense à ce livre de son ami Balzac. Son père Goriot avait deux filles. Delphine et Anastasie.

– Oui, c'est bien ça, Anastasie, dit Hugo en montant pour rentrer travailler.

Il cherche ce qu'écrivait ce bonhomme de Balzac à propos de ces filles. Il a dû le noter dans l'un de ses carnets. Ça devrait lui revenir, tant ça l'a frappé. Il a une bonne mémoire. C'est une de ces phrases si courantes chez Balzac, une phrase à double fond ; des mots si bien tournés qu'on en voit le dos avant d'en saisir le sens profond. La voilà. Elle lui revient. « Les pères doivent toujours donner pour être heureux. Donner toujours, c'est ce qui fait qu'on est père. » Mais comment Balzac a-t-il pu écrire une chose pareille, lui qui ne savait rien de la paternité ? Il n'a pas eu d'enfant, ni officiel ni officieux. Honoré de Balzac n'a été le père que de ses personnages.

Sur la route du retour, Léopoldine ôte son chapeau et se penche.

– Merci, papa, dit-elle en posant sa jolie tête sur son épaule.

Le rêve de l'enfant est d'être grande partout et petite chez son père.

21

Cela fait des mois qu'ils ne se sont pas revus. Deux saisons grises et longues pour Léonie, des bourgeons aux flocons, à mimer des joies brèves, à courir derrière Marie, à tuer les heures passées avec ou sans François. Il a eu quelques sursauts de succès, des voyages, des travaux, des petites aventures vécues ou inventées qu'elle n'écoute même plus. Léonie s'éloigne. Elle est seule chez elle quand elle reçoit la lettre de Delphine de Girardin.

– Acceptez, conseille ensuite Fortunée Hamelin.

– Mais je ne la connais pas !

– C'est une femme de lettres. Vous allez l'adorer.

– François est au Maroc.

– Qu'il y reste. Vous n'avez plus besoin de lui. On s'y retrouve.

Léonie se présente toute seule rue Laffitte. Un bel appartement. Un salon chaleureux aux couleurs de l'Empire. La maîtresse de maison a le double de son âge, un nez raide, des yeux ronds, mais beaucoup de bonté et de la légèreté qui simplifie la suite. Mme de Girardin reçoit pour dîner, en petit comité. Il y a Bugeaud, qui repart en Algérie. Il y a aussi un cadre préfectoral, médecin de surcroît, qui s'appelle Villermé, et Fortunée Hamelin. Les deux se connaissent depuis des décennies. Et puis il y a lui.

– Bonsoir, monsieur Hugo, ravie de vous retrouver.

– Quelle joie, répond-il, feignant un étonnement qui ne trompe personne.

Hugo est venu seul.

Le dîner prolonge une entrevue rapide de Villermé et de Hugo. Hugo est assis à la droite de la maîtresse de maison. Léonie est face à lui. Villermé et Fortunée Hamelin sont à l'autre bout de la table.

Mme de Girardin lui raconte qu'elle publie dans *La Presse*, journal fondé par son mari.

– Ah oui ! Sur quoi écrivez-vous ?

– Sur tout, chère Léonie. J'écris sur nos amis poètes, sur nos hommes de lettres et les hommes politiques.

– Des articles politiques ?

– Oui, oui. Mais sous un nom d'emprunt. Il faut ménager ces grosses âmes masculines. Je signe Charles de Launay. Ce n'est que pour la scène que je signe de mon nom. On jouera ma *Judith* bientôt à l'Opéra. Et vous ? On m'a dit que vous alliez publier le récit de votre voyage.

– Oh, un récit ? Je ne sais pas… J'étais juste embarquée.

– On m'a raconté votre étrange chute dans l'eau.

Léonie ne répond rien. Elle ne s'attendait pas à évoquer cette péripétie, d'emblée, devant ce général et ce docteur.

– Hypothermie hallucinatoire ! déclare le docteur Villermé d'une voix nasillarde. Vous avez été victime d'un abaissement brutal de votre température. Cette glaciation soudaine a fait basculer votre conscience dans un coma immédiat. Du temps de la Grande Armée, j'ai eu le cas d'un grenadier tombé dans les eaux glacées de la Bérézina. Il s'appelait Rambaud. Il était pontonnier. Il y est resté plongé pendant quelques minutes. Alors que cette bataille a fait près de vingt mille morts, il y a eu huit cent treize décès par noyade. Et un seul rescapé : Rambaud. Cela fait un pourcentage de 0,0012 si je ne m'abuse. Et une probabilité.

– Une probabilité improbable, très improbable, le coupe vertement Hugo.

Le docteur demande qu'on le pardonne : il aime trop les chiffres.

– La glace conserve, explique-t-il. Elle capture les nécroses. Elle freine les pourrissements. Vous en êtes sortie indemne.

La maîtresse de maison voudrait en savoir plus. Elle sait presque tout sur cette expédition. Il y a trois ans, au retour de *La Recherche*, son mari avait publié une longue suite d'articles. Des faits très officiels.

– Avez-vous fait des découvertes sur l'origine du monde ?

Léonie éclate de rire.

– Quelques trace du déluge, des cailloux – et cette femme. Oui.

– Une vision, lâche le docteur.

– Il faudrait y retourner, conclut Léonie. Aller voir plus haut. Sur le Pôle, plus au nord.

– Irez-vous ? Êtes-vous prête à retourner là-bas ? demande, inquiet, Hugo.

Léonie se réjouit et fait sourire Hugo qui cale tout sur elle. Ses questions. Ses regards. Ses petits coups de fourchette. Hugo n'est pas le plus charmant des hommes. Ses cheveux sont filasse. Il a de l'embonpoint. Son habit n'est pas de la plus belle étoffe, mais il a des mots et des silences parfaits. Léonie se sent bien en compagnie de cet homme, à la table de cette aimable femme.

Ce soir, elle est légère. Elle n'a pas de limite puisqu'on ne l'attend pas. Elle va, simplement, de rire en rire, de mot en mot. Sans fumée de cigare. Sans ces vapeurs d'alcool qui menaçaient, avant, de tout faire mal tourner. Ici, on l'écoute quand elle livre ses souvenirs.

– Les traces du déluge sont perdues dans les glaces. Nous n'avons rien trouvé qui puisse valider la théorie de Saint-Pierre. Vous connaissez sûrement Bernardin de Saint-Pierre ?

– Il est mort quand je suis née, prétend la Girardin.

– Un écrivain fameux, botaniste curieux mais jamais très sérieux, tranche l'officier Bugeaud de sa voix de rogomme sur ce ton arbitraire qui rappelle à Léonie les hommes que fréquentait sa mère.

Détestable, mais passons. Ce n'est pas pour lui qu'elle se livre. C'est pour elle et lui. Delphine de Girardin et ce cher Victor. Les autres ne comptent plus. Elle poursuit en mimant un globe de ses deux mains.

– Pour Bernardin de Saint-Pierre, le déluge s'expliquerait par un amas de glace qui aurait fait basculer la Terre sur son axe. D'où des courants puissants qui ont recouvert les côtes, les prés, les montagnes. Une sorte d'immense vague qui a tout balayé.

– Absurde, bougonne Bugeaud.

Elle s'en moque et poursuit.

– En approchant du Pôle vous prenez la mesure de ces étendues de glace. Nous y étions en été. Mais avec l'hiver leur volume décuple. Et je veux bien croire à cette théorie. Elle va même au-delà.

– Sur ce…, coupe Bugeaud avant de prendre congé.

Il doit se coucher tôt. Villermé pique du nez dans un coin de canapé. Fortunée prétexte une urgence imprévue et s'éclipse soudain pour rejoindre un amant. La fin du dîner ainsi précipitée, Hugo croise son regard. Il a l'air dépité.

– Au-delà, vous disiez…

Elle sourit.

– Oui, monsieur. Mais ce n'est peut-être plus le moment de tartiner ce que je sais.

Il est près de minuit. Léonie remercie Mme de Girardin. Hugo lui propose de lui appeler une voiture. Il couvre ses épaules. Descend le premier. Pousse la porte cochère et découvre la neige qui tombe sur Paris.

– Un dîner hors du temps, commencé à Paris et fini au Spitzberg. Quel don, Léonie ! Vous m'avez subjugué. Quel est cet au-delà ?

– Le paradis, monsieur. Des traces du paradis. C'est ce que cherchait Gaimard, sans l'avouer vraiment. Le paradis polaire. Le jardin désigné par toutes les boussoles du monde et ces étranges aurores qu'on appelle boréales.

– Oui. Oui, dit Hugo. Ça me plaît. Ça me va droit à l'âme, ce que vous dites là. Je l'ai toujours senti. « L'aurore apparaissait ; quelle aurore ? Un abîme / D'éblouissement, vaste, insondable, sublime / Une ardente lueur de paix et de bonté, madame / C'était aux premiers temps du globe / Dessiné par vos mains. »

– C'est beau !

– Un jour j'écrirai l'histoire du monde en rimes, une légende des siècles.

Léonie baisse les yeux et retient un frisson. Comme la rue est en pente, elle s'accroche à son bras.

– Je viens de trouver le titre du premier de ces poèmes. Je l'intitulerai « Le sacre de la femme ».

Léonie est confuse. Elle n'ose pas poursuivre. Trop tôt. Trop froid. Trop près. Elle dévie le propos au premier bec de gaz.

– Ce Bugeaud est une brute, Léonie, répond Hugo. Bernardin de Saint-Pierre était un vrai savant, tout pétri des lumières de l'imagination. Je ne suis pas très porté sur la chose catholique, mais le divin m'attire. Et cette théorie pourrait bien m'inspirer pour un prochain roman. Je la garde en mémoire si vous le voulez bien.

– J'aurais tellement voulu y rester plus longtemps et vous rapporter des preuves, des éléments tangibles.

Hugo hoche la tête. Il la croit sur parole. Elle claque un peu des dents.

– Il y a une station en bas de la rue Laffitte. Je vais vous trouver ce qu'il faut.

– J'ai ma voiture, monsieur Hugo. Inutile de vous donner tout ce mal pour moi. J'habite loin, vous savez. Je dois prévoir ces choses-là. D'ailleurs je la vois plus bas.

Des petits souliers plats aux pieds, Léonie marche doucement. Hugo lui tient le bras comme s'ils étaient amants. Elle laisse faire cette figure parisienne. Il est aimable et tendre, plein d'attentions pour elle. Il a promis de l'aider à publier son livre. Ce ne sera peut-être pas sa légende des siècles ou son histoire du monde. On n'y trouvera pas les vers qu'il vient de dire, mais elle racontera tout ce qu'elle croit savoir et surtout ce qu'elle a vu. Il promet d'en parler à l'un de ses éditeurs. Pas celui de *Han d'Islande*. Celui-là était mauvais. C'était un marquis qui se piquait d'édition. Non. Un autre.

Un vrai, cette fois. Elle a noté son nom dans un coin de sa tête.

– J'aurais tellement aimé voyager avec vous. Découvrir les Lapons, sillonner ce marché dont vous m'avez parlé. S'émerveiller sans cesse de tout ce qui va et vient, pour la première fois et peut-être la dernière. J'aime cet éphémère. Cette mélancolie de l'objet aperçu au cours du voyage. Et de ces horizons, de ces vagues, de ces glaciers devant vous, derrière vous. Voyager, c'est naître et mourir à chaque réveil. Chaque année je prends la route pour éprouver ce vertige de l'instant traversé.

– Et jamais le bateau ?

– Non, madame. Pas encore…

Léonie le jauge et le regarde du coin de l'œil. Il a l'âge de François, soit vingt ans de plus qu'elle. Elle préfère les hommes mûrs. Ils ont l'âme polie, le regard exercé. Ils savent. Si seulement il avait un peu de barbe aux joues, il aurait pu lui plaire. *C'est une idée stupide.*

Une plaque de verglas s'est formée au carrefour de la rue Laffitte et de la rue Taitbout. À une centaine de pas, la station de fiacres est morne. Pas la moindre voiture. Un homme fait le planton. C'est là que Léonie doit retrouver le sien. Ils vont devoir attendre sous ces paquets de flocons, dans une nuit sous cloche où les bruits sont ouatés. Une ville enneigée, c'est un monde estompé, aux angles effacés, aux saletés disparues, aux passants rares et lents éclairés de carrés de lumière tombée des becs alentour. Léonie apprécie le spectacle de cette nuit calfeutrée, emmitouflée, comme elle, dans son manteau de neige.

Mais un cri brise tout. Le cri surpris d'une femme qui se tient juste devant eux, de l'autre côté de la rue. Hugo et

Léonie découvrent un homme près d'elle. Un jeune homme habillé comme un petit lord anglais. Il se baisse et compacte une grosse poignée de neige pour la projeter dans le dos de la lorette. La pauvre hurle encore. Elle est si peu vêtue. Sa nuque est trempée. Comme il va recommencer, elle se jette sur lui, l'agrippe et le taloche. Le faux lord se regimbe et répond coup pour coup, plus mauvais, plus brutal. En quelques secondes seulement, la fille se retrouve à terre. Le temps de traverser, la route de Hugo est coupée par la course de deux sergents de ville qui se précipitent vers elle. Ils empoignent la fille et laissent l'homme tranquille. Deux taches noires sur le blanc, et au milieu une robe couverte du châle de laine grise que portent les lorettes.

– Mais non ! J'ai rien fait de mal ! C'est lui ! C'est lui ! hurle-t-elle aux bras des policiers qui l'embarquent plus loin.

Hugo se plante dans l'étroite rue Taitbout. Il entend, comme Léonie, les sergents menacer la pauvre prostituée.

– T'es bonne pour tes six mois.

– Mais j'ai rien fait de mal. Je suis pas coupable.

Léonie le rejoint.

– Il faut faire quelque chose. On ne peut pas la laisser.

Le coupable est parti. Il s'est enfui. La fille est arrêtée. Léonie demande où se trouve le poste de police.

– Juste derrière l'Opéra, rue Chauchat.

Elle prend le bras de Hugo.

– Allons-y.

La fille et les sergents sont plus loin. La pauvre se débat, pleure, implore et crie. Ils ne veulent rien savoir. La fille faisait du tapage. Elle va payer pour ça et pour toutes les alertes qu'elle a sonnées. Les curieux sont aux fenêtres, le cou tendu vers la rue malgré le froid. On n'entend plus qu'eux trois dans cette nuit d'hiver.

Hugo et Léonie traversent le boulevard puis prennent la rue Chauchat. À travers les carreaux d'une fenêtre fermée qui donne sur le rez-de-chaussée, ils aperçoivent la fille poussée par ses sergots. Ils s'arrêtent et observent, le temps d'élaborer un plan pour la sortir de là.

– Vous allez témoigner, dit Léonie.

– C'est assez délicat, grogne soudain Hugo.

– Ah bon ? Et pourquoi cela ? s'indigne Léonie.

Il n'avouera jamais qu'il redoute les commères, qu'il se méfie des échotiers, des faits divers tordus rapportés par la presse populaire. Que de vérités sapées pour faire rire les lecteurs !

Elle ôte son manteau. Elle refuse de se réchauffer s'il ne montre pas plus de cœur pour cette pauvre putain. Elle a les lèvres bleues, les yeux brillants de froid.

– Allons-y, se résout Victor Hugo. Mais remettez ce manteau.

L'accueil du poste est un planton amorphe, engourdi par l'alcool. Il est trop assoupi pour relever leur présence. Ils poursuivent vers la pièce de droite. Des murs nus craquelés. Un feu de cheminée. Une petite table en bois. Une chandelle et un homme occupé à écrire en faisant crisser sa plume sur du papier grenu. Avec une voix brève et un ton peu amène, il leur demande ce qu'ils veulent.

Léonie pousse Hugo parce qu'il tarde à répondre.

– J'ai été témoin d'une scène. Et je viens vous raconter ce que nous venons de voir.

– Quelle scène ? De quoi…

– Celle qui concerne cette femme, dit Hugo en désignant

la fille accroupie dans le coin d'ombre, ligotée par les mains, dégoulinante d'eau sale.

Elle se tient la tête basse. Ses cheveux forment une masse de châtain frisottants comme des algues qui lui barrent les yeux, qui dégouttent sur sa robe. Un vague mouvement de tête signifie qu'elle écoute.

– Elle va mourir de froid, s'indigne Léonie.

– C'est de ça que vous parlez ? s'amuse le chef de poste.

– Cette femme n'a rien fait de mal, déclare Hugo. Nous attendions un fiacre quand on l'a agressée. Un mauvais drôle l'a aspergée de neige sans motif, sans raison. Inconnus l'un pour l'autre. Il voulait se moquer d'elle. Elle n'a fait que se défendre.

– Se défendre ? raille le chef de poste.

La fille redresse la tête. Elle soulève son coude en tremblant de tout son corps. Elle dégage ses mèches. Des cernes violets auréolent ses billes d'yeux. Elle les regarde par en dessous comme un chien prêt à mordre.

Léonie lui adresse un signe de compassion. La paume tendue vers elle.

– Mes hommes savent ce qu'ils ont vu. C'est là, dit-il en tapotant les lignes de son procès-verbal. Cette fille est connue. Une insoumise. Elle a son numéro, mais refuse de rester cantonnée dans son boxon. Vous ne me détromperez pas. Elle racolait tantôt. En plus, elle a battu un homme.

La pauvre tente de se lever. Mais ses liens la retiennent.

– Monsieur Levert, laissez-moi. Je vous jure que je le ferai plus. J'y retournerai, chez la Jeanne, avec les autres filles. Je me rangerai, juré ! Mais au reste, c'est l'autre. C'est lui qui m'a battue, et moi j'y étions pour rien, vraiment, vrai de vrai, inspecteur.

– Ferme-la ! J'ai pas de temps à perdre. T'iras à Saint-Lazare ! Et vous deux, foutez le camp, leur lance l'inspecteur.

Léonie fait un pas. Elle n'a plus son manteau, qui a glissé à terre. Elle défie l'inspecteur. Ses agents rappliquent.

– Vous n'avez pas le droit. Vous n'avez pas le droit de nous parler comme ça. Ni à nous, ni à elle. Savez-vous qui nous sommes ? Hein ? Non. Sûrement pas. Vous n'avez pas compris. Vous n'avez rien compris.

– Mais qu'est-ce qu'elle veut, cette folle ? dit un sergent.

– Vous allez payer cher pour ces mots ! menace-t-elle pendant que Hugo la tire par le bras pour lui éviter de prendre un mauvais coup de bâton, « par réflexe de police », comme disent les faits-diversiers.

L'inspecteur se recale en faisant craquer sa chaise. Il a croisé les bras en attendant la suite. Ses deux agents l'imitent. Sûrs d'eux, sûrs de leur droit.

– Et à qui ai-je l'honneur ?

– Je suis Victor Hugo, dit-il d'une voix posée.

– Mais encore…

– Officier de la Légion d'honneur…

Comme l'inspecteur Levert s'apprête à lui répondre qu'il en connaît beaucoup, des hommes à la rosette, Léonie y retourne.

– Membre de l'Académie et pensionné du roi, lance-t-elle pour le faire taire.

L'inspecteur reste coi. Ses deux agents se figent. Hugo pose sur la table son passeport.

– Un académicien ! Mazette ! dit la fille.

L'inspecteur regarde Hugo. Hésite. Déchire le procès-verbal et attend.

– Je vais vous dire ce que j'ai vu et vous le consignerez, poursuit Hugo sur le même ton posé.

Calme, résolu, il décrit toute la scène. La grossièreté du passant. Les paquets de neige glacée. La surprise de la fille. L'erreur des sergents de ville. Léonie ramasse le manteau à ses pieds pour couvrir les épaules de la malheureuse. Les deux agents voudraient intervenir, mais l'inspecteur les en empêche.

– C'est bon. J'en sais assez, dit-il. Êtes-vous prêt à déposer pour cette femme ?

– Oui.

Hugo dicte en peu de mots ce qu'il a vu. L'inspecteur le note à contrecœur. La fille va devoir suivre un bref contrôle d'hygiène par les dames de Saint-Lazare, explique-t-il. Après quoi elle pourra retrouver ses pénates, ou le boxon de Jeanne. Hugo le remercie. Mais avant de quitter les lieux, l'inspecteur interpelle Léonie.

– Et vous, madame Hugo, vous ne voulez pas signer ?

– Je ne suis pas Mme Hugo.

S'ensuivent quelques mots que Levert marmonne, des phrases à sens unique qui sentent la revanche. Hugo et Léonie se sont fait un ennemi.

22

Une fenêtre éclairée au coin de la place Royale. En montant l'escalier, Hugo entend des rires et de l'agitation. La porte est entrouverte. Il accroche son manteau au mur du vestibule. Il frappe ses talons pour faire tomber la neige. Sa femme n'est pas couchée ? Il est tard pourtant et le froid glacial ne pousse pas à veiller. Dans le grand salon rouge, il distingue sa silhouette devant la cheminée. Adèle est seule. Elle referme un gros livre et le pose par terre.

Hugo s'avance et effleure son épaule. Il y avait bien des rires. Il y avait quelqu'un d'autre. À l'odeur du feu de bois se mêle celle d'un mélange de musc et de réglisse.

– Comment s'est passé ton dîner avec le docteur Villermé ?

– Mal. Très mal. Cet homme est un ventre mou. Il ne fera jamais rien contre la chimie de Thénard. Il est lié aux puissants. Ce n'est qu'un hygiéniste. Il recense les faits. Il aligne les chiffres. Mais il ne pousse pas le fer. Il constate, c'est tout. Il se moque du vivant.

– Tu dois être déçu.

– Qui suis-je face à ces gens ? Un poète ? Un naïf ? Un simple ?

– Mais la naïveté n'est-elle pas l'image de la vérité ?

– Peut-être. Mais elle est impuissante face au mur de l'argent. Ces gens-là ont l'argent, l'agiot, la banque, la Bourse, le comptoir, le coffre-fort. Ils passent d'un coup à l'autre, selon les occasions. Ils font les lois et défont les morales. Ils n'ont jamais de regrets tant que la fortune est là. Ils n'enjambent que de la honte.

Hugo relève le nez.

– Et toi, ta soirée ?

– Rien de particulier. Je suis restée près de ce feu.

Il n'en croit pas un mot. Hugo a reconnu ce parfum singulier. C'est celui de Sainte-Beuve. Il était là. L'amant vient de décamper en l'entendant monter. Pas besoin d'aller vérifier à la fenêtre s'il s'esquive. Hugo est persuadé qu'il y verrait ce traître, en voiture ou à pied, roulant des yeux inquiets vers le deuxième étage pour s'assurer, tremblant, que le secret demeure, qu'Adèle n'est pas prise, qu'il pourra revenir de nuit comme de jour, dès demain sûrement.

Depuis combien de temps ces deux-là se fréquentent-ils ? Depuis combien de saisons ce maudit frère de plume, cet ami de longue date est-il son Judas ? Il n'y a que ce gros homme pour se frotter le cou et les poignets de cette affreuse glande de cerf. Hugo le déteste. Il hait ce corps à l'envers, cette barrique mal faite et pourtant spirituelle qui lorgne sur Adèle. Quel crapaud, ce Sainte-Beuve ! Quel lâche ! Quel pétochard !

Adèle se lève pour écarter les bûches avec son pique-feu.

Très ostensiblement, elle enchaîne les bâillements en rejoignant leur chambre. Pas besoin d'en faire tant. Cela fait des années qu'ils se couchent sans se toucher, qu'ils dorment cul à cul, toujours le dos tourné. Adèle a quarante ans. Quelques mois de plus que lui.

Le nez haut, les yeux bas, il lui emboîte le pas.

– Tu ne vas pas écrire ?

– Non, pas ce soir.

Hugo n'est pas d'humeur à dormir dans le petit lit installé en face de son bureau. Trop froid. Il suit des yeux sa femme. Il l'avait tant aimée, sa belle Adèle Foucher, devenue Mme Hugo. Mais le temps des amants ne dure qu'un été. Adèle s'est empâtée. Son ventre s'est ramolli après toutes ces grossesses. Combien d'enfants portés ? Quatre ? Cinq, en comptant le premier, le petit Léopold, mort trop tôt.

Ses cuisses sont désormais martelées de capitons. Ses fesses sont devenues flasques et à cause de sa vue basse elle ne semble pas remarquer dans le miroir le duvet de sa moustache. Elle n'est plus ce qu'elle était, mais Sainte-Beuve, lui, l'adule. Magie du cœur battant. Vertu des yeux de l'amour qui montre ce qu'on veut voir et cache ce qui se voit trop.

– Bonne nuit, Adèle.

– Bonne nuit, mon Victor.

Si seulement il savait ce qu'Adèle pense de lui, avec ce parfum de femme qu'il traîne si souvent. Celui-là est nouveau. Il est plus frais. Plus jeune. Sans doute une nouvelle conquête pour ce quarantenaire fringant comme un jeune homme. Adèle se demande où il puise tant d'ardeur. Où déniche-t-il ces filles ? Sans doute des gourgandines. Quant à elle, elle ne supporte plus ses gros doigts sur sa peau. La langue de ses baisers est suave comme une loche. Et elles, comment font-elles ?

Un soupir interrompt leurs ruminations. Cela ressemble à un râle. Un grognement étouffé.

– Tu as entendu ? dit Hugo en repoussant l'édredon de leur lit.

– Qu'est-ce ?

Une voix suppliante surgit de sous le matelas.

– Aidez-moi ! dit la voix.

– Mais…

– Je vous en supplie, aidez-moi !

– Vous ? C'est vous, lance Adèle en se relevant à son tour.

Deux mains sur le parquet surgies de sous le lit.

– Je n'arrive pas à…

Hugo quitte le matelas et se penche pour voir. Il n'en croit pas ses yeux. C'est bien la voix de Sainte-Beuve. C'est bien sa tête là-dessous, coincée sous le matelas. Adèle est près de lui, agenouillée elle aussi, les fesses relevées, la tête vers le bas comme le ferait une autruche.

– Enfin, Charles-Augustin, qu'est-ce que vous faites là ?

Hugo tire ses mains pour le sortir de là. Le traître défroisse sa veste et tarde à se reprendre. Sous le coup de la frayeur il peine à reprendre son souffle.

– J'ai cru que j'allais mourir, comprimé sous vous deux ! Je ne m'y attendais pas.

– Moi non plus ! dit Hugo, mordant le bout de ses lèvres pour retenir un fou rire.

Adèle tend à Sainte-Beuve un grand verre d'eau pour qu'il boive et se taise en attendant de trouver un scénario d'urgence.

– J'ai…, commence-t-il.

Adèle pousse son verre pour qu'il y retrempe ses lèvres.

– Prenez votre temps, dit-elle.

La dernière goutte bue, Sainte-Beuve s'essuie la bouche,

remercie, pose sa main sur son cœur, inspire profondément, et improvise une histoire.

– Je sortais de chez vous.

– Vous étiez là, Sainte-Beuve ? Je l'ignorais, feint Hugo pour pousser l'avantage qu'il a sur le ridicule.

– Mais si, mais si, répond Adèle. Mais tu ne m'écoutes pas, Victor.

– Ah !

– En sortant de chez vous, j'ai donc fait demi-tour, poursuit Sainte-Beuve.

– À cause de vos lunettes ? le coupe Adèle.

– Parfaitement. À cause de mes lunettes.

– Je les avais posées là, au coin de ma bergère, dit-elle en montrant le fauteuil près du lit.

– Je vous lisais une recension pour la *Revue des Deux Mondes*.

– Mouais… bon… disons…, réplique mollement Hugo qui s'attendait à mieux de la part de cet homme.

Sainte-Beuve est passé maître dans l'art de la formule. Mais il a du mal à produire, à créer de l'intrigue, du drame original. Il compose par défaut. Journaliste littéraire, Sainte-Beuve se grandit sur le dos des artistes. C'est l'affaire des critiques et le lot des auteurs. Les basses œuvres des uns naissent des œuvres des autres. Pendant que les uns polissent, les autres saccagent. Les uns érigent, les autres détruisent. Sainte-Beuve est un sapeur, un pompier pyromane qui se repaît de sa source pour tenter de se hausser. Demain, il écrira un autre article fielleux sur Balzac ou Gautier ou Dumas voire Hugo. Personne ne l'empêchera de faire tout ce qu'il sait faire. Il est payé pour cela. Sainte-Beuve a son credo : la pierre jetée est une loi. Tous y passent. Quels qu'ils soient. Talentueux comme mauvais. Mais une seule chose est sûre : être insulté, cela couronne !

Sainte-Beuve chausse ses binocles.

– Voilà, dit-il en tirant une feuille de sa poche. Je pourrais vous le lire.

– Une autre fois, cher monsieur. Ne le prenez pas mal, mais je vous ai assez vu. Il est tard. J'ai sommeil. Vous entendre maintenant risquerait de faire trop. Je vous souhaite une bonne nuit.

– Navrant, vraiment navrant, commente Sainte-Beuve, jouant l'ami maladroit qui s'échappe à reculons comme une âme écrevisse qui ne va qu'à rebours, à contre-temps, du meilleur vers le pire, jusqu'à la porte du fond.

– Je vous raccompagne.

Sainte-Beuve s'est éclipsé. Adèle s'est effacée. Hugo avait de l'estime pour son goût, ses remarques, sa perception des choses de la vie. Mais pourquoi cet homme-là ? Pourquoi lui ? Sainte-Beuve ne vaut rien. Pas même un mauvais rôle dans un mauvais vaudeville. Il n'y a rien à retenir de ce dialogue idiot, de cet échange de dupes.

Il sait. Elle sait. Ils savent. Ils savent depuis le jour où Sainte-Beuve a envoyé cette lettre alambiquée toute pleine de non-dits :

> « Je ne m'inspire plus qu'auprès de vous, de vous et de tout ce qui vous entoure, a-t-il écrit. Enfin, ma vie domestique n'est encore qu'en vous, et je ne suis heureux et chez moi que sur votre canapé et au coin de votre feu [1]. »

1. Lettre de Sainte-Beuve à Victor Hugo du 11 octobre 1829.

C'était il y a plus de dix ans. Les Hugo habitaient rue Notre-Dame-des-Champs. Pendant qu'il livrait bataille pour *Hernani*, Sainte-Beuve convoitait de faire son lit dans le sien, comme font les coucous, ces oiseaux parasites qui pondent dans le nid des autres.

En soufflant sa bougie, Hugo chasse cet épisode de son esprit comme une mouche sur son front. Il peut maintenant se lover tout au fond de son lit sans craindre d'écraser un amant mal placé.

C'est à elle qu'il songe. À Léonie. Il faudra trouver une occasion de la revoir. Peut-être devrait-il l'inviter à la pièce qu'il va bientôt faire jouer. *Les Burgraves* sont prêts. Les auditions se poursuivent. Il y a eu un problème avec une comédienne qui s'est vu retirer le rôle. Mlle Maxime s'est vexée. Elle lui intente un procès et répand dans la presse des vers qu'elle détourne au sujet des méchantes barbes grises qui aiment les pauvres têtes blondes. Pourtant, c'est assez vrai. Il aime cette tête blonde. Il aime cette Léonie surgie, disparue, revenue, repartie. Il aurait tant aimé se trouver dans son lit, ou même sous son lit…

– Voilà, lui lance sa femme, de retour, en faisant couiner le sommier.

Elle tire la couverture. Elle fait pencher le matelas. Elle creuse son oreiller et se met à ronfler, comme si de rien n'était.

23

Léonie y est allée. Elle a vu *Les Burgraves*. Elle est restée de marbre quand toute la salle sifflait. Elle attendait que ça passe. Elle attendait un signe. Elle est passée derrière et a connu les coulisses.

– De votre regard plein d'ombre il sort tant de flammes.

Léonie a bégayé. Hugo l'a embrassée dans la seule loge libre.

– Je vous aime.

– En cachette ? dit-elle.

– Pas seulement.

Il a pris le bateau quand François s'absentait. Elle imaginait l'un croisant l'autre sur la Seine. Il a lu des poèmes à sa petite Marie et a griffonné des vers qu'il glissait sous ses draps. Puis il a marié sa fille et s'est mis à confondre son prénom et le sien. Léonie. Léopoldine.

– Tu devrais t'appeler Hugo.

– Mais je suis déjà mariée.

Léonie s'est attachée à cet homme si charmant. Il est attentif à tout ce qu'elle pense. Mais que faire quand on est mariée au mauvais homme ?

Léonie fait de son mieux. Pour casser la routine, parfois, elle l'accompagne. François est bon vendeur. Il sait se mettre en valeur, faire naître le frisson chez d'éventuels acheteurs. Il a surtout compris que la beauté de sa femme faisait remonter sa cote. Léonie a le don de vaincre les avarices, de refouler les ruses, d'enterrer les retenues de ces hommes d'argent qui se prennent pour des mécènes. Plus question de lésiner quand Léonie est là.

Chez le baron Hulmann, François est comme chez lui. Léonie remarque ses deux toiles dans le hall d'entrée. Une scène de harem, et un campement de bédouins au coucher du soleil.

– Elles sont belles, dit-elle. J'aime surtout la deuxième.

– Je les ai ramenées d'Égypte. On a campé six jours dans le désert du Sinaï. Quant à la première toile, je…

Léonie baisse la tête. Elle ne veut pas savoir et préfère l'orienter vers le tableau suivant.

– Ce n'est pas de moi.

– Ah bon ? C'est de qui ? C'est beau.

François ne répond pas. Suit une série de toiles jusqu'au premier étage. Toute la famille Hulmann, parents, proches et cousins. Banquiers depuis deux siècles. Ses appartements sont situés au premier. Tout au bout d'une façade bardée de hautes fenêtres qui donnent sur les jardins de Monceau. Le baron les attend dans le petit salon mauve. Il porte l'habit prussien, des souliers à l'ancienne. Les boucles de sa chevelure rappellent les perruques des nobles du temps de Versailles. Il est presque poudré. À mesure qu'elle approche de ce visage fripé, Léonie se ravise. Un rayon très oblique souligne ses nombreuses rides. C'est un vieil homme sans âge. Il esquisse un mouvement pour éviter de se lever. Ses jambes sont des baguettes. Ses doigts sont déformés par des nodosités. L'œil du baron s'éclaire quand Léonie s'approche. Elle lui prend la main. Le vieux baron lui offre un sourire aspiré à force de ruminer un passé qui pèse lourd ; un présent en allé.

Dans le sillage de François et de celle que le baron nomme sa « charmante épouse », deux domestiques transportent une toile qu'il vient d'achever. Son huile est à peine sèche.

– Une scène épouvantable que j'ai saisie au vol alors que nous revenions d'une chasse à l'ours polaire.

Léonie le laisse dire. Elle n'a pas le moindre souvenir d'une telle chasse. Le baron penche la tête pour entendre les détails du récit de François. Il a dressé l'oreille sans jamais jeter un œil vers la toile posée contre le mur du fond par ses domestiques.

– Ah…

François décrit la chaloupe contenant les trois chasseurs. Le père, l'oncle et le fils, attaqués par les ours. Deux mâles et une femelle rendus furieux par la mort d'un ourson.

– Les chasseurs venaient à peine de quitter la banquise. Les trois ours débarquaient. Ils leur couraient derrière pendant que les marins ramaient de toutes leurs forces pour rejoindre notre navire. Les ours sont agiles. Ils sautaient prestement, de banquise en banquise, et plongèrent vers leur cible. Les chasseurs s'épuisaient à souquer de leur mieux. Mais les bêtes nageaient vite. Elles finirent par les rejoindre.

– Quelle horreur !

– Ils venaient de s'accrocher. Trois ours blancs furibards qui tentaient de se hisser dans la chaloupe. Un devant, un derrière et la troisième jetant la moitié de son corps pour grimper dans leur embarcation. Celle-ci se mit à tanguer.

L'eau y entrait par paquets. Des litres d'eau glacée qui saisirent les chasseurs aussi bien que la terreur. Ils craignaient de verser. Mais on ne pouvait rien faire. Je n'oublierai jamais les cris qu'ils poussaient.

– Oh, oui, j'imagine, dit le baron.

Léonie le regarde faire. François s'est redressé pour mimer son récit. Il lève les bras très haut comme s'il tenait une lance et raconte qu'à l'avant, l'oncle se trouvait aux prises avec le premier ours.

– Il le repoussa de sa lance. Il avait sa jambe gauche comme ça, calée sur le plat-bord, et l'autre arc-boutée pour garder l'équilibre. Sa lance visait le cœur de l'ours. Cette première bête forçait pour ramener ses pattes arrière.

– Oh, oui, je vois..., réplique le baron, fasciné par l'histoire.

Et maintenant voilà que son François s'allonge, les jambes et le buste sur le tapis ancien, les deux bras agrippés au fauteuil Régence.

– Le père s'accrochait au rebord de la chaloupe. Mais la femelle jetait ses grandes pattes avant vers les cuisses du pauvre homme. Elle n'était plus très loin de se hisser à bord. Seules ses pattes arrière étaient encore dans l'eau. Mais elle touchait au but. Elle allait le dévorer.

– Et personne ne tirait ? Vous n'avez rien fait pour sauver ces trois braves ?

– De là où nous étions ?

– Ah ! soupira le baron, tendu vers cette scène qui se jouait comme devant ses yeux.

– Nous les tenions en joue, prêts à intervenir, mais il y avait trop de trouble pour viser juste. On risquait de blesser le père, ou le fils, voire l'oncle.

Léonie fait de son mieux pour retenir un sourire. Elle baisse un peu la tête, mord l'intérieur de ses joues, respire une bonne fois en espérant que ça passe. François ne sait pas tirer. Il a peur de la poudre. La moindre détonation lui fait faire des bonds. Mais le baron est ferré. François garde la main et raconte comment le fils a décidé de s'engager pour défendre son père.

– Il a brandi sa lame, un long couteau comme ceux que fabriquent les Lapons, avec un manche en corne, sans la moindre butée. Un gamin de douze, treize ans d'un courage inouï.

– Oh, oui, oui. Je sais.

François est maintenant dans le rôle du fils qui sauve le père. Il se jette en avant au-dessus de sa chaise. Il ferme le poing droit comme s'il tenait une arme et donne des coups dans le vide en disant qu'il visait la gueule grande ouverte de la femelle.

– De l'autre main, il tenait son père à l'écart.

À ces mots le baron se rejette en arrière, les deux mains sur le cœur, la tête vers le plafond.

– Pour sauver la vie de son père, répète le baron d'une voix bouleversée.

– Pour lui sauver la vie, confirme François avant de s'épousseter dans un drôle de réflexe, comme s'il était couvert de neige, de glace ou de sang.

Léonie n'en revient pas. Elle ne s'attendait pas à ce drame surjoué, bien pire que *Les Burgraves*. Il pourrait se contenter de fictionner à l'huile, d'inventer au pinceau. Mais non. Cette fois, il a dépassé le cadre, inventé une scène toute pleine de boursouflures en se roulant par terre comme un bonimenteur, un grimacier de foire, un imposteur sans frein. Et pourquoi ? Dans quel but ? Elle braque son regard sur lui, prête à faire feu sur cet ours de mari, ce pipeur plantigrade.

Le baron tend les mains pour saisir les mains de Biard.

– Vous ne mesurez pas l'émotion que j'éprouve. Cette histoire, je l'ai vécue.

Sans lui rendre ses mains, le baron lui raconte une partie de chasse à courre. Un cerf. Une battue. Son père mis à terre, roulant sous un dix-cors.

– Et vous l'avez sauvé ?

Léonie ne manque rien des réactions de François. L'inquiétude. La surprise. La compassion outrée. Le soulagement final. Tout chez cet homme sonne faux. Il sait ce qu'il fait. Il connaît l'histoire racontée par ce baron sénile. Elle est même persuadée que c'est lui qui, cent fois, la lui a contée.

Elle en est muette de honte. Comment a-t-il osé la mêler à cette fable ?

– Tu aurais dû me prévenir, glisse-t-elle à son oreille.

Comme François cligne de l'œil, le baron tourne la tête. Le pauvre semble découvrir la présence de Léonie. Triste déliquescence.

– Qui êtes-vous, madame ?

– Je suis…

– C'est ma femme, coupe François. Je vous présente Léonie.

Le baron baise sa main avec cérémonie.

– Elle était avec moi en voyage au Spitzberg.

– Le Spitzberg ? Mais c'est au diable, non ? C'est perdu tout au nord.

– Oui, c'est cela.

– Quelle idée ! dit le baron. Mais vraiment quelle idée d'aller jusque là-bas, dans cet enfer, et d'y emmener sa femme…

Ses yeux couvent Léonie de sa condescendance. Ça l'agace. Elle n'a pas envie de jouer et surtout de préciser que ce qui est enfer pour lui cache un paradis.

– Mais je ne comprends pas. Qui êtes-vous au juste ? Qui sont-ils, ces deux jeunes gens ? lance le baron perdu à l'un de ses domestiques.

Ce dernier s'ébroue, lâche le cadre de la toile et s'avance vers eux d'un pas très nonchalant, empreint d'une lassitude qu'il ne contient même plus. Une mimique de plus et ce serait de l'insolence.

– Ben, ce sont de vos amis, monsieur le baron. Ils viennent de là où y disent pour vous montrer tout ça, répond le domestique avec un mouvement de menton vers la scène de chasse.

Le baron scrute la toile, s'approche, se retourne. Regarde encore une fois la femme. Sourit. S'incline. Poursuit jusqu'à la toile qui occupe tout un pan de mur. L'index tendu, il va presque la toucher, quand François le reprend.

– C'est de l'huile, cher baron. La peinture n'est pas sèche. Vous ne devriez pas.

Mais le baron s'entête. Il presse l'œil d'un ours et enfonce la toile.

– Mais enfin ! proteste François.

Ce pauvre homme est sénile. Il a perdu la boule. Sa conscience éphémère a plus d'interruptions que de continuités. Il va et vient sans cesse, dans le présent, dans le passé, comme si quelque chose lui avait échappé. Il n'est plus nulle part.

– Ce n'est pas bon, dit le baron en crachant le blanc de céruse qu'il vient de suçoter.

– Bon. Et si nous rentrions ? propose Léonie.

Mais François n'en a pas terminé. Il passe du comédien à l'auteur courroucé qui défend son chef-d'œuvre.

– Vous n'auriez pas dû. Il faut tout recommencer.

– Il a pas fait exprès, dit le domestique en quittant le grand salon. Je vais vous appeler Madame.

Léonie a compris. Elle a tout de suite saisi le double jeu de François. Dès l'entrée de la baronne, dès qu'il l'a saluée, il s'est logé entre eux un indicible aimant. Un mot. Un ton. Une odeur répandue. François et cette femme se connaissent bien, très bien, mais veulent donner le change. Pendant que les domestiques font sortir « son trésor », comme elle vient de l'appeler, la baronne assure qu'elle paiera le prix qu'il faut… sans jamais préciser de quoi il s'agit. Si c'est de la toile qu'elle parle, ou bien d'un autre service rendu par son François, son « très cher François ».

Léonie se méfie. Elle déteste son nez qui rebique sous la poudre. Elle déteste les perles qui ornent son long cou. Elle déteste ses cheveux bruns parfaitement noués. Elle déteste cet air tout extasié qu'elle affiche devant la toile. Elle déteste cette façon qu'elle a de téter l'air quand il lui décrit cette scène imaginaire. Elle hait tout de cette baronne qui ne l'a même pas saluée.

– Elle vaut cinquante mille francs, déclare brusquement Léonie.

– Pardon ?

– La toile. Elle vaut cinquante mille francs. Et pour le repentir, je vous laisse voir avec mon mari.

– Bien sûr, dit la baronne. Vous dites le repentir ?

– La trace de doigt.

– C'est cela, un repentir ?

– Cela y ressemble beaucoup !

François fronce les sourcils.
– Léonie, que fais-tu ?
– Mais comme toi, mon chéri.

La baronne s'est retirée. Les portes se sont fermées. Il s'est égosillé à mettre sa femme en garde. Plus jamais. Plus jamais ! Léonie a laissé passer les postillons, les menaces, les insultes. Un fiacre s'est arrêté. Il est monté le premier. Elle a claqué la portière et fait signe au cocher.

– Continuez sans moi, dit-elle, avant de ressentir une douleur au ventre.

Elle place sa main dessus. Cela vient de tout en bas. Elle espère qu'elle se trompe. Ce n'est vraiment pas le moment. Hugo l'attend ce soir.

24

Son monde a basculé.

Il allait tout rafler, la fierté d'être nommé à la Chambre des pairs, les joies de la famille et les plaisirs secrets, puis tout s'est écroulé.

Hugo venait de repérer un vieux café dressé sur une grande place du centre de Rochefort. Comme s'appelait-il ? Le café quelque chose. Il marchait derrière celle qui l'accompagnait cet été-là alors que lui rêvait de retourner voir l'autre. Il se souvient d'un homme assis en première ligne, sur la terrasse à droite, qui avait déployé les pages d'un journal. La fumée de sa pipe s'élevait droit, comme sortie d'une cheminée d'usine. Hugo allait composer quelques vers de coin de table sur ce voisin fumant, mais un garçon de café est venu couper son élan.

– Chaud ? froid ? Qu'est-ce qu'on vous sert ?

Hugo pousse la table pour prendre place près de Juliette sur la banquette du fond.

– Vous avez de la bière ? Il fait chaud et j'ai soif, lui répond Juliette.

– Pour deux ?

Le garçon se retire en évitant de justesse les marches d'un

petit escalier qui doit mener à l'étage. Sa cuisse bute sur l'angle de la table, qui vacille. Une pile de journaux entassés là tombe.

Il jure en ramassant les feuilles. Quelques-uns atterrissent sous leur table, à leurs pieds. Juliette hérite du *Charivari* de la veille et lui d'un numéro du *Siècle*. Il l'ouvre, le feuillette, achoppe sur un article des « Nouvelles diverses » et lit : « Un affreux événement… Villequier… canot… nageur très exercé… le corps inanimé… jeune femme… »

Léopoldine noyée. Stupeur. Silence. Sa fille. Morte.

– Que se passe-t-il ? Victor ! Réponds-moi.

Sans prononcer un mot, il traverse la place, la ville et ses remparts, ses quais puis ses faubourgs brûlant sous le soleil. Juliette marche derrière, parle, pleure, l'attrape par la manche, secoue son bras inerte, tente de l'arrêter pour qu'il lui dise un mot. La nuit est en lui. Son cœur s'est gelé. Ses mots ne servent à rien. Il ressasse ces lignes : « Un affreux événement… le deuil… l'infortunée jeune femme… les cadavres… victimes… M. Victor Hugo est actuellement en voyage. On le croit à La Rochelle. »

La diligence file. Il y a déjà eu une cérémonie. Le corps de sa Didine gît près d'une église aux vieilles pierres grisées au cimetière de Villequier. On l'a inhumée à côté de son mari. Une messe a été prononcée.

Hugo rentre à Paris. Sa femme est revenue avec leurs deux garçons et leur petite dernière. Adèle l'interroge.

– Iras-tu ?

– Aller où ?

– Voir notre fille !

– Léopoldine…

– Iras-tu ?

– Aller où ?

– J'ai besoin d'y retourner. Je voudrais y aller demain, avec toi.

– Demain ?

– Oui. Iras-tu ?

– Aller où ?

– Sur sa tombe.

– Demain ?

– Oui, Victor. Une voiture part à l'aube.

– Demain ?

– Oui, Victor. Je voudrais que tu m'accompagnes. Viens avec moi.

– Mais pourquoi ?

– Pour remplir tout ce vide qu'elle laisse dans nos vies, dans cet appartement, dans ce salon trop grand, à table, à Paris. Partout. Je voudrais que tu m'accompagnes.

– Léopoldine.

– J'ai acheté des fleurs.

– Pour elle ? Des fleurs pour notre fille ?

– Oui, Victor. Viens avec moi. Allons voir notre enfant.

– Ma fille…

– Allons fleurir sa tombe.

– Avec du houx vert ?

– Du houx vert ? Si tu veux.

– Elle m'en avait offert quand j'étais enfermé pour écrire *Notre-Dame*. De jolies feuilles de houx que j'avais accrochées au-dessus de mon bureau. Tu ne te souviens pas ?

– Non.

– Tu avais confisqué la clef de ma penderie.

– Je sais.

– Pour que je ne sorte pas.

– Oui.

– Elle disait que ça portait bonheur. Il faut lui en offrir.

Au mot « bonheur », Adèle fond en larmes. La pauvre femme dévastée pense à sa fille perdue. Elle n'a pas eu de chance. Elle n'a pas eu le temps de goûter au bonheur. Elle était au début, au tout début de sa vie.

– Nous lui en achèterons, dit-elle en essorant ses yeux.

– Et de la bruyère. Un tapis de bruyère. Mauve.

– Aussi, Victor.

– Le plus beau des bouquets.

– Alors, iras-tu ?

Impossible. Léopoldine riait, exigeait et aimait. Elle palpitait de joie. Là-bas, à Villequier, il n'y a qu'une stèle grise sur laquelle sont gravées des consonnes, des voyelles, des lettres et des phonèmes qui ressemblent à son nom. Or, elle était la vie. Impossible de se rendre à cette idée que sa chère fille soit enfouie là-dessous. Léopoldine est en lui, dans son cœur, dans sa tête. Elle est partout vivace, vibrante, éternellement vivante.

Il laisse passer les jours, les semaines et les mois. Les journées raccourcissent. Le froid s'installe. Il peine à répondre aux jolis mots de Juliette qui commence toutes ses lettres par la même formule : « Bonjour, mon Toto bien-aimé, bonjour, mon cher adoré. Comment vas-tu ce matin ? Es-tu moins accablé qu'hier, mon pauvre adoré ? »

Accablé ? Hugo l'est autant qu'hier et sans doute moins que demain. Mais la peine qu'il éprouve va au-delà des mots. Elle transcende les rituels. Elle est cristallisée au fond de sa conscience.

Un visage revient pourtant, la nuit, le jour, sans jamais

s'annoncer. Il est silencieux. Il n'attend pas de réponse. Patiemment obstiné. C'est celui de Léonie.

Quand il formule le nom de son joli visage, il énonce les mêmes lettres que celui de sa fille. Un L majuscule. Des *e* à intervalles. Un *n* en fin de mot. Un *i* placé avant ou après, c'est selon. Le prénom de Léonie s'est niché au creux de celui de Léopoldine. Toutes les deux sont nées dans la même décennie, au cours des années vingt, mais à quatre ans d'écart. Lui avait dix-huit ans quand Léonie est née. Hugo a dû se coltiner le mari de Léonie lors d'une fête galante donnée l'été précédent chez Fortunée Hamelin.

– Voilà le grand Hugo ! s'était-il exclamé.

– Cela faisait longtemps, avait répondu Hugo.

Hugo était reparti vers le banquet du fond de cette fête impossible. Tout tombait à côté : l'orchestre mal accordé, des couples pas à pas qui erraient près du moulin. Des bourgeois, des notables, une poignée de hussards. Le mari tuait le temps en siphonnant des verres.

Léonie hésitait. Elle était déchirée entre son amitié pour Fortunée Hamelin et son rôle d'épouse. Que faire ? Rester ? Partir ? Hugo avait remarqué le groupe d'officiers qui lui tournaient autour. Des hussards élégants dans leur dolman ajusté à la taille, bardé de leurs ornements de galons et de tresses. Ils venaient en voisins et faisaient le siège de la belle. Une ligne impériale campée devant ses atours. Le peintre leur lançait des regards vitreux. On sait que la cavalerie et les maris jaloux font rarement bon ménage. La menace planait. Le peintre s'était envoyé un dernier coup de blanc avant de s'arracher à la nappe du buffet pour suivre bon an mal an la pente de la pelouse.

– Elle est belle, hein ? avait-il dit à dix pas des quatre braves.

Le brouhaha ambiant s'était chargé d'avaler la salve mal ajustée du pauvre mari brindezingue.

– C'est à moi ! À moi, messieurs, avait-il ajouté en surgissant comme un chien dans un jeu de quilles.

Capitaines. Commandants. L'état-major charmé par la femme du poivrot avait fait un pas de retrait, pour étudier l'animal. Une barrique à deux pattes. Un mari rouge et gras.

– Madame ? avait dit l'un d'eux.

Léonie avait répondu qu'ils devaient laisser faire, qu'elle avait l'habitude. Elle leur disait tout cela au-dessus de son mari qui s'accrochait à elle, les deux bras à sa taille, son visage dans son cou.

– Ça va aller ! Ça va !

Fortunée Hamelin s'était approchée de lui.

– Affreux couple, avait-elle dit.

– Je la plains, avait répondu Hugo.

– Elle a besoin de vous.

– Et moi, je ne pense qu'à elle.

Léonie vacillait sous le poids de son mari. Elle avait manqué de tomber, et lui, avec elle. Hugo et deux hussards avaient jailli pour empêcher sa chute. Ils avaient retenu la jeune femme en sacrifiant le bonhomme qui avait fini le nez dans l'herbe et à quatre pattes, comme s'il espérait qu'on lui donne la fessée. Tout était lamentable dans la scène du jaloux. La charge, les mots, la chute à la Scapin, dans une version tragique.

Mais cela avait été le dénouement qui avait achevé de le

convaincre. Léonie était allée droit au banquet et avait arraché la nappe. Les plats s'étaient renversés. Les verres avaient valdingué, semant des éclats de rouge sur la belle toile blanche. D'un geste bref et précis elle avait ramené la nappe, l'avait jetée au-dessus de François de telle sorte qu'elle l'avait recouvert. L'orchestre avait cessé de jouer. Toutes les conversations s'étaient interrompues soudain. Tous regardaient cette femme et cette nappe à ses pieds, et son mari dessous. Elle avait brisé le silence.

– Ma honte ! avait-elle chuchoté en désignant la forme enveloppée à ses pieds.

Le souvenir est là. Ancré. Il resurgit maintenant, au pire moment de sa vie. Il faut qu'il la revoie. Elle lui manque tellement. Demain, à la première heure, il écrira à Léonie.

25

Le rêve est revenu. La femme sous la banquise. Léonie s'est inventé une course à Paris. Un aller-retour d'un jour, peut-être deux. Mais pas plus.

– Pour quoi faire ? lui a demandé François.

– Je veux écrire. Je veux publier. Je veux gagner ma vie.

– À la bonne heure ! a dit François. Moi qui n'ai plus d'argent, cela me soulagerait.

Il est devenu si pingre. Il faut dire que les ventes s'espacent de plus en plus. La dernière toile qu'on lui achetée remonte à plusieurs mois. Un petit portrait à l'huile. Rien de très important. Il paraît que le roi s'est entiché d'un autre peintre, un certain Franz Xaver Winterhalter, un Allemand qui sillonne l'Europe et rafle des commandes de tous les trônes. Les temps sont difficiles. La cote de François est en chute libre. Il boit le peu qu'il gagne.

Léonie a pris le départ de cinq heures, moins cher. Sa fille, Marie, dormait. Elle a fait le chemin à pied depuis le pont Royal jusqu'aux Grands Boulevards. Deux heures de marche, avec ses escarpins et sa robe un peu raide. Hugo va la retrouver. Il faut qu'elle lui dise. Lui seul peut la comprendre.

Il porte un haut-de-forme qui penche un peu de côté. Il marche à l'aide d'une canne de bambou sombre ferrée. Il a beaucoup maigri.

– Vous boitez ? demande-t-elle sans quitter la petite table du café Tortoni.

Il y a pas mal de monde boulevard des Italiens. Il est à peine onze heures. Ses trottoirs grouillent déjà d'avocats, de notaires, de voitures pressées de regagner la Bourse située un peu plus loin. Dans ce charivari, il faut tendre l'oreille pour entendre ce qui se dit aux tables des terrasses. Tortoni a fait le plein. C'est le café en vogue. Il dispose seulement d'une dizaine de petites tables cernées de chaises de paille. Mais ses clients sont fiers et estiment ce qu'ils y disent. Hugo saisit le dossier de la petite chaise près d'elle. Il n'y en a plus de libre.

– Vous dites ?

– Votre démarche… Cette canne…

– Une luxation du genou, rien de grave, dit-il en ôtant son chapeau qui laisse sur son front un liseré de peau pincée.

Cette façon qu'il a de promener son regard sur tout ce qui va et vient : les passants, le serveur, les curieux qui découvrent les affiches placardées sur la colonne moresque.

– Vous êtes joué en ce moment ?

– Pas depuis *Les Burgraves*. La pièce ne passe plus. Il faut revoir la troupe et peut-être réécrire quelques scènes du début.

– Dommage. J'ai aimé ce début et adoré cette fin.

– Merci ! dit Hugo sans pouvoir décocher le rire qu'il voudrait.

– Vous écrivez peut-être ?

– J'ai du mal. Vous savez…

– Oui, je sais. J'ai lu. Votre fille. Je suis tellement désolée.

Hugo replie sa bouche et rapatrie les mots qui risqueraient de raviver la douleur.

– Et vous ?

Les cheveux de Hugo sont trop longs, mal coiffés et luisants. Ses sourcils sont rares et ses joues creusées. Son menton se dérobe sous ses lèvres pincées. Et ses ongles sont si longs qu'on dirait ceux d'une femme négligée. D'ailleurs il tient ses mains croisées sous la petite table. Pourtant, cet homme lui plaît. Elle aime cette façon qu'il a de se pencher comme un vieux compagnon, comme une amie complice. Elle aime cette façon qu'il a de tendre l'oreille pour ne rien rater, et ce regard qu'il envoie quand elle peine à poursuivre. Il a saisi sa honte. Il écoute ses regrets. Il laisse croître sa colère de femme liée à son homme. Le bal chez Fortunée qui s'est si mal terminé. François est devenu si mauvais. Mais il a le droit pour lui, et elle n'est qu'une femme. Il faut que cela change.

– Vous souvenez-vous de cette femme le soir quand il neigeait ?

– Oui, bien sûr, dit Hugo. Elle est ressortie libre.

– Oui, mais pour combien de temps ? À quand le prochain drôle, si je puis le dire ainsi ? Vous l'avez tirée de là parce que vous êtes un homme. Sans votre intervention, qui l'aurait défendue ?

– La loi ! Il y a des lois.

– La loi, monsieur Hugo ? Vous le savez comme moi, la loi est bien coupable. Elle a des euphémismes qui réduisent et qui tuent. La loi dissimule les femmes. Elle est faite par les hommes pour soumettre les femmes.

Hugo bascule d'une fesse sur l'autre. Pris de court par ce

discours, il se demande où Léonie veut en venir. Va-t-elle lui reprocher de lui avoir fait la cour ? Une dame s'installe près d'eux. Chapeau bleu, chignon gris teinté de bleu. Elle porte autour du cou ce fameux ruban noir que portaient les duchesses du temps du Roi-Soleil, et qu'on appelait un « je-ne-baise-plus ». Léonie poursuit.

– Celle que j'appelle une esclave, la loi l'appelle mineure. Je suis mineure aux yeux de la loi. Je ne possède pas de biens. Je n'ai pas le droit de voter. Je ne peux même pas intenter une action en justice. L'autre jour, j'ai demandé à me séparer de mon mari. Une simple séparation de biens et de corps.

– Je suis navré.

– Pas tant que moi, cher Hugo. Sans son accord je n'y ai pas droit. Il faut qu'il me le permette. Vous le savez comme moi, le divorce est interdit. Je ne peux que me séparer de lui, si tant est qu'il l'accepte.

– C'est un vrai sac de nœuds.

– Un nœud que je voudrais trancher. Mais je n'en ai pas le droit.

– Je comprends.

Elle se tourne vers lui. Elle lui saisit le bras, puis la cuisse. Ça l'agace.

– Vous qui vous êtes battu contre la peine de mort, vous qui vous êtes tant soucié du sort de ces gosses, de ces Gavroches qui peinent dans ces usines avec ce poison de plomb, battez-vous contre la peine des femmes !

Hugo se raidit encore davantage.

– Faites quelque chose pour nous ! Nous avons des devoirs et vous avez des droits. Vous l'avez vu dans ce commissariat, ce soir d'hiver neigeux, avec cette pauvre fille. Vous n'avez pas oublié ?

– Non.

– Vous verriez pire chaque jour si vous viviez chez moi.

– De là cette servitude…

Le garçon de café vient prendre leur commande. Mais Hugo lui fait signe de revenir plus tard. Il remise ses mains bien sagement sur ses genoux, un peu comme un coupable.

Serait-il comme François dans le secret du foyer ? Sot et violent, comme lui ? Non. Pas lui.

Ce n'est pas possible, se dit-elle. Pas l'homme devant ses yeux. Il est toujours ardent, sans cesser d'être tendre.

Leur voisine soupire ostensiblement. Elle devait les épier. Léonie se redresse soudain comme prise sur le fait. Elle poursuit mais en parlant plus bas.

– En fait, je ne compte pas, dit-elle. Je n'existe pas. Je ne suis plus qu'une mère. Il y a des citoyens, mon cher monsieur Hugo. Il n'y a pas de citoyennes. Mais il y a des esclaves…

La dame au ruban noir semble furieuse.

Léonie hoche la tête d'un air entendu. Hugo confirme d'un signe. Inutile de jeter la suite de leurs propos dans des oreilles gavées de principes rances, de frapper des tympans qui bourdonnent sans vibrer, de chercher le chemin d'un quelconque entendement dans un esprit dont le souffle se réduit à ce soupir exaspéré.

– Pour qui, la crème glacée ? lance le garçon de café.

– Pour moi, dit la dame au ruban, profitant de l'occasion pour jeter un regard sec au couple derrière elle.

– Madame, dit Hugo, qui vient de la reconnaître.

– Monsieur, répond la dame.

– Vous connaissez cette femme ? s'étonne Léonie du ton le plus bas possible.

– Hélas oui, répond-il en se penchant vers elle. C'est la baronne Thénard.

Léonie se recule, hésite, risque un coup d'œil en biais. La baronne suce sa glace avec la moue d'un chat qui laperait du petit-lait. Ils se lèvent.

– Appuyez-vous sur moi.

Hugo glisse sa main autour de sa taille et de l'autre lève sa canne pour appeler une voiture.

En chemin, il propose de goûter chez Pradier, le sculpteur mondain. Tout le monde connaît Pradier. Il y aura là-bas une dame qu'il veut lui présenter, une certaine Louise Colet, femme de lettres, elle aussi. Elle pourrait l'aider, pour son projet d'écriture.

– Croyez-vous ? demande-t-elle.

– Elle est de bon conseil.

Elle éclate de rire. Il s'inquiète. Elle s'excuse et précise sa pensée.

– Pourquoi perdre du temps chez le sculpteur Pradier ?

– Mais, je..., bredouille Hugo.

– Si nous allions chez vous ?

Le cocher se déroute.

26

En se promenant dans Paris, près de la paroisse Saint-Roch, Hugo est attiré par une odeur de pomme cuite. Il s'adosse à un mur, au milieu d'un passage. Il a fermé les yeux pour se couper du reste : le deuil de sa famille, les séjours à Villequier qui se font sans lui, les lettres de Juliette glissées dans son bureau, tout au fond d'un tiroir. Contre ce mur de plâtre, il se laisse aller vers des souvenirs plus neufs. Le parfum de son cou. La douceur de ses lèvres. La sensualité de ce baiser infiniment profond échangé en voiture. Puis toutes ces nuits volées chez lui.

– Chaud devant !

Un homme transporte un meuble. Hugo rentre le ventre pour le laisser passer. D'autres suivent, avec une table, des chaises, des tapis roulés comme des billets de banque. Un appartement se vide.

– Merci, monsieur.

Tout ce remue-ménage part d'une façade borgne. En se décalant un peu, il devine la cour et l'escalier derrière. Une dizaine de porteurs déplacent tout ce qu'ils peuvent vers deux charrettes postées à l'autre bout du passage, près de la rue d'Argenteuil. Leur va-et-vient s'estompe. Ils ont presque terminé. Une femme passe la porte. Une fillette la rejoint.

– Elle est loin, notre nouvelle maison ?

– Juste à côté, ma fille. Tu auras une fenêtre avec vue sur la Seine. Tu pourras voir les oiseaux voler.

– Les mouettes ?

La suite de leur échange se noie dans le passage. Avant de disparaître, la mère jette un regard derrière elle. Elle fixe un point aveugle, comme on lance un adieu. Hugo, rendu curieux, pousse la porte de l'immeuble. Un couloir très étroit et un puits de lumière où l'on distingue des pâquerettes et divers arbustes. Deux fenêtres devant lui. Une porte entrouverte. Hugo se glisse dans un rez-de-jardin composé d'un salon et d'une petite chambre avec une cheminée. Un crucifix pend au-dessus de la trace laissée par un miroir ou un petit tableau. Le plancher est fait de vieilles lattes de chêne sales. Trois livres sont empilés dans un coin. Hugo se penche pour les feuilleter. Des éditions de qualité. Reliées de cuir. Bon papier. Un gros pavé, la Bible, et deux recueils de poèmes.

Un homme s'avance vers lui.

– Si vous le voulez, il est à vous.

Hugo repose les livres.

– Je vous remercie, mais non. J'ai bien assez de livres.

– Je croyais que vous veniez visiter le logis ? dit l'homme aux grands yeux bleus, au teint de bonne santé, et à l'habit soigné. Vous aviez l'air des leurs, alors je me suis permis…

– Des leurs ?

L'homme lui tourne le dos et s'avance vers la fenêtre.

– Par là ! Ici ! lance-t-il aux types qui portent un matelas et les pièces de bois d'un sommier.

Pendant qu'on remeuble les lieux, l'homme explique à

Hugo que sa société loge des mères et des enfants par philanthropie.

– Quelle société ?

– La Société des amis de la rue d'Enfer. Je pensais que vous étiez là pour quelqu'un. D'ordinaire, c'est ainsi que les choses se passent. Les hommes viennent pour une proche, une cousine, une nièce, une amie de la famille, si vous voyez ce que je veux dire… Et nous, on fait le reste.

– Je comprends.

En quelques minutes seulement, une dizaine de porteurs ont tout aménagé. Lit. Table. Chaise. Commode dans le salon. Deux fauteuils et, près de la porte d'entrée, un gros sac de charbon estampillé « SARE ». Il n'y manque que la vaisselle et des draps, un miroir et un clou dans le trou, là ! En dessous du crucifix.

Il se verrait bien là, à l'abri de ce meublé, retrouvant Léonie.

– Je suis l'un de ces messieurs, et j'ai une de ces cousines. Je n'ai pas osé d'emblée. J'ignorais que c'était vous, le baratine Hugo.

Les yeux bleus du loueur se sont rapetissés par une action de grâce, un signe de bienveillance adressé au pauvre homme.

– Vous n'êtes pas le premier. Rassurez-vous, monsieur. Je l'avais deviné dès que je vous ai vu entrer. Elle sera bien ici. Y a-t-il un enfant ?

– Oui, dit Hugo. Une petite fille.

– Nous ajouterons ce qu'il faut. Berceau ou petit lit ?

– Elle va avoir deux ans, dit-il intuitivement.

– Petit lit, dans ce cas. L'enfant est-il de vous ?

Hugo recule d'un pas.

– Pardon ?

– Je demandais, monsieur. L'enfant est-il de vous ? Est-elle venue accoucher dans notre institution ?

Hugo fait un peu le tri. Ses seins qui ont grossi. Le vertige de l'autre soir. Elle est sûrement enceinte.

– Elle ira peut-être pour l'autre.

– Deux enfants, donc ? C'est cela ? Une petite de deux ans et un second à venir ?

– C'est bien cela, dit Hugo.

– Pardonnez cette question. Je n'aurais jamais dû. D'autant que cela ne change rien. Tant que vous êtes garant, les gens de la société se moquent bien de savoir le pourquoi du comment, le qui du quoi du qu'est-ce, si vous voyez ce que je veux dire. Mais dites-moi une chose, vous êtes bien le garant ?

Hugo jette un regard circulaire.

– Cela ferait combien ?

– Six francs la semaine.

C'est peu. C'est très en dessous des prix qui se pratiquent, surtout dans ce quartier fréquenté par l'aristocratie et les grandes familles. Le faubourg Saint-Honoré grouille de nobles et de maisons renommées comme l'hôtel Sébastiani, l'hôtel d'Évreux, celui de Chastenay où s'établira Worth et l'hôtel de Charost où s'est marié Berlioz.

– C'est cher..., prétend Hugo.

– Je sais, fait le sociétaire. Mais si vous signez là, je pourrai vous le baisser à cinq francs mensuels.

– Cinq francs ?

C'est à peine le dixième de ce qu'il débourse chaque mois pour loger sa famille place Royale, ainsi que sa pauvre Juliette dans la petite rue voisine. Faut-il qu'il signe pour une autre ? Ce n'est qu'un début d'idylle, avec l'hypothèse d'une suite après quelques nuits ardentes. Elle aspire à quitter sa province et son peintre. Mais le mari s'obstine. Il s'oppose fermement à toute séparation. Il la retient là-bas, dans cette petite maison des bords de Seine. Viendra-t-elle s'enfermer dans cette courette ?

Un effluve parfumé lui chatouille les narines. Une odeur entêtante, légèrement citronnée. C'est de l'eucalyptus. Quelqu'un en coupe des feuilles. Il se penche à la fenêtre pour savoir d'où cela vient. Au premier, juste en face, un éclat de rire résonne. Une ombre se rapproche. Une main se tend vers la cour. Une jolie femme jette une poignée de tiges sans feuilles.

– Alors, vous le prenez ?

Hugo se retourne vers lui.

– Oui, se surprend-il à dire, comme si sa décision avait forcé le passage de ses longs raisonnements.

– Bien. Très bien.

Avant que Hugo ait le temps de se rendre compte des choses, l'homme sort un imprimé. La feuille mentionne le nom de la fameuse société et, en dessous, le sien. Il s'appelle Jean Madeleine. Il habite dans le quartier, 12, rue du Mont-Thabor.

– Ce sera à quel nom ? demande Jean Madeleine.

Hugo réfléchit vite. Pas son nom. Non. Trop connu. Pas celui de Léonie, ce serait très mal venu. Elle n'a rien demandé. Son mari encore moins. Hugo agite ses doigts en l'air comme pour saisir la bonne réponse parmi toutes ces idées. Puis s'arrête d'un coup.

– Lafont, prétend Victor Hugo.

Il est passé ce matin devant la grande affiche d'une pièce

à la Gaîté. Elle a été écrite par ce Lafont, avec Mlle George dans le rôle principal. Il a oublié le titre. Mais avec cette actrice il aura du succès. La George a du génie.

– Lafont ?

– Oui, Charles Lafont. Avec un seul *f*, je vous prie. J'y tiens.

– Profession ? demande l'homme en se faisant apporter une petite bouteille d'encre et une plume mal taillée.

– Euh, dramaturge. Je suis dramaturge…

– Encore ! C'est fou ce que je peux loger comme nièces de ces gens.

– Le théâtre est une grande famille.

– Ah ça ! Oui. Comme vous dites ! C'est la troisième fois cette semaine que nous autres, nous logeons des nièces de gens comme vous.

– Cousine !

– Pardon, oui. Cousine… Pardonnez ! C'est sans doute une mode. Le théâtre est en vogue. Moi-même je m'y rends souvent. J'aime beaucoup ce qui se joue au Vaudeville, notamment. J'aime beaucoup cette salle. Vous connaissez ?

– Pas bien…

– Ces acteurs. Ces succès. Je comprends que cela puisse faire tourner quelques têtes, dit-il en lui tendant la plume. Il était temps qu'on passe à autre chose que Hugo.

Hugo ne répond pas. Le pauvre est si troublé qu'il commence par former les lettres de son nom. Il rature et se reprend mais n'arrive pas à conclure sans une grosse tache d'encre au bout du nom de Lafont.

27

Depuis que leur fils est né, c'est pire que jamais. François soupçonne tout. Il passe ses journées à la regarder en coin, à suivre ses déplacements du salon au jardin, de sa chambre à la sienne, à lui demander sans cesse si elle a des nouvelles.

– Mais de qui ? On ne fréquente personne !

– De Paris ! De ton amie Fortunée ! Je n'en sais rien, moi. Des lecteurs de tes articles. De quelqu'un.

Depuis qu'elle gagne un peu d'argent avec ses articles, François a pris du poids. Ses cheveux sont devenus gris. Il n'est gentil que le soir quand son désir le prend et devient vite méchant quand elle le repousse. Hier, c'est allé trop loin. L'alcool a joué, bien sûr. Mais cela n'excuse pas les marques sur ses bras, l'hématome sur son cou. Elle a peur, désormais. Leur maison est trop petite. Les voisins trop loin. Un autre enfant est né. Ils l'ont appelé Georges. Leur fille pleure beaucoup. Et toutes ses excuses, ses larmes et ses suppliques ne valent rien de bon. Son mari va recommencer. C'est plus fort que lui. Cet homme tourne « maboule », comme le dit Fortunée.

– Tu sais que tu es toujours la bienvenue chez moi, au moulin. Tu peux rester ici, avec ta fille.

– Et mon fils !

– J'ai une chambre libre, là-haut. Elle est pour vous. Il n'osera pas te poursuivre jusqu'ici.

– Vous le connaissez mal.

Fortunée prend sa main pour la rassurer. Mais Léonie se redresse et arpente le salon comme un vrai lion en cage.

– Alors quoi, Léonie ? Que veux-tu ? Que fait-on ?

– Je sais ce que je ne veux plus. Quant au reste...

Fortunée se lève aussi et s'approche d'un miroir en inclinant la tête. Elle palpe son chignon, remonte son décolleté et oscille la tête pour estomper les replis de son cou.

– Et Hugo ? Il s'occuperait de toi. Depuis le temps que tu le connais. Il t'aime vraiment, tu sais.

– Il est tellement marié.

– Tous les hommes sont mariés.

En passant tout près d'elle, Léonie se fait prendre. Fortunée la tire par le coude et la serre contre elle. Côte à côte. Coude à coude. Encadrées dans ce miroir où elles tiennent toutes les deux.

– Tu es jeune. Profites-en. Regarde-moi. Je suis la bonne amie de mes anciens amants. Leur fatale sympathie me tue à petit feu. Je passe mes soirées avec des souvenirs. Je ne suis plus bonne à rien. Quel homme voudrait de moi ?

– Vous êtes veuve et libre. Moi je reste attachée.

– Attachée ?

– Oui ! Je voudrais tant partir. Loin de lui. Loin. Sentir l'horizon, la pleine mer, l'océan.

– Mais les femmes… La Marine… Tu sais bien, Léonie. Tu as eu de la chance de pouvoir embarquer.

– Tout cela est si injuste !

– Je sais, mais c'est ainsi. Il faut l'accepter. Hugo connaît du monde. Il va être pair de France. C'est écrit noir sur blanc dans *Le Constitutionnel*. Un jour il sera ministre.

– Je sais. C'est ce qu'il m'a dit.

– Tu vois. Toutes les portes s'ouvrent à lui. C'est un très bon parti. Et surtout, il t'aime !

– Je voudrais juste pouvoir choisir ma vie, comme vous.

– Comme moi ? Mais je suis seule, ma belle. Seule comme une vieille veuve. Seule comme un vieux chiffon dont plus personne ne veut. Ma maison est gagée. Mes rentes ne me permettent plus d'aller jusqu'à Paris qu'une ou deux fois par mois. Je n'ai même plus les moyens de me faire servir. Regarde-moi, ma belle. Regarde-moi bien en face. J'étais une Merveilleuse. Je suis devenue honteuse. Ne tourne pas mal comme moi. L'avenir t'appartient.

Léonie bute sur cette phrase. Elle rumine cette formule trop facile que les gens bienveillants assènent aux plus naïfs, comme un onguent gratuit, une promesse sans conséquences.

Léonie rentre chez elle. Elle s'enferme dans la petite chambre d'amis. Elle y passera la nuit avec son fils au sein. Elle voudrait l'élever pour qu'il devienne, plus tard, un homme qui respecte les femmes. Elle le regarde dormir. Mère et fils. Tous les deux.

À l'aube, François est debout, penché au-dessus de l'évier. Il frotte sa palette de couleurs. Il va s'y remettre, ou prétendre s'y remettre.

Elle ramasse un châle sur le dossier d'une chaise pendant qu'il passe sa palette au chiffon. Sa fille sort de sa chambre et réclame un câlin. Elle la prend dans ses bras. Léonie enfouit son nez dans son cou, pour sentir son odeur, s'en imbiber.

– Tiens, dit-elle.

Elle cale Marie dans les bras de son mari, précise qu'elle a tiré du lait pour le petit Georges et lui dit qu'elle s'en va.

– Quoi ? Maintenant ? Là, tout de suite ?

François a le même teint que l'huile de ses toiles. Linoléique. Acide. Insaturé. Comme leur fille s'agite, il se penche pour qu'elle puisse retourner voir sa mère. Léonie reste bien droite, ses bras croisés et ses mains hors d'atteinte. Le visage de François vire au rouge rage. Il se met à crier, comme d'habitude, à lancer des menaces, pendant que la petite s'accroupit entre ses parents.

Léonie ne répond rien. Elle franchit le seuil et fait signe au cocher réservé depuis la veille. Elle va quitter les lieux, son mari, le petit Georges et sa gamine en larmes. Marie va hurler. Elle va appeler sa mère pendant des heures. Léonie le devine aux crampes qu'elle a au ventre, à son dos qui s'est noué, à cette bile amère qui la ronge du dedans.

Elle s'est donné deux jours. Le temps de réfléchir. Deux jours pour s'extirper de ce piège qui se drape de loi et lui harponne la rate. Pourquoi faut-il répandre des rivières de remords avant de sauter le pas ? L'avenir n'appartient-il qu'à ceux qui savent souffrir, s'arracher aux faux plis d'une vie qui tournerait mal ?

Dans le bateau qui accoste, elle est toute chiffonnée, brouillée de l'intérieur, remuée de l'image de sa petite fille en pleurs. Elle sait que cela passera, comme cette pluie qui l'oblige à s'abriter sous ce pont. Elle n'a pas pris d'ombrelle.

Il fait froid sous cet arc de vieilles pierres grises et sales. Un gros sac de toile est déchargé devant elle par un homme en chemise bleue. Un employé des postes le transporte plus haut sur une vieille charrette. Il y balance son sac, rabat sa casquette noire et s'en va rue du Bac.

La pluie cesse d'un coup. La Seine aspire au loin les derniers nuages noirs tandis qu'un grand ciel neuf, bleu vif et aveuglant, fait briller les ardoises comme des écailles alignées sur les toits de la ville, frappe les carreaux des fenêtres et fait luire les pavés. Des gamins armés de cannes jaillissent des bouches d'égout pour lancer leurs lignes avec ou sans appât, avec ou sans bouchon. Ils mangeront ce qui mord. Des femmes apportent leurs gros paquets de linge dans les bateaux-lavoirs. Des cochers fouettent des croupes le long du quai Voltaire. On charge des cageots et des caisses dans des brouettes vers le marché des Halles, situé sur l'autre rive, après l'Hôtel de Ville. Léonie marche lentement sur les pavés glissants. Mais elle va droit vers lui. Il habite au deuxième, à l'angle de la place rouge brique. Sous l'arcade qui fait l'angle. Elle prend le petit escalier réservé aux domestiques. Elle monte les étages. Au deuxième, sur la petite porte en bois, elle frappe selon le code qu'il lui a indiqué. Deux coups longs. Un coup sec. Puis silence. Elle relève le poing. Elle va recommencer, mais une voix l'arrête.

– Laissez ! Laissez ! Je m'en charge !

Elle reconnaît son pas et sa voix ronde et chaude.

– Retournez en cuisine !

Il ouvre sur un sourire, sachant ce qui l'attend.

– Ce n'est pas le bon moment ? dit-elle un peu gênée d'arriver ainsi.

Il a les doigts pleins d'encre. Ses manches sont relevées.

– Je vous dérange en plein travail !

– Mais je t'attendais. Tu es la lumière qui est entrée chez moi ! Il était temps.

Elle l'embrasse tendrement. Une petite pièce, un bureau, quelques livres et juste derrière, ce petit lit qu'elle connaît. La porte du mur du fond mène aux appartements. Son verrou est baissé. Très précautionneusement, il ferme la fenêtre et pousse un petit tapis pour calfeutrer sa porte. Elle est debout devant lui. Il s'approche lentement et place ses deux mains sur ses hanches.

– Victor ! appelle une voix suraiguë qui les fait sursauter.

Léonie fait un quart de tour. Lui lève les mains au ciel puis se bouche les oreilles.

– Ah, cette voix d'alarme ! C'est le tocsin familial, dit Hugo sans enlever les mains de ses oreilles.

– Votre femme ?

Ça recommence.

– Victor ! La table est mise ! Pour tes côtelettes violettes, il ne faut pas traîner.

Léonie s'en amuse. La voilà malgré elle témoin de premier plan de la vie de la famille Hugo. Le mari au bureau. La femme dans le salon. C'est l'heure de déjeuner. Mais la maîtresse vaut bien quelques côtelettes d'agneau.

– Pas faim !

Des pas lourds s'approchent. La voix se précise. Des grattements à la porte.

– Tu ne vas pas laisser refroidir ce bon carré d'agneau ?

– Je travaille, grogne-t-il. Laisse-moi travailler !

Elle devine que sa femme se tient de l'autre côté. Elle imagine son front appuyé contre la porte. Sa main sur la poignée qu'elle tourne sans résultat. Le cadenas minuscule ne retient pas grand-chose. D'une pression de la main, il pourrait céder.

Léonie se figure une Mme Hugo svelte et creuse, comme les dames du faubourg Saint-Honoré, ces rares aristocrates qui portent haut leur nom, leur généalogie. Elle imagine une femme aussi sèche que sa voix.

Hugo fouille son bureau et froisse quelques feuilles. Puis il pousse un juron et jette avec emphase une boule de papier dans la corbeille.

Pendant que celui-ci joue les poètes gênés, le regard de Léonie glisse sur un petit portrait. Une photographie encadrée sur le bord du bureau. À gauche, son cher Hugo, en costume de ville. À droite, en chemise blanche, une femme d'une quarantaine d'années lui tient le bras. Elle est plus large que lui. Son visage est carré et s'achève sur un grand front souligné par un crâne aplati et deux guirlandes de boucles tombant sur les côtés, comme les oreilles d'un cocker…

Clac, fait le bruit de la photographie rabattue par Hugo.

28

Hugo n'aime pas cette photographie de sa femme. Ils avaient dû attendre qu'elle trouve enfin la pose, un soupçon de légèreté pour mimer un sourire, et la tenir sans bouger avant de « déclencher », comme dit le photographe. Adèle n'en pouvait plus de fixer cette grosse boîte. La lumière de la verrière l'éclairait par en haut. Elle révélait surtout ce qu'elle cachait depuis tant de semaines : une calvitie naissante. Le choc dû à la perte.

Il a retourné le cuivre du daguerréotype. Sa femme vaut mieux que ça. Il n'aurait jamais dû la laisser traîner là. Puis il prend la main de sa fée revenue. De l'autre, il saisit les clefs.

– Viens !

Il ferme la porte en étouffant le cliquetis du pêne. L'escalier sent bon le bois sous les rayons de juillet. Il se met à courir à l'ombre des arcades. Son rire se répand en échos place Royale. Une explosion de joie. Une gaieté contagieuse. La folie de l'interdit. Et lui qui s'inquiétait de ses lettres sans réponse ! Mais non. Quel imbécile ! Elle est venue pour lui. C'est elle, sa Léonie. Il saute comme un farceur en claquant ses talons. Envolée, cette raideur qu'il avait à la hanche. Dissipés, les chagrins.

– Mais où va-t-on ?

Hugo fait le tour d'elle, pour mieux l'envisager. Il se repaît, s'enivre, se gave et se réjouit de l'idée qu'il a eue de faire livrer ces draps et des coussins dans ce qui sera leur nid.

– Surprise ! s'amuse-t-il en traversant le carrefour de la rue Saint-Antoine.

– J'adore les surprises !

Il se dit que l'ivresse, c'est de vouloir une femme. L'ivrognerie, c'est lui devant Léonie. Il a cassé son ancre, il a rompu l'amarre. Qu'importe le regard de ces gens qui s'offusquent de ce cirque joué par ce vieux bonhomme pour cette jolie figure. Ils marchent côte à côte.

– Tu es belle, ma Fantine.

– Fantine ?

– Oui. C'est le nom qui me vient quand je te regarde marcher, légère comme un faon et belle comme une enfant.

– Je croyais que j'étais une lionne ? dit-elle en levant le nez devant une parfumerie.

– Pas cette fois.

Dans cette portion de rue, les ateliers alignent des tas de spécialités. Poudre orientale chez Lambin pour polir les ongles. Papier de verre de la veuve Droz. Pommade de Papin à base d'huile de ricin. Fleurs séchées de Moll & fils.

– Un bouquet ?

– Pour qui ? Le faon ou la lionne ?

– La lionne s'en moquerait et le faon le dévorerait. Ce sera pour Léonie !

Hugo pousse une porte aussi frêle qu'une feuille et achète les roses rouges suspendues au plafond, par la tige, tête en bas. En sortant sa monnaie, il remarque la silhouette un peu raide qui passe devant la vitrine : un front sous un chapeau, un menton enfoui sous une cravate épaisse qui n'est pas de saison, ses mains sont dans ses manches.

– Vous cherchez quelque chose ? lui demande Léonie.

– Non, non. C'est juste que j'ai cru voir… Mais non… Rien…, dit-il avant de prendre son élan pour passer la flaque d'eau qui croupit devant eux.

Ses talons mordent la fange. L'un puis l'autre. Le bas de son pantalon est trempé.

– Je ferais mieux de faire le tour, suggère Léonie, délaissant le bras de son galant.

Toute la rue Saint-Antoine grouille de blouses, de sabots d'ouvriers, de charrettes basculées sur leurs longs brancards, de vestes noires ou grises et de robes bourgeoises, jusqu'à la colonne comme un tuyau de poêle qu'on érige sur la place. Un omnibus s'avance. D'après la plaque vissée à la tôle du wagon, il dessert une ligne qui va de la Bastille jusqu'au Champ-de-Mars. Hugo sonde Léonie d'un regard.

– Tu as du temps libre ?

– Oui. J'ai toutes les heures, les minutes et les secondes de cette belle journée.

Hugo agite la main pour faire signe au cocher. Elle s'accroche à la rampe et se hisse dans le wagon. Il reste deux places devant, à l'abri de la verrière sous le fauteuil du cocher. Elle dit que son mari refuse ces transports, qu'ils sont vulgaires et sales.

– Tant mieux, répond Hugo, en payant deux billets pour cinquante centimes.

Il passe son bras sur le dossier de son siège. Il éprouve son flanc qui frotte contre le bras de Léonie. Il tend sa main libre. Les rangs derrière ignorent le jeu de leurs doigts agiles.

Son index dans sa paume. Son pouce frottant son pouce. La chaleur envahit Hugo. Léonie a laissé tomber le bouquet à ses pieds, mais sa langueur à lui est telle qu'il est paralysé. Il ne le ramasse pas. Il ne le mentionne pas. Il ne le voit même pas. Tout se joue au creux de lui et à la surface d'elle. L'épiderme des amants est un puissant solvant. Il dissout les pudeurs et embrase les ardeurs. Hugo se laisse consumer par ce feu intérieur, bercé par le petit trot des trois chevaux de trait, des carrossiers normands.

L'œil calé sur les croupes, il pense à tout autre chose. Il pense à pas grand-chose. Pour être très précis, il est tout entier dévoué aux détails de ses doigts.

– Vous avez changé d'avis ? s'inquiète Léonie.

En posant sa question, elle a bougé sa cuisse de trois ou quatre degrés, tendant le coton de sa robe. Il n'y a presque plus rien entre sa main et elle, plus de bourrelet de tissu qui l'empêcherait de sentir. La vue de Hugo se brouille. Il avale le cahot qui secoue l'omnibus au passage d'un nid-de-poule, comme si de rien n'était.

– Victor ?

Elle le prive de sa main.

– Victor !

Elle lui donne un coup de coude.

C'est la troisième fois que l'omnibus s'arrête. Il ne transporte plus qu'eux. Les douze autres places sont libres.

– Terminus ! dit le cocher.

Son visage apparaît par la vitre devant eux. Il tient son chapeau de cuir et guette une réaction.

– Hein ? Quoi ?

– J'ai bien fini ma course. C'est qu'maintenant faut descendre !

Par la gauche Hugo découvre le rond-point de l'École militaire, et de l'autre côté, les ormes en quinconce qui bordent le Champ-de-Mars.

– Mais ce n'est pas là du tout, s'exclame Hugo. Il faut faire demi-tour !

Le cocher se redresse et lance sans les regarder que ça fera encore cinquante centimes.

Hugo pioche des pièces et s'excuse auprès d'elle.

– J'étais dans mes pensées.

Léonie lui sourit. Elle dit qu'elle a tout son temps.

– « Amour ! Loi, dit Jésus. Mystère, dit Platon. / Sait-on quel fil nous lie au firmament ? Sait-on / Ce que les mains de Dieu dans l'immensité sèment ? / Est-on maître d'aimer ? Pourquoi deux êtres s'aiment, / Demande à l'eau qui court, demande à l'air qui fuit, / Au moucheron qui vole à la flamme la nuit, / Au rayon d'or qui vient baiser la grappe mûre ! »

– La grappe mûre ? s'étonne-t-elle d'une moue malicieuse.

Il sourit et poursuit en se penchant vers son cou, et murmure d'autres rimes à ses petites oreilles.

– « Demande à ce qui chante, appelle, attends, murmure ! / Demande aux nids profonds que l'été met en émoi ! / Le cœur éperdu crie : Est-ce que je sais, moi ? / Cette femme a passé : je suis fou. C'est l'histoire. / Ses cheveux étaient blonds, sa prunelle était noire. »

– Noire ? dit-elle en se tournant vers lui.

La bouche de Léonie dans le souffle de Victor. Ses yeux, tout sauf noirs, s'alignent dans les siens. Ils virent du gris-bleu au vert prairie, c'est selon.

– « Et comment voulez-vous que j'échappe à cela ? »

Comme l'omnibus contourne l'obélisque et s'arrête aux Tuileries pour prendre d'autres passagers, Hugo voit défiler des nuances de couleurs. La place les illumine, les Tuileries les rendent sombres.

– « Comment voulez-vous que je réponde, moi / Au philtre qu'un regard boit dans l'autre regard, / Au sourire qui rêve, à la voix qui caresse… »

Cette fois, c'est elle qui glisse sa main sur sa cuisse. Hugo voudrait poursuivre. Il est lancé, maintenant. Il semble disposer d'une infinité de rimes, de vers rien que pour elle, du lyrisme sur mesure. Mais le wagon est plein. Les bancs sont noirs de monde. Deux dames à leur droite. Des inconnus derrière. L'odeur d'un cigare sature l'air ambiant. Il faudrait qu'on invente des vitres coulissantes, ou des glaces ouvrantes pour rendre le transport un peu plus confortable. Elle exècre cette odeur qui lui colle à la peau. Elle était parvenue à gagner cette guerre contre l'affreux François qui fumait nuit et jour. Mais depuis, rien ne va plus. Il s'est remis à téter ses gros rouleaux de tabac. Il dit que c'est pour soigner son manque de tendresse. Mais qu'il aille donc sucer tout le tabac qu'il voudra auprès de sa vieille baronne ! Léonie s'en moque bien. Assise près du grand homme, le souvenir de ce nain percute son esprit. Combien de mots doux faut-il pour laver la saleté ? Combien d'œillades ? Combien de caresses ?

– Voilà, c'est là ! déclare son voisin.

Le cocher tire ses rênes. Dans la rue, un gamin se poste à la sortie pour vendre son journal.

– *La Presse* ! Demandez *La Presse* !

– Vous avez un article ?

– Je ne crois pas, pas cette fois.

Hugo regarde le vendeur. Il a quatorze, quinze ans, mais il n'est pas bien grand. Il semble un peu bossu. Son visage est ponctué de petits boutons ingrats. Il agite son journal sous le nez des passants.

– C'est toi ? s'étonne-t-il.

– Cinq centimes.

– C'est toi, gamin ?

Son nom lui revient enfin. Gavroche !

– En chair et ce qui me reste d'os. Alors vous en voulez ?

Hugo frappe dans ses mains.

– Comme je suis soulagé de te croiser ici. Gamin, si tu savais ! Tu ne vas plus à Clichy, donc ?

– Non, monsieur, répond le gamin en lui tendant le journal.

– La bonne chose.

– Y ne veulent plus que des vieillards. Les femmes et les enfants sont interdits d'emplois. Ils disent que ça pourrait leur causer des ennuis.

Il empoche l'argent et relève sa casquette pour la petite pièce d'argent que Hugo a ajoutée.

– Merci, m'sieur.

Au claquement du fouet, l'omnibus redémarre.

– C'est le gosse tombé du pont dont vous m'avez parlé, celui de la Bastille ?

– Oui, dit Hugo. Je suis tellement content. C'est un miracle, vraiment ! Mais ce n'est pas terminé. Les gens confondent tout : le bien et le progrès, l'avenir et la fortune. Balzac a bien raison. Les puissants ne craignent rien.

– Je sais, dit Léonie. C'est un noble combat. Et moi ? Et le mien ?

– Nous allons réviser, et puis nous aviserons, dit-il d'un ton badin.

– Réviser ?

Hugo grimace bêtement. Ses narines papillonnent. Tout

pétri de son désir, sa formule l'entraîne un pas trop loin. Il se reprend et s'excuse.

– Je ne suis qu'un homme. Pardon.

– Je vous en conjure, Hugo. Vous prétendez comprendre et moi je voudrais vous croire en actes comme en paroles.

Ils remontent le passage derrière l'église Saint-Roch. La porte sur la cour. À gauche, sous l'escalier qui monte vers l'étage, deux fenêtres entrouvertes. Le petit appartement meublé très sommairement.

– C'est pour nous, Léonie. Rien que pour toi et moi.

Elle bascule sur le lit pour tester le matelas. Elle rebondit dessus pendant qu'il fouille un meuble pour sortir une poupée et une petite toupie.

– Une poupée ? Pour moi ?

– Pour ta petite Marie. C'est une jolie poupée que j'ai achetée l'autre jour, dans une petite boutique de Montreuil-sur-Mer. J'espère qu'elle lui plaira. La toupie est pour Georges.

– Oh !

– Tu me le présenteras ?

Elle fait oui de la tête. Il lui ressemble tellement. Avec ses sourcils bas et son menton carré. Si seulement il savait ! Mais comment formuler ce qu'on n'ose même pas s'avouer ?

Hugo sort une bouteille et deux verres de cristal.

– Posez cela, dit-elle, en lui prenant la main pour l'attirer vers elle.

Une salve de baisers, puis il roule sur le côté, décroche son corset, libère sa poitrine pleine, avale ses tétons aux aréoles brunes, ce petit grain de beauté, embrasse son ventre offert, agrippe d'une main sa taille pendant que l'autre dénoue les lacets de sa robe, défait le cordon de son pantalon fendu. Il fait si chaud ici.

La voilà toute nue, offerte sur ce lit de cette chambre. Elle va fermer les yeux pour mieux se retrouver, plonger en elle, éprouver chaque caresse, chaque sensation, ce va-et-vient liquide qui va faire naître la vague. Elle va très bientôt jouir.

Bam. Bam.

Il n'y a plus rien d'autre que cette oscillation dans cette chambre brûlante. Cela fait près de deux mois qu'ils ne se sont pas vus.

Bam ! Bam !

C'est là. Ça monte. L'ondoiement du plaisir qui part de son sexe et se déverse tout le long de sa colonne.

Bam ! Bam !

Elle bascule la tête. Elle laisse jaillir les mots.

– Oh ! Oh ! Oui ! lâche-t-elle avec la volupté de cet informulé.

La vague reflue, maintenant. Elle s'étire et découvre le visage de Hugo, intrigué.

– Ouvrez ! C'est la police !

29

Adèle se lève de table. Hugo ne bouge pas. Il reste immobile, fixant un point lointain. Ses deux coudes sur la table. L'assiette froide devant lui. Une tranche de viande et quelques légumes verts. Sa femme s'essuie la bouche du bout de sa serviette. Elle prend ses couverts avant de les croiser sur son assiette vide. Elle lance des mots par-dessus la table ronde. Une question, peut-être. Oui. Probablement. Il tourne la tête pour suivre la fin de sa phrase, comme pour la rattraper. Mais il est trop tard. Il n'a rien entendu. Hugo se retrouve seul dans leur salle à manger.

Trois bougies allumées sur un chandelier de bronze. Deux verres vides posés de part et d'autre. Une nappe en lin tachée. Cinq dossiers de chaises appuyés au rebord de la table. Les fenêtres cachées sous les rideaux pour éloigner la chaleur. Il prend sa fourchette et la plante dans sa tranche de viande. Sa mère se souciait peu de lui montrer comment se tenir à table, le couteau dans la main droite, la fourchette dans la gauche. L'un et l'autre tenus avec souplesse. Jamais de verticale quand on se sert d'une fourchette. Mais un angle menu, comme celui du couteau, et des petits gestes courts, les coudes bien rabattus. Au lieu de lui imposer ces règles de bonne conduite, sa mère préférait qu'il aille jouer dans le jardin et qu'il revienne à l'heure dite, les mains souvent terreuses et les ongles crasseux. Qu'importe, pourvu qu'il soit heureux !

Le morceau qu'il avale passe péniblement. Sa gorge est si serrée qu'il s'entend déglutir. Il repousse le reste et cogne malgré lui ses couverts. La bonne a pris son jour. Adèle porte un plateau, un bol de gâteaux secs et de l'eau citronnée. Elle pose le bol près de lui et évoque les travaux près de l'Arc de Triomphe.

– Il faut que tu voies ça. L'hippodrome qu'ils construisent est un immense cirque. Il est fait de planches et de mâts. On dirait une arène.

Hugo se souvient de l'odeur du bois verni. Elle emplissait la salle du commissariat.

– C'est le fils Franconi qui va le diriger. Quelle famille étonnante ! Écuyers de père en fils, et maintenant promoteurs. Il paraît qu'on tiendra à plus de dix mille personnes sous des auvents pareils à des toiles de bédouins. Il faut que tu ailles voir ça.

Hugo ne l'écoute pas. Il revoit la scène qui s'est jouée tout à l'heure, avec ce sale bonhomme qui hurlait dans la pièce que c'était « pas acceptable ! », que c'était « pas Dieu possible » de voir une mère comme elle et un père comme lui, qui élevait ses deux gosses pendant qu'elle « bambochait ». L'homme en pleurait de rage.

– J'espère que l'hippodrome ne brûlera pas, cette fois. Te souviens-tu, Victor, de ce Cirque-Olympique qu'ils avaient érigé faubourg du Temple ?

Il pourrait s'en souvenir s'il prêtait l'oreille. Il se rappellerait cette grande structure de bois qui abritait des courses d'amazones où les braves écuyères perdaient tout ce qu'elles avaient, leurs casquettes de velours, leurs épingles, leurs chemises, pourvu qu'elles passent en tête la ligne d'arrivée. Il se souvient de ce limonadier qui se dressait sur les ruines encore chaudes au lendemain de l'incendie pour offrir aux clients une boisson gratuite. La foule s'y pressait pour lui taper dans le dos ainsi que dans celui du vieux Franconi, avec des mots d'espoir truffés de lendemains meilleurs. Bien sûr qu'il s'en souvenait ! Cela l'avait marqué. Mais il ne l'écoute pas.

Hugo est replié sur sa honte du jour. L'apparition de cet homme, le mari de Léonie, à la porte de leur chambre, flanqué du policier, qui prenait sa revanche. Levert ! L'inspecteur Levert. Celui de la rue Chauchat. Levert a forcé la porte pour le compte de Biard.

Léonie était nue. Son mari éructait. Il était ivre de rage et tirait sur les draps, pour qu'elle le regarde enfin, qu'elle le regarde dans les yeux. Hugo ne bougeait plus, ses mains cachaient son sexe, et son ventre pointait hors du berceau de ses bras. Bête et blême.

– Monsieur Hugo, comme on se retrouve, a dit l'inspecteur de police.

– Monsieur Levert !

– Vous étiez venu me voir pour déposer en faveur de cette…

Mais les cris du mari ont dominé la suite. François Auguste Biard tirait si fort sur les draps qu'ils se sont fendus en deux. Il a saisi un autre bout qui s'est déchiré aussi. La pauvre Léonie n'avait plus qu'un lambeau pour se couvrir. Hugo lui a tendu sa veste. Mais Biard la lui a arrachée et l'a jetée à terre.

– Monsieur ! a-t-il dit, en se rapprochant de lui.

– Monsieur ! a repris Hugo sous le nez de Biard.

Les deux bombaient le torse. Un mot de plus de l'un, et ils allaient au duel. Hugo s'y est déjà livré. Il en garde une cicatrice, longue d'un doigt, sous le bras gauche. C'était il y a longtemps. Du temps où il aimait celle qui est devenue sa femme. À mi-chemin de Paris et de Dreux où elle était, Hugo avait été provoqué par un voisin de table. Défi. Duel. Hugo était trop jeune pour savoir se défendre. Il avait été frôlé par le tranchant de la lame et avait fini roué de coups.

Mais aujourd'hui, l'inspecteur s'en est mêlé. Il a fait signe à Hugo de reculer de deux pas et a rappelé à Biard que la loi c'était lui, qu'il avait un constat à dresser en ces lieux et que tout ce qui se dirait serait transcrit dans le procès-verbal.

– Et donc, dans la presse ! a lancé le mari cocu, trop content de son coup.

Le sang de Hugo s'est glacé. C'est tout ce qu'il redoutait. Que son nom soit cité alors qu'il venait de devenir pair de France. Hugo a baissé la tête. Il en a rêvé, de la cape de velours bleu, brodée de fils d'or. Elle est chez le couturier qui a pris ses mesures. Ensuite, très logiquement, Hugo deviendra ministre. Alors quoi ? Pas question de renoncer pour un mari cocu, pour un peintre en bout de course. Il a ramassé le reste de ses vêtements épars. Son caleçon sous le lit. Sa chemise dans les draps. Son pantalon de toile enfilé comme il a pu, privant les gens de la cour de son profil intime.

– Oh, a fait une voix à l'étage.

Hugo s'est retourné et a vu dans toute la cour des dizaines

de têtes curieuses du scandale, tendues pour tenter de voir ce qu'elles n'entendaient plus.

– C'est qui ?

– C'est pour quoi ?

– C'est l'autre avec cette fille ! a répondu une femme perchée au second.

Hugo a fermé la fenêtre. Tant que son nom était tu, il pouvait s'en sortir. Et elle ? Et Léonie ? Il s'en voulait, alors, de l'avoir oubliée. Il a pensé à lui avant de se soucier d'elle. Mais qu'allait-elle devenir ? Son sort était contenu dans les lignes écrites par l'inspecteur. Il s'est rassis près d'elle. Elle s'était rhabillée, elle aussi, sans prononcer un mot, guettant la mine de plomb de l'inspecteur en train de noter les détails de l'affaire dans un petit carnet noir.

– Vous allez me suivre tous deux, a conclu l'inspecteur en fermant son carnet.

Léonie s'est levée.

– Maintenant ? Tout de suite ?

– Oui, maintenant. Faut qu'on se rende rue Chauchat. C'est la procédure.

– Mais quelle procédure ? Qu'est-ce que vous nous reprochez ?

– Adultère. Pris en flagrant délit.

L'inspecteur a fait taire François d'un coup de coude au ventre. Le compérage des deux semblait s'arrêter là. Il a calé le mari contre le mur dans son dos pour que sa femme Léonie puisse passer la première. Hugo a pris un instant pour visser son chapeau, rajuster sa veste avant de sortir tête basse. Deux voitures attendaient devant la paroisse Saint-Roch. Chacun des deux prévenus s'est engouffré dans la sienne. Elle devant. Lui derrière, flanqué de l'inspecteur. Et le cocu à pied. Juste avant d'embarquer, Léonie a voulu faire demi-tour pour aller reprendre la poupée et la toupie de Georges.

– Pour mes enfants, a-t-elle dit.

Il entendit clairement le policier rétorquer que c'était inutile, que là où elle allait, elle n'en aurait pas besoin.

– En prison ! dit Hugo, noyé dans le souvenir de Léonie serrant cette poupée dans ses bras.

– En prison ? Qui ça ?

Adèle repose sa tasse. Elle insiste pour tirer son mari de sa rêverie. Il pensait à voix haute.

Il tergiverse un peu, élude quelques secondes, puis se lance dans le récit d'une pauvre femme victime d'un mari trop jaloux qui voudrait divorcer et qui risque la prison.

Adèle s'étonne de n'avoir rien lu là-dessus.

– C'est dans quel journal ?

Comme Hugo est rouge vif, sa femme s'approche et insiste, répétant sa question.

– Où as-tu lu ça ?

– Je connais l'inspecteur de la rue Chauchat.

– Ah bon ?

Hugo s'enferre. Il a ouvert une brèche, une béance dangereuse sur son jardin secret.

– Une pauvre fille un soir qu'il poursuivait à tort.

– Ah bon ? Tu ne m'en as jamais parlé, pourtant ! Quand était-ce ?

– Il y a deux ans. En sortant d'un dîner. J'ai oublié, tu sais…

– Toi ? Oublier ? Non, non, mon cher. J'écoute.

Hugo sent que ses non-dits sont plus que des aveux. Il

est à découvert. Et pour la première fois depuis qu'ils sont mariés, Adèle remue la question de toutes ces nuits sans elle. Elle a le visage tendu. Des yeux comme des harpons. Elle sait pour Juliette, sa maîtresse officielle. Il sait pour Sainte-Beuve, son amant révélé. Les faits s'équilibrent. C'est la grammaire des vices. Deux vices bien partagés produisent une vertu puisque tout le monde s'y retrouve. Elle a son « X ». Lui, sa « Y ». Mais cela se complique si une « Z » s'en mêle.

– Tu te souviens sûrement, Delphine de Girardin. Elle est venue ici. Quelques fois.

– Je sais, oui. Je me souviens. Mais encore ?..., le presse-t-elle.

– Il y avait Bugeaud qui partait pour Alger. C'était avant ces « enfumades » révélées par la presse. Tous ces pauvres Algériens réfugiés dans des grottes auxquelles Bugeaud a mis le feu. Tu te rends compte, Adèle ? Des tribus entières. Des dizaines d'hommes et de femmes morts asphyxiés ! Comment ce vieux soldat a-t-il pu ordonner de telles atrocités ?

– Viens-en au fait, Victor. Quel dîner ? Et pourquoi l'inspecteur ?

Il évoque une pauvre fille qui faisait le trottoir, un soir sous la neige.

– J'ai témoigné pour elle. La pauvre risquait de croupir du côté de Saint-Lazare, dans cette affreuse prison pour les femmes perdues.

– Quel rapport avec celle qui voudrait divorcer ? Cette pauvre fille n'est sûrement pas mariée.

– Non, non.

Il reprend sa fourchette et la promène dans son assiette en cherchant à piquer quelque chose d'invisible.

– Alors mon ami, qu'est-il arrivé ? Inutile de jouer, dit-elle en pointant son index vers son col. Tu as du rouge là ! Qui est cette femme mariée ? Qui as-tu fait cocu ?

– Ma chérie, je te jure que tu te trompes !

– Vraiment ? Est-ce bien moi qui me trompe ? J'ai l'intuition coriace que ce verbe pronominal mérite réflexion.

– Mais encore ?

– J'ai l'impression, mon cher, que c'est toi qui me trompes. Dis-moi un peu, Victor, de qui s'agit-il ?

Il range ses couverts. Il dévie le regard. Il s'accroche à la fenêtre ouverte sur la nuit. Un point de contraction s'arme au creux de ses reins. L'image de Léonie enchaînée sur ce petit banc sordide met le feu à ce nœud et le transforme en courant. Un frisson très profond remonte sa colonne.

30

Léonie ne dort pas. Assise sur ce banc de bois crasseux, la main droite retenue par une chaîne scellée, les jambes tendues devant elle. Elle n'essaie même plus de déchiffrer les noms, les dates et les mots injurieux tracés dans le plâtre du mur. La lumière a faibli. L'inspecteur Levert se réserve la seule lampe. Elle l'observe de sa geôle.

– Soif ! répète la fille allongée aux pieds de Léonie.

Cela fait près de deux heures qu'elle a été jetée dans la même cellule qu'elle. Elle est à peine pubère. Des petits bourgeons de seins. Des bras comme des baguettes. Deux grandes soucoupes d'yeux et des cheveux hirsutes.

– Fait chaud ! J'crevons de soif !

La fille roule sur le côté pour saisir les barreaux. Mais sa chaîne est trop courte. Elle tend sa main dans le vide et finalement agrippe la cheville de Léonie. Elle serre.

– Eh ! Laissez-moi, dit-elle.

La fille serre davantage et enfonce ses ongles dans le bas de son mollet.

– À boire ! ordonne-t-elle, sans relâcher son étreinte.

– Mais arrête ! Tu me fais mal ! se défend Léonie en agitant les cuisses pour qu'elle lâche enfin prise.

La pauvre fille grogne.

– Soif ou sinon…

L'inspecteur se retourne et lance un vague juron. Il mêle l'une et l'autre, confondant les deux femmes, ce qui blesse Léonie plus sûrement que l'agression de cette fille sauvage. Puis il saisit le broc posé au coin de sa table et remplit deux gobelets qu'il pousse sous les barreaux.

La furie prend le premier. Léonie, méfiante, attend qu'elle s'écarte pour s'emparer du second.

– Faim aussi ! dit la fille.

Léonie se recroqueville par mesure de sûreté. Inutile de risquer une nouvelle agression pour un bout de pain dur. Accroupie sur le banc, les jambes ramenées vers elle, les talons contre les fesses, les genoux dressés en l'air et la jupe couvrant le tout, verrouillé par ses mains. Son mollet saigne un peu.

– Ça fait deux jours que j'avions rien croûté. Donne-moi quelqu'chose, Levert.

– Boucle-la.

– Sois pas vache. J'crevons la dalle. Depuis la dernière fois y a personne qui veut de moi. Y m'ont tout pris de bien. Regarde. Si c'est pas mal d'faire ça. Ratiboisé le crâne pour dix francs en deux fois. Et j'peux même plus mordre, va.

L'inspecteur tend le cou et lève sa lampe à huile. Un halo de lumière éclaire la pauvre gamine. Elle ouvre grand la bouche. Deux bourrelets de gencives encadrent une béance. Les seules dents qui lui restent lui permettent de mastiquer.

– 'ai 'endu 'é 'anines, dit-elle la gueule ouverte.

Elle n'a plus de canines, et d'incisives non plus, ni en haut ni en bas.

– Mais qu'est-ce que t'en as fait ? s'étonne l'inspecteur.

– ’ou ’en ’u.

– Hein ? Quoi ? Je ne comprends pas !

La fille ferme sa bouche et répète calmement qu’elle a vendu ses dents à un type dans une foire. Un gitan espagnol. Il a pris une massue et lui a cogné dessus afin de prélever son dû. Cinq francs la dent. Les siennes étaient bien blanches. Il s’est servi, le bougre. Il en a pris deux de plus que ce qu’ils avaient convenu.

– J’étions contente, d’abord. Ça faisait pas mal de sous. Et y m’avait juré que ça repousserait très vite. Mais c’est long pour revenir. Moi, j’voyons à ce jour toujours rien qui vient. Pas une pousse. Rien. Et les clients aiment pas que j’me retrouvions comme ça. Y z’aiment pas quand je souris. Y disent que j’leur fais peur. Avant y disaient pas que j’ leur faisais peur comme ça ! Y disaient tout autre chose. Tu le sais bien, toi. Tu me connais. Y en a qui me trouvions jolie. Et même qu’ils m’ l’avaient dit. Plus maintenant.

Léonie l’observe, sans bouger de son coin de banc. Elle garde ses distances avec cette pauvre gamine qui certes ne peut plus mordre mais qui vient d’entailler sa cheville et son mollet avec des ongles longs, solides comme des griffes. L’inspecteur se relève et leur tourne le dos. Il pose sa lampe de cuivre et soulève le couvercle d’une grosse malle de fer. Il en sort un tissu qui sent fort le fromage. Il déplie son couteau pour en couper un bout.

– Tiens ! Mais plus de cirque pour ce soir, compris ? lance-t-il en tendant un petit morceau de fromage.

Comme la fille promet de se tenir tranquille, il ajoute un bout de pain qui traînait sur sa table.

– Et toi ? T’en veux aussi ? lui demande le policier, pendant que la fille déchire de son mieux ce bout de pain avec ses dents du fond.

Léonie a le ventre trop noué pour manger quoi que ce soit. La présence de cette fille, l'odeur de vieille urine et la situation dans laquelle elle se trouve ne laissent aucune place au plus petit appétit. Elle a juste un peu soif.

Le policier se rassoit à sa table. La cellule est humide. Léonie se masse le mollet en évitant l'entaille. La fille s'est installée dans un coin de la cellule. Le dos calé dans l'angle, les jambes tendues devant. Elle passera toute la nuit dans cette position, frissonnante.

Une nuit blanche pour Léonie, à remuer des regrets, à creuser le remords de laisser ses enfants à ce diable de mari qui a juré qu'elle ne les reverrait plus. Qui s'occupera de Marie ? Qui tiendra les mains de Georges quand il voudra marcher ?

Levert dort. Lampe éteinte. Aux premières lueurs du jour, un fourgon jaune triste fait halte rue Chauchat.

– Sortez !

Léonie se frotte les yeux et respire l'air des rues. Elle nettoie ses poumons de la puanteur de la geôle, prend quelques rayons de soleil pour réchauffer ses os et s'engouffre dans le train pénitentiaire. Il a fait le tour de Paris. Cinq filles sont entassées sur deux bancs parallèles. Elles ont passé la nuit, comme elle, en cellule. Certaines se connaissent et échangent des coups de coude pendant que Léonie observe les lieux. La gamine sauvage se glisse à bord juste derrière elle.

– Oh non, pas elle ! commente une grande rouquine dont les longues mèches folles trahissent une nuit sans fin.

– Quoi, la Manon, t'es pas contente ? répond crânement la fille.

À la lumière du jour, elle fait encore plus peur. Ses grands yeux de gamine sont gonflés de poches épaisses. Son crâne plein de croûtes est infesté de poux. Une morve jaune compacte coule sous sa narine. Ses pieds sont déformés par des blessures et des callosités.

Les cinq filles se tassent pour l'éviter. Léonie n'a pas le choix. Elle s'est assise en face. Le fourgon jaune reprend sa tournée des misères. Léonie ne devrait pas figurer dans ce bahut. La préfecture possède d'autres fourgons pour les femmes comme elle, celles qui vont être jugées pour leur crime et non pas pour leurs mœurs. Elle comprendra plus tard que c'était une erreur, voire pire, une négligence de la part d'un greffier auprès du tribunal qui a voulu faire vite.

L'omnibus blindé achève sa tournée au 3, quai de l'Horloge. Deux policiers de la ville font descendre les filles. Elles sont plus d'une dizaine. Léonie se retrouve alignée avec les autres, attendant que la dernière daigne enfin arriver. Comme elle tarde toujours, un policier s'agace.

– Mais qu'est-ce qu'elle fout, bon Dieu ?

Il pointe son fusil. Il donne des coups de canon jusqu'à ce que la sauvage s'extirpe enfin du fourgon. Lui aussi la reconnaît.

– Encore toi, la galeuse ?

– Ouais, me v'là ! dit-elle en lui décochant son sourire édenté.

Le policier fait un pas de côté et place son arme entre elle et lui pour la pousser à part, vers l'entrée réservée aux filles publiques malades.

Léonie et les autres sont conduites dans la cour de la Conciergerie. À gauche, une porte à double vantail au-dessus de laquelle elle lit « Permanence ».

– Assoyez-vous, leur ordonne le gardien.

Léonie aperçoit un petit banc de bois dressé contre le portail. Le soleil fait courir des ombres dans la cour. Manon et quatre filles prennent place sur sa longueur. Léonie reste debout. Adossée au mur. Profitant de la lumière pour réchauffer ses os. Les unes après les autres, les détenues se lèvent quand on les appelle et s'engagent dans le petit escalier de pierre. C'est son tour, désormais. Elle regrette ce soleil et suit le gardien vers une salle à l'étage. Un carré haut de plafond, pavé de dalles jaunies. Assis devant une table, un jeune homme l'attend. Il n'y a pas de chaise pour elle. Elle tient serré contre elle son châle contenant la poupée et la toupie de Georges.

– Nom, prénom et date de naissance.

Elle répond ce qu'elle sait :

– Ma mère dit que je suis née d'Aunet, mais j'ai le nom de mon mari.

– Mariée ?

– Avec François Auguste Biard.

– Prénom ? Date de naissance ?

– On m'appelle Léonie. Et depuis que je suis née, chaque 14 février, je suis plus vieille d'un an.

L'homme lâche sa plume et referme son poing droit. Il n'a pas que ça à faire.

– Nom, prénom et année de naissance.

Léonie s'exécute. Elle répète son nom de femme mariée et cette date : le 14 février 1820.

– Vingt-cinq ans. Deux enfants. L'aînée a cinq ans. Le petit aura un an dans quelques jours. Mais je n'ai pas mon passeport. Mon mari l'a gardé. Je crois qu'il l'a remis à l'inspecteur Levert.

– Maladies ? demande l'homme en se levant pour l'ausculter.

Il lui palpe les bras, les aisselles, puis la gorge, avant de plonger son regard dans le fond de ses yeux. C'est bien la première fois qu'on la regarde sans la voir.

– Non, pas que je sache, dit-elle.

Il passe derrière elle et balaie ses cheveux. Il grommelle quelque chose et change subitement de ton.

– Qu'est-ce que vous faites là ?

L'agent de permanence a failli dire « madame », mais au dernier moment, il a vu le gardien qui suivait toute la scène. Les bas-fonds ont leurs codes. Les prisons, leurs convenances. Ici, à la Conciergerie, il n'y a que trois types de femmes. Les publiques, les vénériennes et quelques criminelles. Celle-ci ne vient pas de la rue. Elle n'a ni ganglions, ni rougeurs, ni fièvre et n'a pas l'air méchante.

– C'est à cause de mon mari.

– Ah bon ? Vous l'avez tué ?

– Non.

– Battu, alors ?

– À peine, une fois ou deux.

– Alors quoi ?

Elle hésite à lui dire qu'elle voulait divorcer, que c'est là le seul crime qui la retient ici.

– J'ai aimé !

– Comment ça ?

– J'ai aimé… Mais pas lui. J'ai aimé un autre homme !

L'agent trempe sa plume dans l'encre, une fois, deux fois, trois fois, en souriant bêtement. Il doit se faire des idées sur cette jolie femme. Peut-être, l'envisager d'une certaine manière. Sûrement pas comme il faut. Léonie croise les bras pour calmer ces frissons qui reprennent de plus belle, dans ce carré de dalles froides, sous cette voûte médiévale, devant cet employé de salubrité publique, probablement médecin.

– C'est quoi, cette marque, là ? demande-t-il en pointant sa plume vers sa cheville.

– Une fille, rue Chauchat. Elle m'a planté ses ongles.

– La galeuse ? C'est la galeuse qui vous a fait ça ? C'est pas bon, ça ! Pas bon ! dit-il avant de cocher une case sur sa feuille, son bulletin d'admission.

Voilà. Ça y est. Fin de l'auscultation. Léonie fait partie du peuple des cachots, des emmurés vivants, de ceux que la loi d'en haut jette au fond tout en bas, sous des portes inflexibles. Elle est reconduite avec les autres filles. Douze en tout. Deux gardiens les escortent de l'autre côté de la cour.

Georges… Marie… A-t-elle tiré assez de lait pour Georges ?

Pour supporter le pire, il faut courber l'échine, plier le dos pour déjouer les coups de fouet, la hargne du maton, la morgue suprême du juge. Pourvu que ça passe vite. Elle imagine des yeux derrière leurs vitraux, les épitoges d'hermine, le rouge judiciaire, toute cette magistrature pleine d'arrêts et de sentences bouffis d'articles du Code pénal.

Un nouvel escalier. Un nouveau hall de pierre. Un banc. Un mur. Elle attend que son tour vienne.

– Léonie Biard, à moi ! lui ordonne le maton.

Un substitut l'attend au fond d'un long couloir. Il prend le gros livre rouge et y glisse son doigt pour qu'il se fende en deux. Il sonde les pages en tenant ses lunettes, penché au-dessus des articles. Son doigt s'arrête à la troisième section des crimes et délits excusables.

– « Article 337. La femme convaincue d'adultère subira la

peine de l'emprisonnement pendant trois mois au moins et deux ans au plus. Le mari restera maître d'arrêter l'effet de cette condamnation, en consentant à reprendre sa femme. »

– Et ce soir ?

– Quoi, ce soir ?

– Faut que je rentre pour mes enfants.

– Ce soir, vous dormirez à Saint-Lazare.

– Mais mon fils n'a qu'un an. Il faut que je lui donne le sein.

– C'est la loi.

Un gardien lui prend le bras et la force à le suivre. Léonie n'a pas vu le regard du substitut. Elle ne sait rien de la forme de son visage, de la courbure de ses lèvres, de la rotondité de ses joues ou de son front. Elle a vu une perruque, discerné une voix morne et entendu les termes d'un crime ridicule.

– Mon fils ! Mon fils !

Un fourgon brun manœuvre pour se placer devant la haute porte cochère. Un uniforme gris pousse Léonie dans le fond.

Clac. Clac.

Elle frappe sur les cloisons. Tout va beaucoup trop vite. Elle n'a même pas eu le temps d'articuler un mot. Qui prendra sa défense ? L'affaire est-elle jugée ?

– Laissez-moi sortir ! Mon fils ! Mon fils ! Je veux qu'on m'amène mon fils ! Il a besoin de moi !

Le cocher agite son fouet. Le fourgon s'élance.

31

Hugo dort chez Juliette. Il fait semblant de rien et part tôt le matin. Sa maîtresse ne sait pas. Elle ignore tout de l'affaire.

De retour place Royale, alors qu'il s'apprêtait à passer en coup de vent, le concierge lui tend une lettre à son nom. Elle vient des Tuileries. Le roi Louis-Philippe le convoque. Pendant que tout le monde dort, Hugo gagne sa chambre. Il décroche une chemise, enfile une veste propre, hésite un instant à accrocher l'insigne de sa Légion d'honneur, puis se laisse conduire en remuant ses craintes.

Le roi le reçoit assis dans son petit cabinet aux murs couverts de livres. Hugo s'incline et tarde à poursuivre plus avant. L'huissier ferme la porte sur un signe du souverain.

– Mon cher vicomte.

– Votre Majesté.

Louis-Philippe a traversé les siècles. Ancien Régime. Révolution. Monarchie de Juillet. Il avait vingt-cinq ans quand la Bastille a été prise. Il a même été jacobin avant de s'exiler quand la Révolution tournait à la Terreur. Au mitan de sa vie, on est allé le chercher. L'abdication de Charles X a achevé les Bourbons. Louis-Philippe incarnait un sang neuf, celui des Orléans. Il règne, depuis la révolte de Juillet. Hugo le connaît bien. Cela fait plus de dix ans que le roi bourgeois l'estime. Le roi n'est pas ce qu'on dit, débonnaire et stupide. Si *Le Charivari* le compare à une poire, il a pourtant de l'allure. Des cuisses fermes pour son âge. Des mains larges et racées. Les épaules dessinées. Le cou certes un peu court, malgré les favoris qu'il a épais et blancs. Sa chevelure ondulée a résisté au temps. Ses yeux petits et sombres ont la vivacité des esprits curieux. Il en est. Il lit beaucoup, de tout. Des penseurs, des poètes et du théâtre aussi, malgré *Le roi s'amuse* qu'il a fait interdire parce que ce drame en vers portait atteinte à la fonction royale et aux grandes maisons, avec des apostrophes comme celle du bouffon Triboulet : « Vos mères aux laquais se sont prostituées ! Vous êtes tous bâtards ! »

C'était il y a plus de dix ans. Hugo a renoncé. L'affaire a été classée.

Le roi tient un rapport roulé entre ses doigts.

– Alors comme ça, vous vous êtes retrouvé dans de beaux draps, dit-on…

Hugo, rouge et confus, n'ose pas faire un pas de plus. Mais le roi l'y invite.

– Rapprochez-vous un peu. Allez ! Vous n'êtes pas timoré, à ce que j'ai pu lire. Je voudrais vous voir de plus près.

Hugo s'avance vers son vieux roi. Debout. Les mains tombantes. La nuque appesantie par ses nuits d'insomnie.

– Vous savez ce qu'on a dit quand je vous ai fait pair ?

– Oui, Votre Majesté. Je m'en souviens, hélas. La presse a repris le titre d'une pièce ratée.

– *Le roi s'amuse*, oui. C'est ce qu'elle osa titrer quand j'ai laissé entendre que vous seriez pair de France. Mais là, je ne m'amuse plus.

– Sire, je suis sincèrement désolé.

– Vous venez d'être conduit dans un commissariat. Une pièce à conviction, prise en flagrant délit avec… avec… cette Mme Biard. C'est très embarrassant.

– Sire, je ne mérite pas autant de compassion, dit Hugo en relevant de quelques degrés sa tête.

Ses cervicales tirent. Sa nuque tendue l'agace. Il faut que cela passe. Il n'a pas l'habitude de demeurer contrit, comme ça pendant des plombes, même devant le roi de France.

Louis-Philippe frappe sa cuisse de son rouleau de papier.

– Ah ! fait-il, avant de se lever.

Son épaule royale frôle celle de Hugo. Il poursuit vers le fond de son cabinet de travail. Deux fenêtres altières donnent sur la cour et, derrière, les jardins des Tuileries, aménagés depuis peu.

– Vous savez l'amitié que j'ai pour vous, monsieur. Et mon admiration pour votre talent d'auteur. Mais comme pair de France, votre entrée est… comment dirais-je…

– Compromise ?

– Non.

– Regrettée ?

– Laissez-moi terminer ! Il va falloir apprendre à porter cet honneur. La pairie vous oblige. Je ne sais plus quel auteur disait que la discrétion est la perfection de la raison. Elle guide nos devoirs. Ne perdez pas le vôtre dans l'exposition de votre intimité. Vous méritez mieux que cela. Et moi aussi, d'ailleurs…

Hugo relève le nez. Il a toujours ce tic quand quelque chose l'intrigue. Il a peur de tout perdre. Le roi écarte les bras comme par navrement, puis les laisse retomber en claquant ses côtés. Hugo « mouchine » encore. Le roi lève les yeux vers un petit tableau sombre dans un cadre doré. Une huile de Delacroix. La réduction d'une toile exposée à Versailles. La scène se déroule à la fin d'une bataille. Un croisé à cheval, suivi par son armée, pénètre dans une ville. Un vieillard drapé de pourpre implore sa clémence.

– Cette scène figure Baudouin prenant Constantinople. C'est Eugène Delacroix qui a restitué la passion et la gloire. J'admire le coup de pinceau de ce peintre. C'est le poète des peintres, comme dit je ne sais plus qui.

Hugo sait bien à quelle source puise le roi. C'est cet infâme Baudelaire, ce critique d'art cynique qui a osé écrire lors du dernier Salon que Delacroix était le poète des peintres tandis que, lui, Hugo n'était que le peintre des poètes. Hugo se méfie de Baudelaire. C'est un poète fougueux et un critique acerbe.

– Vous aimez Delacroix ?

– J'aime ce qui plaît à mon roi.

Le roi repose la toile sur une rangée de livres.

– J'ai fait sonder les intentions de Biard. Je connais cet artiste. Fut un temps, je faisais acheter ses œuvres. Puis sont venus les autres : Géricault, Delacroix et surtout Winterhalter. J'aime beaucoup Franz Xaver Winterhalter… Mais revenons à Biard. Le cocu s'est montré d'abord très remonté. Il se serait répandu en invectives diverses, contre sa femme bien sûr, mais aussi contre vous. Il a fallu le calmer. Et cela va nous coûter. À vous, d'abord, Hugo. Vous êtes pair de France mais je vais devoir renoncer à vous faire ministre. Je suis navré, Hugo, mais le gouvernement de Soult va se passer de vos talents. Ce n'est plus d'actualité. Voilà pour votre part. Quant à nous, il va falloir se fendre de quelques toiles du cocu. Des œuvres d'un grand format qu'on rangera à Versailles. Il en voudrait pour quatre. Nous en achèterons trois et personne n'entendra plus jamais parler de lui.

– Il va reprendre sa plainte ?

– Il n'y aura pas de poursuites contre vous, monsieur Hugo. Je n'ai pas envie de voir les pairs réunis pour juger l'un des leurs pour une histoire pareille. Vous devez demeurer bien au-dessus de la mêlée.

– Votre Majesté m'honore.

– Vous êtes pair. Le roi protège ses pairs. J'aurais tellement voulu que vous mettiez un peu de vous dans mon gouvernement pour calmer les rudesses du maréchal Soult. Je n'aime pas les manières de ce Premier ministre. Je le trouve brutal. Il me coupe de mon peuple. Avez-vous vu comment il fit donner l'armée contre les charpentiers ? Les ouvriers des faubourgs réclamaient un franc d'augmentation. C'est leur droit de réclamer. C'est leur droit de faire la grève. Mais ce gouvernement n'a rien trouvé de mieux que de faire arrêter quelques-uns de ses meneurs et de priver de passeport ceux qui voulaient partir. Les garanties sont dans la liberté et la légalité, n'est-ce pas ? L'histoire nous a appris que les périls étaient dans l'arbitraire. Je ne voudrais pas qu'une simple grève se transforme en émeute.

– L'ochlocratie…

– Vous dites ?

– L'ochlocratie, sire. Le pouvoir de la foule. C'est le pire des régimes. Il part de la rue et fait trembler les trônes.

– Ochlocratie ! Quel drôle de mot ! dit le roi.

– Il m'est venu en vous écoutant, sire. Il est à vous.

Le roi se détend enfin. Ses yeux se plissent. Sa bouche se fend d'un sourire sincère pendant que ses mains s'agitent pour repousser cette offre. Il a bien trop à faire pour revoir la charte qui fonde son pouvoir. Il est le roi contenu, bridé par cette Constitution qui protège le trône contre la République, et le peuple des excès d'un monarque tyrannique. Sa pendule sonne l'heure. Il contourne son bureau. Hugo va devoir partir.

Et elle ? Et Léonie ? Peut-il intervenir en faveur de Léonie ? Il suffirait d'un mot pour qu'on la libère. Un ordre dit par le roi. Le préfet s'inclinerait.

– Monsieur Hugo ? s'agace Louis-Philippe en dérangeant les feuilles sur son bureau.

Le roi relève la main droite pour se tenir la tempe. Deux doigts pressés dessus et un regard par en dessous. Lit-il dans ses pensées ? Perçoit-il ce qu'il n'ose encore lui demander ? Un huissier pousse la porte et attend dans son dos. C'est la fin de l'audience.

– Sans vouloir abuser de votre bienveillance, je me demandais, sire…

– Tenez-vous à l'écart, l'interrompt Louis-Philippe. Prenez l'air de la province. Allez vous mettre au vert pendant que mes services s'occupent de la presse. Et ne me parlez pas d'elle. J'ai dit.

Le ton du roi est ferme. Le cocu sera riche. L'honneur du pair est sauf, mais l'estime de Hugo bascule dans les abîmes. Sa gorge est étranglée quand il franchit la porte. Il n'émet pas le moindre son en arpentant le couloir de l'aile sud des Tuileries. Il descend en tremblant le grand escalier d'honneur. L'huissier le laisse traverser la grande cour tout seul.

Le cliquetis d'un harnais le fait soudain sursauter.

– Chaud devant !

Le cocher se détourne. Le fiacre frôle Hugo. Il est gris. Sale. Ses roues vrillent sur leur axe, comme la maudite voiture qui lui a pris Léonie, après le flagrant délit. C'est à cause de lui qu'elle est aux fers là-bas, dans cette prison infâme, où l'air n'est plus de l'air et le jour n'est plus le jour. Tout y est encombré de pensées et de craintes. Léonie côtoyant les condamnées pour mœurs, les condamnées pour torts, les ouvrières recluses pour avoir osé se vendre. Hugo ne supporte pas l'idée qu'elle puisse croupir là. Que faire pour réparer ?

Il entre par habitude au Café du Palais. Il sort son petit carnet. Chaque fois que le roi le reçoit en audience, il se presse de noter ce qui s'est dit. Pour l'Histoire. Pour la postérité. Mais pas là. Pas cette fois. Hugo vient d'avoir une idée.

Sur une enveloppe vierge, il aligne quatre phrases brèves.

« C'est l'histoire d'une femme. C'est l'histoire d'une poupée. C'est l'histoire d'un homme. C'est l'histoire d'un saint. »

Une idée de roman.

32

Où est-elle ? Ballottée dans cette boîte aveugle et métallique, elle ignore le chemin qu'il reste à parcourir. Le quai traversé. La Concorde contournée. Les Tuileries et le Louvre. Les étals des Halles. La porte Saint-Denis. Le début du faubourg et la rue de Paradis. Les chevaux ralentissent. Un bout de rue plus loin, le cocher s'arrête net et Léonie se retrouve projetée contre la cloison.

– On passe plus.

– Première section ! répond le cocher.

– Je sais, mais on passe plus !

Le cocher descend. Le fourgon oscille. La serrure de la porte se met à cliqueter. Puis un trait de lumière se forme à l'arrière.

– Descends ! dit le brigadier.

Léonie glisse jusqu'au bout de son banc, la tête recroquevillée pour ne pas se cogner au plafond tavelé de rouille. Par la porte grande ouverte, elle tend la main pour qu'on l'aide à descendre, mais se sent bête avec le bras dans le vide, scrutant la lumière crue devant l'indifférence de deux vieux brigadiers, moustachus et ventrus, qui se refilent du tabac.

Ses ongles sont noirs. Sa robe, pleine de souillures. Elle remet un peu d'ordre dans le chignon qu'elle traîne depuis vingt-quatre heures. Il est défait et pend. Elle y glisse deux doigts, le tasse de l'autre main, tente de sortir une mèche pour l'enrouler autour. Des gens l'observent de loin. Des hommes. Des femmes. Des costumes et des blouses, toutes sortes de conditions qui traversent la place.

Elle lève lentement la tête pour lire l'inscription au-dessus de l'arche de pierre : « PRISON DE SAINT-LAZARE ».

– C'est bon. On y va, lui intime d'une voix frêle un gardien à l'entrée.

Elle peine à se résoudre au fait qu'elle va se retrouver là, dans ce pénitencier mentionné dans la presse et les mauvais feuilletons.

– Alors ? J'ai pas que ça à faire, moi ! répète le gardien qui se plante devant elle.

Des cheveux gras plaqués. Une haleine alarmante. Des joues couperosées. Un fin duvet de poils sur une peau trop lisse pour être celle d'un homme. Le gardien est une gardienne. Elle porte un ruban bleu sur son gros habit noir. Un médaillon d'argent pend au bout. Léonie lit la devise gravée dessus : *Travail et Religion*.

La gardienne l'entraîne vers l'immense arche de pierre, quatre étages de fenêtres, des centaines de barreaux. À droite, elle lui indique la porte sous la voûte. Elle enjambe une margelle et traverse un petit hall.

– À gauche, dit la gardienne, qui marche dans son dos, les bras un peu relevés, sans doute pour empêcher toute idée de fuite.

Après la cour d'honneur, deux bâtiments distincts se dressent devant elle. Sur le fronton de gauche, une pancarte de bois indique : « Deuxième section – Quartier administratif ». La gardienne lui fait signe de prendre une autre entrée, au-dessus de laquelle on peut lire : « Première section – Quartier judiciaire ».

– La fouille ! hurle soudain la gardienne qui l'encadre.

Sa voix aiguë résonne dans un large couloir qui semble s'étirer sur une centaine de mètres. Des braseros au sol révèlent une foule d'ombres anonymes et bizarres. Des gardiennes en habit penchées vers des cellules. Quelques femmes en sabots réunies par grappes. Un enfant occupé à balayer le sol avec un rameau de hêtre et un chien claudiquant entre tout ce petit monde, récoltant une caresse puis un coup de pied. Le pauvre n'a plus que trois pattes. Le cabot s'approche d'elle et lui renifle l'entrejambe. Léonie le repousse d'un coup sec.

Le chien, les gardiennes, les détenues, un brigadier, l'enfant, tout cela grouille et gronde. Un écho moite renvoie quelques bribes de ce qui se dit, à propos de la cantine, de la chaleur qu'il fait ou d'une fille qui manquait à l'appel du matin. Léonie se laisse conduire dans cet étrange boyau, dans le ventre de cet endroit que l'on surnomme « la maison maudite », léproserie médiévale, couvent sous Louis XIV, maison de correction puis asile d'aliénés. Saint-Lazare a été repris comme tous les biens de l'Église et est devenu une prison du temps de la Terreur, puis le calvaire des femmes un soir de frimaire. Les filles perdues se mêlent aux criminelles au creux de cette géhenne ; au sein de cet enfer. Elles sont plusieurs centaines à fouler chaque année ces dalles luisantes et grasses, honnissant le monde immonde qui les a jetées là.

La silhouette d'une gardienne se découpe sur le mur. Elle se dresse devant Léonie, les coudes bien écartés et les poings sur les hanches. Sa posture dessinée par la lumière du fond évoque une jarre immense, une cruche à taille humaine avec ses bras courbés comme deux anses aux côtés. Sa médaille en sautoir pend sur sa grosse poitrine.

– Une nouvelle ? demande-t-elle.

– Fraîche du jour ! lui répond la première gardienne.

– Bien. Et comment qu'elle s'appelle ?

– Biard, Léonie.

La matonne l'entraîne vers un petit renfoncement.

– Elle va m'écrire tout ça sur le registre des entrées.

Le plafond bas oblige Léonie à incliner la tête. Elle s'avance à petits pas, sur la pointe des bottines. Des cloques nées de la veille frottent contre le cuir de sa semelle. En relevant les yeux, elle découvre une pièce éclairée par une lampe, un mur impressionnant, presque aussi haut que large, dans lequel sont encastrés des centaines de casiers.

La matonne passe la main pour décrocher une planche qui s'abat droit entre elles, comme une simple barrière. Elle pose dessus une plume, un pot d'encre et un épais registre aux feuilles sales et jaunies.

– Remplis ça, ma beauté ! ordonne-t-elle pendant que l'autre gardienne lui tend une poupée et une petite toupie à ranger dans le casier.

Léonie trempe sa plume dans l'encre, elle sent les mains de la femme qui palpent ses chevilles, puis remontent le long de ses cuisses en retroussant sa robe. Condition. Adresse. Numéro d'ordre. En quelques secondes à peine, Léonie se retrouve nue, dépouillée de ses vêtements, à l'écart d'un couloir, face à des secrets de femmes enfouis dans ces casiers. Des camées. Des bagues. Des médaillons d'argent, d'or ou d'ivoire renfermant le portrait de l'être aimé. Des tas de colliers de perles volés et revendus. Des petits mots d'amour roulés dans un corset. Des billets de change. Des traites ou des actions des mines de Bruay. Une lame trop tranchante qui sortait d'un corset. Quelques couteaux, parfois, et des pistolets de dame à canon raboté et belle crosse de nacre.

– C'est tout ce que t'as pour moi ? T'es pas bien généreuse pour une beauté pareille !

Sa robe est roulée sur le registre des entrées. Ses bottines sont posées sur la planche devant, près de la toupie de bois et de la poupée de Marie.

– Oui. C'est tout.

La matonne retient ses bottines en cuir noir et lui tend des sabots.

– Rhabille-toi, et mets ça, dit-elle.

Ses pieds frottent le bois dur des sabots. Quand elle se redresse, ses deux cloques crèvent. Elle sent la douleur de ce bout de peau à vif, mais s'efforce de le cacher. Elle se méfie de cette femme. Elle a vu sa façon de surgir dans le couloir, de donner des ordres, de palper ses membres en insistant souvent sur les recoins intimes, avec un air étrange. Inutile d'offrir la moindre prise au vice de ce butor de femme. Qui sait combien de temps elle va devoir passer là.

– Et ça, c'est le cadeau de Saint-Lazare ! dit-elle en poussant une couverture de laine et une grosse robe brune.

– Et le savon ?

– C'est deux francs. T'as de quoi cantiner ?

– Cantiner ?

La matonne frotte son pouce contre l'index.

– Payer, quoi !

Elle fait non de la tête.

Ses sabots claquent sur les dalles. Son pas est lourd et triste. Léonie n'en peut plus. On lui a presque tout pris. Ses enfants. Ses nuits. Son amant. Sa petite vie. Elle n'est même pas jugée. Il n'y a aucun arrêt d'un quelconque tribunal. Seulement un article lu par un simple substitut. Rien de dit. Rien de jugé. Les pieds endoloris, le dos cassé de fatigue, elle gravit de son mieux une volée de douze marches. Un palier. Puis une autre série de marches au bout desquelles elle tombe sur un plus petit couloir. La matonne passe devant.

– Ça, c'est la ménagerie. C'est comme ça qu'on l'appelle. J'sais pas ce que t'as fait, mais t'as de la chance, ma belle. J'peux te dire que t'as de la chance. Parce que tout ça, ça se paye. Or c'est que t'as pas un rond, ou j'ai pas bien fouillé. Faudrait peut-être que je m'y remette ! Tu crois pas ?

Léonie serre la couverture et la robe contre elle. La matonne s'approche. Elle est pire que le chien. Son nez fouille son visage. Elle la renifle bêtement, puis soudain se détourne et poursuit sa visite. Un préau. Trois cellules. La 12, la 13 et la 14. Leurs numéros figurent sur les blocs des serrures.

– Tes quartiers ! dit-elle en glissant une clef dans celle du milieu.

Elle tire les barreaux. Le sol est jonché de sciure. Le plafond est voûté. Au fond contre le mur, un matelas de bourre, une cruche d'étain et un gobelet difforme. Une chandelle éteinte attend dans son bougeoir.

– Les allumettes, c'est deux sous ! Le grattoir est offert parce qu'avec cette pierre t'obtiendras jamais rien. Elle est toute gorgée de flotte. C'est qui qui va payer les six francs de ta piaule tous les mois ? Hein ? C'est qui qui paye pour toi ? Les autres filles, elles vont là, dit-elle en pointant le doigt vers le plafond voûté. Elles dorment par groupes de vingt dans les dortoirs là-haut.

33

Hugo s'est endormi avec les fenêtres ouvertes. Une brise fait onduler le voilage de coton. Il fait frais et pourtant son corps est couvert de sueur. Sa tête creuse l'oreiller. Ses mains agrippent une ombre. Que voit-il ? Que pense-t-il ? Des images surgissent dans son esprit sans défense. Sa raison suspendue laisse toute la place au rêve. Son inconscient dérive.

L'image d'un homme dans la force de l'âge. Un être trapu, moyen, qui brûle sous le soleil. Il progresse pas à pas dans le début d'une ville. Il porte un pantalon de coutil bleu râpé, une chemise de toile jaune et une cravate de corde.

– Non ! Non ! râle Hugo.

L'homme trimbale sur son dos un gros sac de soldat. Sur sa tête, il arbore une casquette de marin. En traversant la ville, il repère une mairie. Un gendarme est assis sur un banc près de l'entrée. L'homme soulève sa casquette et dévoile un crâne sale. Ses cheveux sont hérissés. Sans répondre au salut, le gendarme lui ordonne de laisser là son sac.

– Non ! Non !

Une main délicate couvre l'épaule de Hugo. Une tête bienveillante vient sonder son visage. Ses paupières sont closes. Des yeux noirs le regardent. Une jolie bouche s'inquiète. Un parfum de la veille. Hugo sort de son rêve.

– Tu as parlé, dit-elle.

Hugo observe la pièce autour de lui, note le détail de ce bouquet de fleurs posé sur la cheminée et du dessin à l'encre accroché sur l'autre mur. Un croquis de sa main. Un souvenir du voyage qu'ils ont fait il y a dix ans. Il est chez sa maîtresse. Dans le petit meublé de la rue Saint-Anastase. Juliette garde tout ce qui vient de lui. Lettres, tickets, dessins.

– Hein ? Quoi ?

– Mon Toto, je te réveille ?

– Mais quoi ? Il est quelle heure ? dit-il en cherchant sa montre sur la table de chevet.

– J'ai entendu la cloche sonner trois coups tantôt. C'est le milieu de la nuit. Tu devrais te rendormir.

– C'est ce rêve… J'ai encore fait ce rêve.

– Le bagnard ?

Hugo s'essuie le front avec sa main.

– Le misérable retournait dans cette ville près des Alpes.

– Digne ?

– Oui.

– Chez l'évêque de l'autre fois ?

– Il y avait un gendarme près d'un hôtel de ville. Il allait l'alpaguer.

Juliette Drouet se lève pour remplir deux verres d'eau.

– Il va le ramener au bagne ? demande-t-elle en lui tendant de quoi boire.

Il boit, puis s'extirpe du lit. Debout, nu comme un ver, il enfile son caleçon.

– Tu t'habilles ?

Pas besoin de rentrer le ventre pour boutonner sa chemise. Il a tellement maigri !

– Il faut que j'y aille, Juliette.

– Mais tu m'avais promis…

– Il faut vraiment que je rentre.

Un halo lumineux révèle Hugo à quatre pattes près du lit, un bras sous le sommier pour tenter de dénicher sa chaussure.

– La voilà ! dit-il en se relevant.

Il est presque prêt. Juliette s'approche de lui pour ajuster sa chemise boutonnée dans le désordre, dimanche avec lundi, avant qu'il glisse son pied pour chausser son soulier.

– Reviendras-tu, demain ?

– Je ferai de mon mieux.

– Je m'ennuie toute seule.

– Je ferai de mon mieux.

Hugo se penche vers elle et l'embrasse sur la bouche en glissant sa main droite dans le bas de ses reins puis dans la raie de ses fesses. Juliette se laisse faire. Elle a pris l'habitude. Il fait toujours ainsi avant de la quitter. Un baiser. Une caresse.

Il ferme la porte doucement, pour éviter de troubler le sommeil des voisins du 12, rue Saint-Anastase. Pas besoin de se retourner. Il sait que Juliette est là, le nez à la fenêtre de son rez-de-chaussée. Ils ont leurs rituels depuis le temps qu'ils s'aiment. Douze ans, déjà.

Un réverbère éclaire l'angle de la rue. Hugo presse le pas. Il n'habite pas très loin, à deux cents mètres à peine, mais le roi a bien dit qu'il devait se faire discret. Pas question d'être pris par une brigade de nuit, même s'il ne fait rien de mal.

Un chat poursuit un rat. Un couinement retentit avant de

rendre à la nuit son silence. La place Royale est vide. Son gazon dresse ses brins vers un ciel étoilé. Sous les pentes d'ardoise et les façades de brique, les arcades soutiennent des becs de gaz tout neufs. Si l'on tend bien l'oreille, on devine le chuintement du gaz qui les nourrit. Leurs flammes nerveuses dessinent des langues bifides, comme celles de serpents.

Il oblique sous l'arcade. Sur la porte cochère, il frappe trois petits coups secs. Le concierge s'active.

– Ah, c'est vous, monsieur le vicomte !

Il salue le bonnet de nuit, traverse le petit hall sur la pointe des pieds, saisit le pommeau de cuivre en forme de pomme de pin, pose un pied sur la marche et s'arrête, hésitant. Depuis que Hugo est devenu pair, il a fait recouvrir l'escalier d'un tapis rouge épais, bordé de barres en laiton. Une sottise financière. Un bête investissement qui lui était venu, un soir d'euphorie, quand on lui avait annoncé que son habit était prêt.

Hugo fait demi-tour vers l'escalier de service. Il grimpe jusqu'au deuxième étage et accède à l'autre bout de son appartement. C'est là qu'il passe le plus clair de son temps, dans cette chambre tapissée qu'il s'est réservée, et son bureau attenant, surchargé de babioles. Une bougie l'éclaire. Un vase du Japon. Un grand portrait crevé. Un missel gothique et une grande bible peinte. Une boussole attribuée à Christophe Colomb. Un vieux compas sans pointe. Une boîte pleine de plumes d'oie, bien taillées. Une autre boîte chargée d'hexamètres boiteux. Quelques laques et des grès de gros Chinois ventrus dans la vitrine en face. D'étranges insectes peints sur un vase de Saxe. Des lutins et des livres dans l'angle près de la fenêtre. Et un verrou de laiton qu'il pousse pour s'enfermer.

Hugo tire sa chaise et s'installe à sa table. Sa pendule indique qu'il est trois heures et demie. Il a du temps devant lui. Des heures d'écriture. Il trifouille la boîte qui contient ses bonnes plumes. Il saisit la première et évalue sa pointe avant de l'imbiber d'encre.

Ce bagnard à casquette, il a son visage. C'était clair dans son rêve. Ce pauvre homme condamné, cet évangile humain qui trimbale sa croix, qui se coltine sa faute, c'est bel et bien lui.

Il repose sa plume et glisse son index dans l'anse du bougeoir. Cette bougie le gêne. C'est la lumière qu'elle fait, l'ombre qu'elle renvoie de lui, les détails qu'elle souligne. Il pense qu'on pourrait le voir. Il crispe un peu sa bouche et s'apprête à souffler. Pourtant, il doit savoir qu'il n'y a que lui et lui, Hugo face à lui-même. Le verrou est tiré. La chandelle est éteinte. La pénombre est brouillée par la lueur des vitraux. Un vague bleu. Un brin de rouge. Un vert comme du bronze. Dans la nuit pleine de lune, reclus au bout de chez lui, le menton dans la main, le coude sur son bureau, Hugo est envahi par une vague monstrueuse, une convulsion profonde qui agite sa part d'ombre, sa mauvaise conscience. Comment écrire ce livre ? Jusqu'où peut-on se livrer ?

Il rallume sa bougie, saisit une autre plume et glisse une feuille dessous.

« On n'empêche pas plus la pensée de revenir à une idée que la mer de revenir à un rivage. Pour le matelot, cela s'appelle la marée ; pour le coupable, cela s'appelle le r… »

Il relève sa plume pour esquiver le mot. L'écrire, c'est l'avouer. Le taire, c'est se livrer à une mort lente, mais sûre. Hugo repasse sa plume sur l'encre à peine sèche, au-dessus du mot « coupable », et couche son « remords ».

– Victor ?

Sa pointe s'est écrasée.

– Victor, c'est toi ?

Une tache d'encre se répand. La poignée de sa porte s'agite en tous sens. Hugo déchire sa feuille et la fourre dans sa poche.

– Je travaille ! répond-il.

Il s'approche de la porte. Elle lâche la poignée. Il colle son oreille contre le fin battant. Elle vient de poser sa main de l'autre côté de la porte. Hugo l'entend qui se met à pleurer.

– Je t'en supplie, Victor. Je n'ai pas fermé l'œil. Faut qu'on se parle, tous les deux. Ouvre-moi ! Faut que je sache, Victor. Faut que je sache !

34

– Parloir !

Léonie se retourne. La gardienne se tient de l'autre côté de la grille. Elle n'arrête pas de cogner sa clef contre les barreaux.

– T'as de la visite.

Léonie rajuste sa robe. Elle voudrait un miroir pour remettre un peu d'ordre dans sa chevelure blonde.

– Fais pas ta belle, c'est pas un gars. Les visites des gars, c'est le mardi !

Sa poitrine se soulève. Ses mains deviennent moites et sa bouche s'assèche. Elle s'imagine Marie qui l'attendrait en bas. Et son cher petit Georges qui lui tiendrait la main.

– Oh, mon Dieu ! bredouille-t-elle.

Son cœur cogne. Son corps a oublié la fatigue et la faim. Tant pis si elle est sale. Ils l'embrasseront quand même. Les enfants ne jugent pas. Ils aiment par-dessus tout. Ils aiment absolument tant qu'ils sont des enfants, tant que le vice des hommes ne vient pas altérer leur perception du vrai, du juste, de la seule beauté qui vaille.

La gardienne ouvre la grille et lui emboîte le pas vers l'escalier de pierre. Léonie se sent légère. Elle dévale les marches sans se faire prier. Des femmes vont et viennent, montent et descendent. Des gardiennes. Des détenues. Certaines portent des paniers, d'autres des bouts d'étoffe pour coudre à l'atelier.

– À droite ! lance la gardienne dans le hall du rez-de-chaussée.

Léonie s'arrête net devant une porte en fer. La gardienne passe devant et pousse d'un coup d'épaule. Elle semble mécontente.

– Pourquoi qu'elle est fermée ? Mais c'est qui qu'a fait ça ?

Elle manipule son trousseau. La gardienne sent si fort ! Ses aisselles dégagent une odeur âcre affreuse. Léonie tourne la tête sans rien laisser paraître. En prison, les gardiennes ont presque tous les droits. Elle a perçu les cris l'autre soir à son étage. C'était ceux d'une détenue qui se faisait bastonner. La fille n'avait rien dit avant de se faire punir. Deux gardiennes sont entrées, ont frappé et sont ressorties. La détenue a gémi et pleuré toute la nuit. Elle n'a pas osé répondre aux questions murmurées par les autres prisonnières.

La lourde porte s'ouvre enfin, tirée de l'intérieur par un brigadier. Elle découvre une salle coupée par une grille. Quatre femmes sont assises de part et d'autre. Deux détenues et deux dames. La gardienne pousse Léonie vers le petit banc du centre.

– Mes enfants ? Mais où sont mes enfants ? s'inquiète Léonie.

Un éclat de rire féroce lui ouvre les yeux. Il n'y a pas de nattes blondes dans ce réduit barré. Pas de joues bien potelées ni de souliers vernis. Il n'y a que deux vieilles dames sur leur banc du parloir, qui attendent bêtement de reprendre leurs échanges avec deux détenues.

– Ou bien j'ai la berlue, mais je voyons point de gosses, raille la gardienne.

– Allez ! Allez ! C'est bon ! la coupe le brigadier, la poitrine ceinturée, le fusil à l'épaule. Retourne à tes fonctions et fais un peu moins de bruit, la Thumette. Faut toujours que t'attires des attentions de tout le monde. Allez, ouste. Du balai !

La gardienne s'efface pour laisser Léonie s'asseoir.

Celle-ci tremble de dépit. Elle tient à peine en place. Elle est tellement déçue. Ses seins lui font si mal ! Les deux vieilles dames d'en face ressemblent à deux moniales. Sans doute font-elles partie de ces belles âmes qui viennent par charité répandre des bontés dans les cœurs gangrenés. La prison de Saint-Lazare est pleine de patronnesses au secours des filles perdues. Les deux détenues près d'elle ont à peine quinze, seize ans. Elles portent l'uniforme de la première section, celui des filles perdues, avec ses rayures bleues. Une grosse ceinture de cuir souligne leur maigreur. Leurs silhouettes alignées semblent sorties du même moule. Même courbure du dos. Mêmes épaules tombantes. Comme deux sœurs. Leurs têtes penchées s'offrent aux bonnes intentions des deux dames d'en face et de leur panier d'osier. La première tient le cabas sur ses genoux. La seconde soulève le tissu rouge dessus et pioche une poignée de noix qu'elle passe par les barreaux, deux pommes et un sachet que le brigadier de garde s'empresse de contrôler.

– C'est bon, dit-il en laissant l'une des deux filles s'emparer du paquet de petits biscuits secs.

Du fond du panier, la dame sort deux bouteilles. La première est pour elles.

– N'oubliez pas, mesdemoiselles, qu'il n'y a pas de

mauvaise graine. Il n'y a ni mauvaises herbes non plus, ni mauvaises filles. Il n'y a que des mauvais cultivateurs. Vos pères ont échoué. Laissez vos sœurs de cœur vous montrer la voie bonne.

Les détenues remercient. La dame tend l'autre bouteille au brigadier derrière. C'est sa rétribution. Grâce à ce litron de vin, les dames pourront revenir s'occuper d'autres filles.

– Jeudi prochain ?

– C'est bon. Ce sera mon tour, répond le brigadier.

Les deux dames se lèvent. Les deux filles patientent devant la porte en fer.

Léonie ne bouge pas. Elle attend docilement. À l'entrée du parloir, une femme croise les deux dames. Elle baisse seulement la tête quand les deux autres lui lancent un bonjour lumineux. La femme est sombre et lourde. Elle ne tient pas de panier. Son visage est couvert d'une voilette noire. Ses lèvres sont serrées. Elle porte des gants de soie gris. Mais de qui s'agit-il ? Certainement pas de sa mère. Elle n'aurait pas daigné se compromettre dans ce bouge. Ce n'est pas Mme Hamelin non plus. Son amie Fortunée a bien plus belle allure. Elle serait venue les mains pleines. La femme lance un coup d'œil à l'adresse du brigadier. Du bout d'un doigt, elle montre le tabouret devant elle.

– Oui. C'est ça !

Elle enjambe le banc, s'installe, oscille d'une fesse à l'autre et se cale bien en face de Léonie.

La voilette lui barre la moitié du visage. Un bout de nez pointu. Des lèvres fines et pâles. Un menton qui s'enfuit sous la peau de son cou. Des seins lourds et bas. Pas de bagues. Pas de bijoux.

– C'est vrai que vous êtes jolie, dit-elle d'une voix tremblante.

Léonie plisse le front.

– Il m'a dit que vous étiez d'une beauté sauvage.

Léonie connaît l'expression. Elle sait qu'elle vient de lui.

– Vous êtes la femme de…

La femme soulève sa voilette. Deux yeux noirs en amande. Un front très large et haut.

– Victor n'a pas menti. C'est vrai que vous êtes très belle. Féline. Racée.

Léonie reconnaît la femme du daguerréotype sur le bureau de Hugo. Il avait rabattu le cadre. Mais Léonie l'avait vu. Sa voilette de tulle estompe sa calvitie. Elle scrute son regard. Que vient-elle faire ici ? Savourer sa victoire sur la pauvre lionne en cage ? Se réjouir de réduire les lubies de son mari ? Après la joie douchée de revoir ses enfants, Léonie devra-t-elle subir l'humiliation qu'impose cette présence ? La femme l'observe d'un drôle d'air. On dirait qu'elle la jauge.

– Brigadier ! Brigadier ! lance soudain Léonie.

L'homme en arme s'approche.

– Ramenez-moi en cellule ! supplie-t-elle sans quitter Mme Hugo des yeux.

– Mais c'est que c'est pas l'heure. Et puis, c'est pas fini. On m'a dit un quart d'heure. Ça sera donc un quart d'heure.

Il recule de deux pas et saisit le bouchon de sa bouteille de vin. Il le tourne et le hume. Son grognement traduit qu'il se retient de boire. Ce n'est pas le moment. En reposant le litron, la crosse de son fusil cogne le mur du parloir.

– C'est lui qui m'a demandé de venir vous voir. D'abord, j'ai refusé. Vous comprendrez sûrement ma réaction première. Ma place n'est pas ici. Je n'ai rien à réparer. Cette histoire sordide ne me concerne en rien… Enfin, c'est ce que j'ai pensé. Au début. Et puis, j'ai réfléchi. Je connais mon mari. Je le connais par cœur. Vous le savez peut-être : cela fait des décennies que nous nous supportons. Cela remonte au temps de notre lointaine enfance. Nous nous sommes adorés avant d'avoir dix ans. Nous partagions un jardin merveilleux. Nos parents se connaissaient. Les siens ne voulaient pas de moi, mais il s'est obstiné. Nous nous sommes mariés il y a trente-trois ans. Oui, trente-trois ans cette année. Je ne sais pas ce que vous lui avez fait. J'ignore le sort que vous lui avez jeté, mais vous le tenez, madame… Cela me peine beaucoup de le voir ainsi ruminer son remords. Il n'est plus bon à rien depuis ce flagrant délit. Il ne mange presque plus, même pas les côtelettes que je lui fais le matin. Il erre toute la nuit et dort je ne sais où. Je le croise parfois éveillé devant sa table, la plume à la main, devant des tas de feuilles qu'il cache dès que j'arrive. Il s'agace rapidement. Il est devenu odieux même avec nos enfants, lui le père merveilleux. Il a tellement changé.

La femme de Hugo abaisse un peu les yeux. Son petit menton fuyant est pris de tremblements qu'elle tente de maîtriser. Son silence dure très peu.

– Je sais à quoi il pense, dit-elle en levant la main vers Léonie, comme si elle s'efforçait de l'effacer d'un geste, de gommer sa silhouette. Mais voilà. Vous êtes là. Et j'estime cet homme, malgré ce qu'il a fait. Il est imbibé de honte. Et moi, je suis sa femme et j'ai besoin de lui. Nous avons besoin de lui. Je vais l'aider, madame. Je vais faire de mon mieux pour qu'il redevienne lui-même, le Victor que je connaissais, le père que nous aimions. Je lui ai annoncé que je viendrais vous voir. Tous les jours. Je lui transmettrai de vos nouvelles et je ferai de mon mieux pour qu'on vous traite bien. Il ne supporte pas qu'on puisse vous faire du mal. Il a très peur de cela. Il connaît les prisons. Il en a vu beaucoup. C'est un étrange sujet qui l'intrigue et le fascine. Sa mère aimait un homme qu'elle cachait chez elle. Il s'appelait La Horie. Il logeait en cachette au fond des Feuillantines. La police le cherchait. Il a fini en prison. Sa mère se rendait au parloir chaque jour et revenait défaite. Elle est morte de chagrin peu de temps après lui.

Adèle Hugo interrompt son récit. Elle triture ses mains en gardant la tête basse. Elle ôte et remet ses gants. Le brigadier derrière ne bouge pas d'un cil. Il écoute tout ce qui se dit. C'est l'une de ses missions.

– Je veux pas qu'il dépérisse, reprend Mme Hugo en plaquant ses deux paumes bien à plat sur ses cuisses. Je vais le soulager des idées qu'il se fait. Dites-moi ce que je peux faire. Je suis venue pour ça.

Léonie marque un temps. Elle estime les possibilités, soupèse les hypothèses. Elle avait amassé des piques et des ripostes. Elle a manqué plus d'une fois de se boucher les oreilles pour ne plus la subir. Bien sûr que cette femme voudrait la voir mourir. On meurt en prison. L'infirmerie est pleine de filles mal en point. Des prostituées malades. Des filles dépressives. L'autre jour, elle a vu une fille du secteur deux s'élancer depuis la cour vers la haute façade. Elle a grimpé à mains nues au premier, au deuxième, jusqu'au troisième étage. Agile. Des brigadiers ont levé leurs fusils. Toute la cour pensait qu'elle voulait prendre la fuite. Il n'y a pas eu de tirs, seulement des sommations. La fille s'est retournée. Elle s'est laissée tomber. Disons, pour être précis, qu'elle a plongé dans le vide. Une gardienne a retrouvé une lettre adressée à un certain Firmin. Son ami. Son amant. Elle est morte de chagrin.

Léonie se redresse.

– Mes enfants me manquent tellement ! Cela fait une semaine que je demande après eux.

Mme Hugo s'agite. Un rictus nerveux plisse le coin de ses lèvres.

– Je vais faire de mon mieux.

35

Ce grand salon rouge vif a été le théâtre de soirées étincelantes. Le géant Dumas a fait tonner des formules qui ont fulguré tout le monde. Le poète Lamartine a récité ses vers. Il y a eu aussi Gautier, Balzac et le père Girardin qui ferraillaient sur les sujets du moment. Tout ce que Paris comptait de brillant et d'heureux.

Mais les portraits aux murs ont pris un teint sceptique. Les tableaux de famille ont perdu de leur éclat. Le beau parquet ciré glisse sous les pas de Hugo. Pour la troisième fois, il ouvre grand les battants de sa fenêtre centrale et se penche au balcon. Il guette. Toute la maisonnée garde une distance prudente. Ses deux fils et sa fille se barricadent dans leurs chambres. La cuisinière s'active à frotter ses fourneaux. Le majordome fait mine de chercher son plumeau ; partout, sauf dans le salon.

Hugo se penche un peu plus. Il l'a vue. Elle arrive. Il referme les battants, se recoiffe dans le miroir, efface toutes les stries qui lui compliquent le front et se plante devant l'entrée pour lui ouvrir la porte. C'est fou le temps qu'elle met à monter deux étages. Cette lenteur. Cette lourdeur. Ses rides se sont creusées. Il a le souffle plus court que sa femme qui se hisse en haut de l'escalier.

– Alors ?

Elle tend le bras devant elle pour qu'il s'écarte un peu. Elle entre sans lui répondre, se décoiffe, se dégrafe.

– Que cette ville sent mauvais ! C'est une vraie porcherie. Et toutes ces filles en bas qui vendent je ne sais quoi. Cela ne peut plus durer.

– J'écrirai au préfet.

– Leurs étals encombrent tout l'angle devant chez nous. On ne passe presque plus parmi toutes ces victuailles. Des pastèques grosses comme ça !

– Je les ferai chasser.

– Apporte-moi un jus.

Hugo fait quelques pas vers l'antichambre, à droite, mais avant de gagner la cuisine, il se retourne. Sa femme s'est laissée tomber dans le canapé. Elle a aussi tiré un petit tabouret pour allonger ses jambes et déchausser ses pieds. Elle agite un papier pour se donner de l'air.

Il pousse la cuisinière, se penche au-dessus de l'évier pour saisir une orange. La découpe et la presse, verse le jus dans un verre et retourne auprès d'Adèle.

– Alors ?

Sa femme savoure le jus, puis cale son gobelet entre deux coussins de soie. Jamais elle n'a montré autant de négligence. Ce canapé coûte cher : le montant d'une recette pour une pièce à succès. Il est neuf. Hugo l'a ramené du faubourg Saint-Antoine la veille d'un grand dîner avec les Girardin.

– Admise à la pistole.

– Ah, c'est bien. Elle a donc sa cellule rien que pour elle. Voilà une bonne nouvelle. Si tu savais comment s'entassent toutes les autres filles. Il faudrait changer cela. Imposer des cellules individuelles dans toutes les prisons.

– Je sais ! Je sais ! dit-elle. Tu en reparleras avec tes compères de la Chambre haute.

Hugo ne relève pas. Il laisse sa femme raconter.

– Elle a plutôt bonne mine, finit-elle par lâcher.

Léonie la sublime. Léonie l'héroïne. Hugo se la figure avec ses grands yeux clairs et cette bouche qu'il aime tant. Son visage se fend d'un sourire malgré lui, puis il se reprend, baissant un peu la tête, marmonnant des phrases convenues pleines d'onomatopées, les idées les plus neutres, comme ferait un médecin devant son trentième patient à la fin de matinée. « C'est bien. Mmmh ! Fort bien ! Fort bien. »

Hugo ne trompe personne ; en tout cas, pas sa femme, qui sent l'empressement sous cette simulation.

– Au parloir, il y avait deux visiteuses.

– Ah bon ?

– Des dames des bonnes œuvres qui venaient voir deux filles.

– Ah oui ?

– Elles disaient des choses justes. Avant de partir elles ont parlé de graines et aussi de mauvaises herbes. Elles ont dit quelque chose sur les plantes et les cultivateurs.

– Ah oui ? Vraiment ?

Cette fois, il n'en peut plus. Il voudrait qu'elle revienne au seul sujet qui vaille.

– Il faut que je me souvienne. Ça va te plaire, tu vas voir. C'était vraiment profond. Ah voilà, je crois que c'est ça. Elles ont dit qu'il n'y avait pas de mauvaises herbes ni de mauvaises personnes. Il n'y a que des jardiniers qui ne savent pas s'y prendre.

Hugo achève d'un coup ce qui reste de jus et se lève pour poser le gobelet sur la table. En lui tournant le dos, il jette sa question.

– Et elle ? Et Léonie ? T'a-t-elle dit quelque chose ?

Elle ramène ses jambes et relève sa jupe. Ses cuisses grasses apparaissent. Léonie est si blonde que ses membres semblent imberbes. Les mollets de sa femme sont couverts de rhizomes. Des nœuds veineux déforment le haut de son mollet gauche. Son médecin lui avait recommandé des guêtres, pour les canaliser. Cela gênait sa marche. Adèle ne supporte pas les carcans. Ni quand c'était la mode pour avoir la taille fine ni quand il l'aurait fallu pour éviter l'ulcère. Elle rabat le pan de sa robe d'un geste sec et las.

– Je peux te poser une question ?

Victor se tourne vers elle. Son visage exprime toute sa curiosité.

– Qu'est-ce que tu lui trouves ?

Elle serre le pan de sa robe pour en faire une boule.

– Qu'est-ce qui te plaît chez elle ?

– Mais enfin, ma chérie…

– Justement. Quoi, chérie ? À moi, tu dis chérie, tandis qu'elle, tu l'aimes. Alors qu'est-ce que tu mets là-dessous ? Quand tu me dis ma chérie, j'ai l'impression d'entendre le greffier de l'état civil. Ma femme chérie par-ci, Adèle chérie par-là… Et elle ? Cette… Léonie. Que lui trouves-tu de spécial ? Dis-moi pourquoi tu l'aimes.

Il s'agace pour de bon. Toute cette conversation prend un tour mauvais. Il se dit qu'elle abuse, qu'elle exagère, maintenant.

– Écoute, je n'aurais pas dû te demander…

Elle lui saisit le bras. Elle serre et plante ses yeux noirs dans les siens.

– Réponds-moi !

Hugo va devoir répondre.

– La beauté. La jeunesse. La force de caractère. L'interdit. Oui. L'art de la transgression. Elle ose déranger l'ordre. Tout mettre sens dessus dessous. Sais-tu qu'elle embarqua à bord d'un navire déguisée en marin ? Elle a fait mieux que moi avec mon *Han d'Islande*. Elle y est allée, elle. Et au-delà. Jusqu'au Spitzberg. Tout ça parce qu'un savant prétendait y relever les traces du déluge et d'un éden polaire, d'un vaste paradis blanc. Elle manqua d'y rester. Si seulement tu savais. Adèle, si tu savais… Cette femme vient de nulle part. Elle n'a pas de famille, pas de père pour s'appuyer, pas de mère pour l'aimer et sur un coup de cœur elle ose faire valdinguer tout ce qu'elle a construit avec cet homme, ce…

– Son mari, dit-elle.

– Son mari, répète-t-il d'un ton moins enthousiaste. Cette femme m'a dit des choses. Elle m'a ouvert les yeux, sur sa situation, sur la condition de la femme, sur le seul scandale qui…

Adèle se lève d'un bond.

– Ça suffit ! lance-t-elle.

Son visage vire au rouge. Son artère carotide se gonfle comme un serpent qui tente de digérer une proie trop grosse. Elle chasse du bout du doigt une première larme naissante. Mais une seconde suit. Puis une autre plus chargée qui coule le long de sa joue.

Hugo rejoint sa femme.

– Est-ce que tu veux bien me dire, maintenant ? Comment va-t-elle ?

– C'est dur, avoue sa femme.

Hugo baisse la tête.

– C'est dur pour tout le monde.

Adèle lui tourne le dos.

– Laisse-moi reprendre mon souffle.

Il tourne la poignée de la fenêtre et ouvre grand les battants. Pas le moindre brin d'air. Le ciel est bleu brûlant. Il agrippe la rambarde et fixe un point perdu dans le carré de pelouse. L'herbe est sèche, jaune blé. Une mère et des enfants jouent à l'ombre des tilleuls. La femme a la trentaine. Son garçon et sa fille ont dix ans à eux deux.

Elle s'approche de la fenêtre.

– J'ai payé pour qu'elle garde un mois de plus sa cellule. Et au greffe de l'entrée, j'ai signé une traite pour qu'elle puisse cantiner. Vingt francs.

– Merci…

– Il y a un parloir prévu lundi prochain. J'ai réservé une place pour une visite d'une heure. L'intendant a refusé. L'heure complète, c'est seulement pour les proches. J'ai obtenu la moitié. Seulement une demi-heure. Vingt sous.

– Bon…

– Je lui apporterai une chemise sans lacet, du savon de lessive et une caisse de bougies.

– Et de l'encre ?

– Pour quoi faire ? Elle n'en a pas parlé.

– C'est tout ce qu'elle a demandé ?

Mme Hugo hésite.

– Tu ne m'avais pas tout dit.

– À savoir ?

Il s'incline pour mieux voir. Ses yeux sont encore rouges, mais elle ne pleure plus.

– À propos de ses enfants…
– Je pensais que tu le savais.
– Je ne savais pas.
– …
– Quel âge ont ses enfants ?

Hugo ouvre la bouche pour happer un peu d'air. C'est la nature des femmes de savoir qui et quand, surtout quand il s'agit de relations adultères. Son tic du nez le reprend. Il renifle en même temps.

– Marie Henriette. Elle a cinq ans.

Comme il s'arrête en chemin, sa femme le relance.

– Et l'autre ?
– L'autre ? C'est un garçon.
– Et comment s'appelle-t-il ?

La bouche de sa femme tremble imperceptiblement.

– Georges.
– Georges ? C'est tout ?
– Oui, Georges Biard.
– Comme son père !
– Quelle question ! Bien sûr qu'il porte le nom de son père.
– Quel âge a-t-il ?
– Un an… presque un an…

Elle est prise d'un vertige et s'appuie contre le bord du balcon. L'épaule sur le mur. La tête contre les briques.

– Qu'as-tu fait ?

Elle calcule vite et juste. Elle rassemble les dates. Un an et neuf mois. Que faisait son mari il y a un an et demi, à l'hiver 43 ? Les jours sombres. Les pires moments de sa vie. Les voyages à Villequier. Le cimetière. Leur fille. Et lui qui prétendait qu'il n'était bon à rien, qu'il n'avait plus de force, qu'il devait rester seul. Et elle qui cherchait sa fille disparue, sa Didine chérie, entre le vide et le néant, entre ici et là-bas.

– Je me souviens, maintenant. Les soirées chez Pradier. Tu disais que ce sculpteur te changeait les idées. Tu allais jouer au jeu de l'oie avec ce Normand, cet étudiant en droit, épileptique de surcroît… Comment s'appelait-il ? Son nom va me revenir.

Il s'apprête à répondre, mais sa femme poursuit.

– Ne me dis pas. Je sais. J'ai une très bonne mémoire. Je me souviens de tout, Victor. De tout. Et puis, cette poétesse dont tu vantais le talent. Louise Colet. Vous vous retrouviez à l'atelier de Pradier. Elle y était, alors ? C'est ça ? Cette femme y était pendant que je pleurais notre fille disparue. Comment as-tu osé ?

Sa bouche sèche l'oblige à s'humecter les lèvres. Elle rentre les épaules et arque le haut de son dos. Un rictus agressif lui déforme le visage. Elle ressemble à une chatte prête à bondir.

36

Elles sont trois seulement pour tout le premier étage ; trois gardiennes chargées de surveiller les « panuches », les rares privilégiées. Mais qu'est-ce qu'un privilège dans un taudis pareil ? Est-ce le droit de boire du vin ? Léonie n'a pas soif. Est-ce le droit de manger des légumes et du pain quand les autres font la queue pour un peu de mauvaise soupe ? Léonie n'a pas faim. Peut-on qualifier de privilège le fait d'avoir de l'huile pour éclairer sa lampe ? Un livre dans sa cellule ? Voire un petit missel ? Léonie ne lit pas. Elle n'écrit pas de lettres. Et si parfois elle pense, c'est à Georges et à Marie. Quand viendront-ils la voir ? Chaque matin, elle alpague la première gardienne et lui demande si quelqu'un la demande au parloir.

– Pas pour toi.

– Pas que je sache, ma beauté.

– Pour quoi faire, tu t'ennuies ?

Cela fait plus de trois semaines qu'elle est enfermée là. Elle est la femme perdue parmi les filles perdues. Elle se demande ce que leur père leur raconte le soir. Comment justifie-t-il son absence ? Quels sont les mots qu'il emploie ? Elle s'imagine Marie insistant pour savoir. Georges est encore trop petit. Il doit seulement pleurer.

Ce matin, ça recommence. La Thumette remonte le couloir du premier. Elle joue avec ses clefs. Ça l'amuse de rayer le silence des cellules, d'agiter les consciences au bruit de son trousseau. Elle passe devant la sienne.

– Personne me demande ?

– Si, ma belle. Justement, y en a qu'ont besoin de toi.

Léonie se soulève de son matelas crasseux. Elle s'approche des barreaux. Méfiante, elle garde deux pas d'écart entre elle et la Thumette.

– Ah bon ? Mais qui ?

– Te fatigue pas à poser trop de questions.

Elle chausse ses sabots. La Thumette montre la voie, son trousseau dans sa main gauche, frottant son jeu de clefs sur les barreaux de l'allée. L'escalier sent le savon. Les cellules du couloir sont encore silencieuses. Elles passent devant la fouille et poursuivent vers la cour. Un soleil timide pointe au-dessus des toits. Des moineaux s'égosillent. Les ateliers de droite sont encore vides de filles. Leurs fenêtres sont closes. Les sabots de Léonie crissent sur la cour sablonneuse. Il n'y a plus de feuilles au sol, ni la moindre herbe folle. Le petit bassin est propre. Quelque chose se prépare. Sans doute une visite des hautes autorités.

Au bout, la chapelle au parfum d'encens. Une grille protège l'autel et la statue de la Vierge. Dans cette prison de femmes pleine de filles publiques, la Vierge est une idole. Celle qui trône sur l'autel est de bois verni. Il paraît qu'elle provient des caves du Vatican, du trésor privé du pape Innocent X. Mais son visage n'est plus qu'un ovale émoussé, sans nez, sans bouche, sans arcades sourcilières. Deux vagues concavités à la place des yeux. La légende colportée par les plus vieilles détenues prétend que cette Vierge aurait versé des larmes à la fin d'une messe. Les détenues présentes se seraient précipitées pour récolter ces pleurs.

La Vierge de Saint-Lazare offerte par Innocent.

Les eaux du baptême qui offrent une nouvelle vie.

Les larmes miraculeuses.

Des milliers de détenues ont caressé ce visage, imploré sa clémence, supplié son pardon. À force, avec le temps, la Vierge ne peut plus voir toutes celles qui lui font face. Ses mains sont des moignons. Le bois de ses pieds peints a perdu tout son lustre. Seul son enfant demeure, parfaitement dessiné, dans son linge d'un blanc pur aux drapés bien marqués. Les détenues n'osent pas l'effleurer.

La Thumette se signe en passant devant l'autel. Elle fléchit les genoux et baise ses mains jointes sur ses clefs. Léonie ne croit pas, ne croit plus. Elle n'a peut-être jamais cru. Et pourquoi croirait-elle ? Mais une chose est sûre : elle méprise cette gardienne qui vénère son trousseau qu'elle baise comme un rosaire. Elle confond l'un et l'autre. Il paraît que la Thumette a passé sa vie là. Elle n'a connu rien d'autre que cette prison. Elle est entrée gamine pour un crime oublié. Elle a purgé sa peine, et puis elle est restée. La prison de Saint-Lazare compte un vieux directeur, des greffiers, des brigadiers, des surveillants pour les récalcitrantes, des inspectrices, des surveillantes d'atelier, des médecins et des infirmières, des cantinières, un aumônier et quelques sœurs, et une quinzaine de gardiennes, comme elle. De tous les employés, la Thumette est la seule entrée comme condamnée et devenue gardienne. Elle dort dans un coin de cave, dans une ancienne cellule. Tous les jeudis matin, elle monte chez l'aumônier pour en sortir défaite. Tous les vendredis soir, elle se fouette jusqu'au sang. Des détenues l'ont vue en plein hiver se plonger de nuit dans le bassin.

Léonie ferme les yeux pour chasser ces visions. À l'oreille, elle se cale sur le pas de la Thumette et traverse une courette pavée de pierres carrées.

– Attends là !

La façade d'une maison coincée entre les murs. Deux fenêtres à barreaux encadrent une porte en fer. Une volée de marches se développe à l'entrée. Au-dessus, un écriteau de bois sur lequel est écrit : « Poste de l'Infirmerie ». Une autre statue de la Vierge est nichée près de la porte. Des fleurs fraîchement coupées sont placées à côté, dans un vase bleu vif.

Une aide-soignante sort. Elle porte un bonnet de soie assorti à sa robe noire. Une chemise blanche l'engonce jusqu'au menton. Un grand tablier propre vient recouvrir tout ça.

– C'est elle ? demande l'aide-soignante.

– Que oui, fait la gardienne.

L'infirmière s'approche. Elle inspecte Léonie, disparaît dans son dos pour faire le tour d'elle, à la manière d'un maquignon. Léonie tourne la tête vers la droite, mais l'infirmière surgit du côté opposé pour lui palper les seins.

– Mais qu'est-ce que vous…

– Vous n'êtes pas enceinte ? la coupe l'infirmière.

– Non ! répond-elle, surprise.

– Mais elle n'est pas enceinte, répète l'infirmière sur le ton du reproche.

– J'dis pas qu'elle est grosse. Ça, j'l'ai jamais dit. J'dis juste qu'elle a ce qu'y faut.

L'infirmière poursuit son étrange inspection. Léonie se laisse faire. L'infirmière écarte ses paupières, entrouvre un peu ses lèvres, prend son pouls à son bras et pose sa paume froide sur son front.

– Pas de fièvre ? Des maladies ?

– Pourquoi toutes ces questions ?

– Comme un charme, qu'elle se porte ! C'est moi qui le garantis, intervient la Thumette.

L'infirmière hoche la tête avant de faire demi-tour. Léonie est conduite vers le hall. L'infirmière lui explique qu'elle s'occupe ici d'une vingtaine de femmes.

– Les vénériennes sont là-haut, à l'écart. Ici, au rez-de-chaussée, c'est notre nursery.

Léonie sent la peau de ses seins qui se met à tirer. Elle a compris maintenant. Reste à savoir pour qui ? L'infirmière poursuit son rapide inventaire. Sans se préoccuper de celles qui dorment encore, elle nomme les détenues, les unes après les autres. Certaines sont dans leur lit avec leur petit. D'autres sont déjà levées, et s'activent entre les toiles qui délimitent l'espace réservé à chacune.

La troisième est assise sur un coin de son matelas. Elle cale son bébé contre son sein. Elle est penchée sur lui. Ses cheveux le recouvrent. L'enfant semble avoir quelques semaines. Mais il secoue la tête et se met à crier.

L'infirmière s'arrête. La détenue lève la tête. Ses yeux cernés sont tristes. Toute la peine du monde se lit dans son regard. Un pot, un broc, un bol sont posés sur la planche qui surplombe son lit. Au clou pend un manteau.

– J'suis même pas bonne à ça, balbutie la jeune mère, avant de poser l'enfant sur le matelas devant elle. J'suis bonne à rien.

En prononçant cette phrase, elle croise son regard. Léonie la reconnaît ! C'est la fille de l'hiver. Celle de la rue Chauchat, quand elle sortait de dîner avec Victor Hugo. C'est pour elle qu'ils avaient témoigné ce soir-là. Pour cette pauvre fille qui ne faisait que se défendre. Histoire d'une boule de neige. Il a eu sa revanche. Et voilà le résultat. Avec Léonie prise sur le fait, le bougre a fait coup double. Les deux sont réunies.

Pendant que l'enfant pleure, la jeune mère la regarde.

– Je vous reconnais bien ! Vous êtes la dame de l'autre, celle de ce bon monsieur, cet académicien. C'est vous, madame Hugo ?

La Thumette s'agace de tout ce moment perdu. Elle coupe court aux motifs d'émotion de la jeune mère et crache méchamment le vrai nom de Léonie.

– Biard, comme corbillard. C'est Léonie Biard. Et venez pas m'embrouiller avec des choses pas possibles. Y a une visite qui vient. J'ai pas de temps à perdre. T'as dit que t'avais besoin d'un peu d'aide pour trimer. Que ton petit t'épuisait à refuser ton lait. Alors voilà. C'est elle. C'est bon ? On peut y aller ?

Elle pousse Léonie et fait tomber sa bretelle.

– Fais-lui goûter de ton sein ! ordonne-t-elle. Vois donc, si y prend.

Léonie se dévoile tout près de la jeune mère. Avec son accord, elle soulève son enfant. C'est un petit garçon qui n'a pas plus de trois mois. Il n'est guère bien replet. Il manque un peu de chair, mais sa bouche en bourrelet se colle à son téton pour ne plus le lâcher. Il pompe goulûment pour faire monter le lait. Et le voilà qui vient. Léonie sent le passage de son sein à sa bouche. Elle sent les vagues qu'il fait avec sa petite langue. La succion. La tétée. Ce mouvement lui procure une onde positive, un sentiment de bien-être.

– Il aime ! dit la mère du petit.

Elle sourit.

– J'ai de nouveau une dette, dit-elle en se levant. Grâce à toi je vais pouvoir travailler plus sereine. Mon petit va se requinquer. Je te donnerai de mon revenu.

– Quel revenu ? demande Léonie, en limitant ses gestes pour laisser l'enfant boire.

– Celui de l'atelier. On est une bonne centaine à usiner des pièces. C'est dur, mais je vais t'apprendre.

– Comment s'appelle-t-il ?

– Je sais pas bien encore. J'hésite entre plusieurs prénoms. Comme je lui donne du « mon fils », c'est comme ça que ça vient. C'est « mon fils ». Moi, je m'appelle Mariette. Quand j'irai le déclarer, je l'appellerai peut-être Marius.

– C'est un très beau prénom. Marius, ça lui va bien, murmure Léonie.

La cloche sonne les sept coups du réveil général. Mariette se dépêche de croquer dans son pain. Son petit émet un rot, puis sourit béatement. Au bout de quelques secondes, sa tête part en arrière. Un fin filet de lait dégouline de sa bouche. Il a bu tout son saoul et plonge dans l'allégresse du dormeur repu. L'infirmière s'en empare et le pose délicatement dans son couffin d'osier.

La Thumette se prépare à conduire Mariette jusqu'à son atelier, puis à ramener Léonie en cellule, au premier.

Elles traversent la salle, la chapelle puis la cour. Une foule de détenues dégringole vers elles. Au milieu, près de l'estrade, M. Billy, le directeur, donne un coup de sifflet. Mariette s'élance. Elle court vers la façade exposée au soleil, parmi toutes les autres. Les unes après les autres, elles s'alignent sous les fenêtres. Mariette se dépêche de gagner quelques places. Elle joue un peu des coudes, récolte des grognements, se hisse vers le milieu et lance un clin d'œil à Léonie.

– Les places sont limitées ?

– T'occupe, lâche la Thumette.

Le directeur Billy, vêtu d'un costume sobre, sa rosette au revers, affiche un air content.

– Silence dans les rangs ! crient les brigadiers.

Toute l'assemblée se tient prête. Les détenues attendent le deuxième coup de sifflet pour rejoindre l'atelier. Mais il tarde à venir. La Thumette se fige. Elle passe son bras devant Léonie pour lui barrer le chemin. Plus question de faire un pas. Même les brigadiers n'osent plus se retourner.

Trois costumes en quinconce viennent de faire leur entrée. Puis un brouillon de civils qui déambulent à leur suite. Toute cette délégation traverse lentement la cour. Le directeur salue d'un signe porté au front et quitte son promontoire pour aller au-devant du plus grand des costumes, au centre, celui qui dépasse tous les autres du ventre et des épaules.

– Qui est-ce ? demande Léonie.

La gardienne réplique en lui serrant le bras avec la force d'une pince. Un geste précis, affreusement efficace. Pendant que la délégation s'ordonne vers le centre de la cour, un brigadier s'avance pour cueillir les deux femmes.

– Mais qu'est-ce que vous faites là ?

– C'est qu'on allions rentrer, lui répond la Thumette.

– Où ça ?

– À la 13. C'est la détenue de la 13.

– C'est vraiment pas le moment, réfléchit le brigadier. Tu vas l'emmener là-bas, avec les ouvrières. Elle a l'air de se tenir. Elle présente plutôt bien. Tu la mettras devant.

Le brigadier désigne le mur occidental, le long du rez-de-chaussée. La Thumette obéit. Léonie se retrouve dans la même queue que Mariette. Toutes ensemble elles s'ébranlent au second coup de sifflet.

L'atelier est immense. Sur deux cents pieds de long, il rassemble des machines d'un mètre cube chacune. De gros blocs métalliques faits de pistons et de bielles. Mariette se serre près de Léonie.

– Je vais te guider, dit-elle. Tu vas voir, c'est très simple. Je tourne cette molette qui actionne ce cylindre et le piston du fond… Tu le vois, le gros tranchant ? Il va venir usiner la pièce qu'on y glissera. On fabrique des manches.

– Des manches de quoi ?

– J'en sais rien, moi. Des manches. Attends un peu, je te montre.

Mariette pousse la caisse pleine de barres de laiton puis en glisse une dans le ventre de la machine à fraiser. Elle la cale à la verticale et tourne la molette. Le gros piston s'active. Des copeaux de laiton se répandent autour de la barre.

– C'est un manche de sabre.

– Oui, c'est ça. Je crois que c'est ça. Et c'est un sou par manche. Alors, viens, aide-moi. Gagnons un peu notre vie.

La délégation entre. Le chef ventru jette un œil ravi sur l'atelier. Il s'avance à pas lents vers les premières machines.

– Bien ! Bien !

Le directeur Billy ordonne la visite.

– On en fait mille à l'heure, monsieur le baron. Avec cette machine, conçue par un Américain du nom d'Eli Whitney, notre productivité va maintenant jusqu'au triple. Elle coûte certes un peu cher. Mais elle rapporte beaucoup.

– Bien ! Bien ! fait le baron, écoutant la moitié de ce qu'on lui raconte.

Cinquante machines bruyantes. Le crissement du métal.

Le laiton biseauté. Concert d'acouphènes. Chaos de frictions aiguës. Au pied des établis, des copeaux se répandent comme des pétales dorés. Des cheffes de rang récoltent les rebuts, à mains nues.

– C'est bien ! C'est bien, répète le chef de la délégation.

Tout l'atelier s'ordonne. Léonie prend le rythme. Elle pioche et tend chaque barre dans ce capharnaüm. Mariette se charge du reste. Ses gestes sont avalés par la machine épaisse comme une caisse, haute comme une commode. Les visiteurs s'approchent. Celui que le directeur appelle « monsieur le baron » fixe Mariette d'un bon air. Il sourit et acquiesce en ballottant son goitre.

– 'aites ça bien ! dit-il.

– …

Le baron se rapproche pour qu'elle puisse l'entendre.

– 'dis que 'aites ça bien !

Léonie lui adresse un petit coup de coude pour qu'elle lui réponde. Mariette est au travail, sérieuse. Elle se donne tant de mal pour faire bonne figure. Elle veut prouver qu'elle peut. Comme le baron insiste pour avoir sa réponse, le directeur sort son petit bec d'argent et siffle. Toute la salle s'interrompt. Les machines s'arrêtent. Mariette recule d'un pas. Elle prend l'air étonné. Elle se demande ce qu'elle a fait de mal.

– Tout va bien, mon enfant. Tout va bien, la rassure le baron. Je voulais juste vous dire que vous faisiez ça bien.

Mariette baisse la tête pour remercier le baron.

Il prend le bout de laiton qu'elle vient de biseauter.

– Comment t'appelles-tu ?

– Mariette, Mariette de Montreuil.

– C'est du très bon travail, Mariette. Notre industrie est

fière de vous. Et je sais de quoi je parle, dit-il. C'est moi qui dirige la Société d'encouragement pour l'industrie nationale.

– Merci, monsieur, dit-elle.

– Monsieur le baron Thénard, corrige le directeur. C'est un grand du royaume. Il mérite le respect. Monsieur le baron est aussi pair de France.

Mariette se reprend en mettant autant de « vous » qu'elle peut dans ses excuses, fourrant tous ses « pardons » avec des « monsieur le baron ». Mais le regard du pair dévie sur Léonie. Elle salue en fixant le bout de ses sabots. Comme le baron insiste pour lui demander son nom et que Léonie se tait, c'est Mariette qui s'en charge.

– Elle s'appelle Léonie, monseigneur. C'est une femme estimable.

– Ah oui ? Et pourquoi ? demande-t-il.

– Pour l'aide qu'elle m'apporte, monsieur le baron, euh, monseigneur le baron Thénard. Et aussi pour l'intervention de son compagnon.

– Son compagnon ? Bien ! Bien ! Voilà une jeune femme qui a des relations, ironise Thénard, soutenu aveuglément par les costumes derrière qui se gaussent comme lui, alors que très peu distinguent seulement ce qui se dit.

Tandis que Léonie aimerait disparaître, Mariette prend confiance. Elle se dit que c'est le moment de tresser les louanges que son amie mérite. Mariette est si fière d'elle. Ce matin, en venant, elle a nourri son fils. Et maintenant elles forment un tandem efficace. Il suffit de compter les pièces qu'elles ont produites.

– C'est une dame, vous savez. C'est aussi mon amie.

– Qui pourrait en douter, s'amuse le baron, déclenchant les rires gras de sa délégation.

Léonie relève le front. De quelques degrés seulement. Ces moqueries la blessent, surtout venant de cet homme. Mais pour qui se prend-il ? Le fait de serrer le poing détourne sa colère.

Ne pas penser ! Ne rien dire !

Mariette ne perçoit rien de son bouillonnement. Elle s'attache seulement à défendre son amie.

– Je vous assure. Vraiment. Il faut que vous me croyiez. Son ami porte la même rosette que vous. Et puis il a des lettres !

– Des lettres ? Ah, formidable ! rebondit le baron, poussé par les succès de ses dernières saillies. Beaucoup ?

Mariette fait la moue. Cette fois, elle est perdue. Elle se demande pourquoi il lui demande cela.

– Je ne sais pas. C'est juste ce qu'avait dit l'inspecteur ce jour-là. Il faut combien de lettres pour siéger quai Conti ?

L'atelier silencieux est tendu vers la suite. Même la délégation qui suit le baron Thénard est dans l'expectative. Les visages attentifs.

– Quai Conti, dites-vous ? Voilà qui est piquant. Et à quel numéro siège votre fameux ami ?

Léonie ronge son frein. Elle pourrait le rembarrer en nommant le numéro du fauteuil en question : le 14, celui qu'occupait avant lui Népomucène Lemercier, un poète oublié, dramaturge négligé, qui s'était illustré en refusant de s'incliner devant l'empereur. Lemercier, Chateaubriand, Delille et Mme de Staël ont fait de même. Léonie voudrait bien être une nouvelle de Staël refusant de se soumettre à ce mauvais esprit.

– Vous dites ? lance Thénard, en inclinant la tête pour scruter le visage de celle qui se défausse.

– Elle est bien trop timide pour vous le dire, mais moi je sais. Je me souviens, dit Mariette.

– Ça suffit ! dit Léonie.

– C'est celui qu'a écrit l'histoire d'Esmeralda.

– Mariette ! Taisez-vous !

– L'Égyptienne ? Esmeralda l'Égyptienne ? s'étonne le baron Thénard.

– Non ! Non ! Elle se trompe, riposte Léonie.

Trop tard.

– Vous connaissez Hugo ? Vous fréquentez cet homme ? dit-il en observant la jupe de Léonie.

Elle est reconnaissable parmi toutes les autres. C'est celle dont on affuble les détenues pour dettes ou pour adultère. Bien qu'elle ne réponde pas, Thénard s'obstine.

– Vous n'avez pas trop l'air d'être une femme d'argent. Non. Je ne crois pas. Et je m'y connais en demi-mondaines. Vous semblez vous tenir.

Thénard glisse son index sous le menton de Léonie et force pour qu'elle redresse un peu la tête vers lui.

– Je connais Mme Hugo. Vous êtes plus jolie qu'elle ! C'est diablement frappant. Tellement plus jolie qu'elle. Je me souviens, maintenant. Ma femme m'a dit un jour qu'elle l'avait croisé en charmante compagnie au café Tortoni. C'était vous, donc ? C'était vous ?

Le directeur se penche à l'oreille du baron et lui glisse quelques mots.

– Je comprends, dit le baron. Je comprends mieux maintenant.

37

Tout est prêt. Sa femme a défroissé son froc bleu brodé d'or. Son bicorne à cocarde l'attend sur sa commode. Une feuille de papier de soie dépasse de la grosse boîte. Hier, Hugo est resté deux heures chez le barbier. Des épis sur son crâne. Des sillons plein la figure. Il est presque présentable. Mais c'est le fond qui ne suit pas. Il suffit qu'une mouche zonzonne près de lui pour qu'il perde le fil. Impossible d'achever le discours qu'il prépare, son premier projet de loi devant la Chambre des pairs.

– Non ! Non ! Non et non !

Il rature la feuille après trois petites lignes, puis jette sa plume neuve.

Hugo s'est mis en tête de marquer les esprits. De légitimer sa place avec un grand sujet, un thème qui lui est cher, quelque chose de marquant pour la postérité.

Il se lève et sort. Il a besoin de prendre l'air. Il sait que la pensée produit deux sortes d'idées. Celles qu'on pousse et qui viennent par sédimentation et celles qui se déposent par la grâce de l'inspiration. Son travail n'a produit que des déchets d'idées, des alluvions, des boues, des strates peu fécondes. L'essentiel lui échappe, comme une muse farouche.

Forcer l'inspiration, c'est la perdre, à coup sûr ! Comment la faire revenir quand le lit est barré, quand les plis de sa pensée sont saturés de remords. Léonie l'exige. Elle veut voir ses enfants.

Il traverse son quartier sans s'attacher aux regards. Sa tenue fait tourner quelques têtes amusées. Sa longue chemise de nuit déborde sur son pantalon. Il porte des vieux souliers. Il a de l'encre aux doigts et se gratte la tempe en parlant à voix haute.

– « Innocents dans un bagne, anges dans un enfer… / Des enfants se retournent et répandent quelques rires. / Innocents dans un bagne, comme Georges et comme Marie. / Deux anges dans un enfer, même auprès de leur mère ? » Pas sûr, non. Cela ne va pas.

Au troisième éclat de rire qu'il récolte en marchant, Hugo se ressaisit un peu. Les gens le prennent pour un fou à se produire comme ça ! Il enfouit sa chemise dans son pantalon de toile et croise ses mains dans son dos. Un groupe d'enfants remonte le pont Marie. Ils portent des blouses usées et des gamelles en fer.

– « Il fait à peine jour, ils sont déjà bien las. / Ils ne comprennent rien à leur destin, hélas ! / Ils semblent dire à Dieu : – Petits comme nous sommes, / Notre père, voyez ce que nous font les hommes ! »

Il s'arrête au carrefour et cherche une cheminée pointant sur une fabrique. Pas de mur de brique, à droite. Aucune fumée d'usine. Les enfants le dépassent. Ils rentrent sûrement chez eux.

– « Travail mauvais qui prend l'âge tendre en sa serre, / Qui produit la richesse en créant la misère, / Qui se sert d'un enfant ainsi que d'un outil ! / Progrès dont on demande : Où va-t-il ? Que veut-il ? / Qui brise la jeunesse en fleur ! qui donne, en somme, / Une âme à la machine et la retire à l'homme ! »

Il s'arrête près du pont et se gratte le front.

– C'est bien, ça. C'est parfait !

Il sort un petit crayon et couche ses derniers vers sur une feuille de papier : « … brise la jeunesse en fleur ! … donne l'âme à la machine et la retire à l'homme ! »

Un poème est né en quelques pas. La muse Melancholia souffle sur son esprit. Tant pis si des passants se retournent sur lui. Sa main palpe sa poche. Le papier est plié. C'est fou le prix qu'il accorde à quelques alexandrins.

Plus léger, il franchit le petit pont qui va vers l'île Saint-Louis. Il y a là-bas, à quai, une péniche transformée en débit de boissons où la bière n'est pas chère et l'ambiance joyeuse.

– *L'Ouvrier* ! Demandez *L'Ouvrier* !

Hugo n'est pas surpris qu'on vende ce titre ici, sur ce petit pont de pierre. En face, sur l'île Saint-Louis, cela fait belle lurette que les vieilles maisons de maître ont perdu tout leur lustre. Qui voudrait vivre ici, sur cette portion de ville isolée et malsaine, aux caves fréquemment inondées et aux toitures percées ? Il n'y a pas d'égouts et encore moins de gaz pour s'éclairer le soir. La police s'y risque peu. Derrière les vieilles façades, dans les appartements où tout croule et se vicie, des familles de manœuvres se logent pour quelques sous.

– Demandez *L'Ouvrier* !

La barge est amarrée à de gros anneaux de fer. Une passerelle étroite permet de se rendre à bord. Avant de s'engager, il fait un pas de retrait et laisse passer un couple. Une corde sert de rambarde. Hugo l'agrippe et pénètre dans la salle. On dirait une serre tant ses parois de verre chauffent sous le soleil d'été. Des clients vont du comptoir vers des petites tables de jeu, de billard hollandais, de dames ou de culbuto. Ici, on boit, on rit, on perd la paie d'un mois en quelques coups de coude. Un gars se lève et menace de casser la table de jeu si on lui refuse sa revanche. Hugo s'écarte et cherche une place libre, tout au bout. Un carré de terrasse abrite quelques clients. Des camarades. Des couples. Il reste une petite table. Hugo tire la chaise. Mais quelqu'un s'interpose.

– C'est pris.

La blouse et son ami s'installent sans ménagement. Pendant qu'il cherche ailleurs, il récolte bizarrement une salve de regards sombres. Deux voisins avinés s'emparent de la gazette et se mettent à ricaner.

– C'est lui ! J'en suis sûr !

Hugo repère un banc. Il l'essuie et s'assied en faisant signe au serveur. Ce dernier se rapproche. Gonflé par ce qui se dit, il prend un air hautain.

– C'est pour quoi ?

– Juste une bière, dit Hugo.

– Pour qui ? lui demande le serveur avec l'air dominant du juge face au coupable.

– Je voudrais boire une bière. C'est pour moi.

Dans le dos du serveur, des voix s'élèvent soudain.

– Il est pair. Il a bien les moyens de payer sa tournée !

Hugo se penche pour voir. Tous se taisent. Impossible de savoir d'où provenaient ces phrases. Mais les regards demeurent. Ils sont braqués sur lui en attendant la suite comme autant de spectateurs guettant le dénouement.

– Qu'est-ce qu'il y a ? Qu'est-ce qui se passe ?

L'hebdomadaire circule. Le serveur s'esquive. L'exemplaire du journal est projeté vers Hugo. Le froissement du papier. Les feuilles qui s'éparpillent. Le titre tombe à ses pieds. Hugo se penche et le ramasse. Il vaut vingt-cinq centimes. Sous le titre, en épigraphe, une citation de saint Paul : « Celui qui ne veut pas travailler ne doit pas manger. » En première page, trois colonnes relatent une enquête officielle dans les caves de Lille. Un silence épais pèse tout autour de lui. Hugo bute sur les mots. Villermé. Ouvriers. Industrie nationale. Le docteur Villermé est cité plusieurs fois. Ses commentaires sont imprimés en gras. Hugo fouille le reste. Une page glisse sous son banc.

En relevant les yeux, il croise un vieux barbu. Les poils autour de sa bouche sont teintés de tabac. Difficile d'entendre ce qu'il marmonne en dessous.

La voilà, la réponse. Elle est en page sept. Elle tient dans un encart coincé entre deux réclames : la première concerne l'huile de pieds de moutons de M. Roger, entrepreneur des cuissons dans les abattoirs, demeurant 215, rue de l'Université ; et l'autre, la Compagnie d'assurances populaire contre les feux du ciel, la grêle et toutes les maladies. Il lit.

> « On tente d'étouffer un scandale déplorable. Un de nos plus grands poètes, membre de l'Académie, aurait été surpris en galante compagnie avec une jeune exploratrice. L'homme et la femme, pris dans leur conversation criminelle, avaient négligé de prévenir le mari. Ce dernier, très vexé, a fait venir la police pour constater que les draps étaient froissés. L'épouse infidèle travaille à ravauder sa vertu et son couple dans une prison pour femmes tandis que le poète, baron devenu vicomte, jouit de son nouveau privilège puisqu'il vient d'être nommé à la Chambre des pairs. Une telle situation ne manque pas de piment. Le pair

privilégié se pique de défendre la cause des plus faibles, des femmes, des ouvriers, des enfants qu'on envoie travailler à l'usine. »

L'article est anonyme. Le fiel sévit masqué. C'est un poison violent qui ne signe que des arrêts. Hugo se lève lentement et quitte la barge hagard. L'air charrie sur lui des relents de fleuve amers.

38

Léonie a souri en la trouvant assise. Elle portait sa voilette, ses gants et un panier que le brigadier de garde a mis de côté pour elle. Mais ses yeux ont tardé un instant à se relever. Mauvais signe. Léonie a remballé son rictus.

– Vous lui avez parlé ?

La voix de Mme Hugo est allée chercher bas le début de sa réponse.

– Il ne veut rien savoir.

– C'est vous qui y êtes allée ?

– Victor a fait passer un homme de confiance. Il a remonté la Seine jusqu'à votre maison des Plâtreries. Votre mari l'a éconduit.

– Éconduit ? bredouille Léonie, le front et les tempes coincés dans les barreaux.

Un rat longe le parloir et grimpe dans le panier. Le brigadier l'ignore. Debout contre le mur, l'arme au pied, bras croisés, le canon dans un coude, il fixe le plafond qui goutte de plus en plus. Une flaque s'étale. Il faudra qu'il signale ce défaut d'isolement. Une nouvelle visite d'inspection est prévue, pour les questions d'hygiène. Les membres du conseil de salubrité viennent chaque année. Ils traquent le salpêtre et les infiltrations. Un couinement du brigadier détourne l'attention. Il aperçoit la queue du rat qui se débine et donne un coup de pied qui le manque de peu.

– Il a été très clair. Il a dit que tout cela était entre les mains de son avocat à Paris. La demande de séparation de biens et de corps est en cours.

– À la bonne heure, dit Léonie. Mais mes enfants ? Je voudrais les voir. Ici, les femmes ont le droit de garder leurs enfants. J'en croise tous les jours. Il y en a des dizaines. Des poupons. Des plus grands. J'aide une mère à donner le sein à son petit. C'est une pauvre fille de rien. Elle s'appelle Mariette. Elle s'est fait ramasser dans la rue comme tant d'autres. Il faut faire une demande au préfet de police. Il n'y a aucune raison que je n'aie pas mes enfants. Ça fait un mois, maintenant.

La femme de Hugo opine vaguement du chef.

– Je sais. C'est très long. Mais vous tenez bon, n'est-ce pas ? Vous semblez bien portante.

– Je travaille à l'atelier. J'aide les autres à servir la soupe au réfectoire. Hier soir, j'ai passé l'heure en bas, à la cave, pour ranger des matelas, dit-elle en relevant ses sabots pour éviter la flaque. Je n'avais jamais vu ça. Des rats sortaient des toiles. C'est là qu'ils font leurs nids. Dans nos lits ! Ici, madame Hugo, y a cent rats par fille. Et cent femmes par enfant. C'est pour eux que je fais tout ça, tous ces efforts, toute cette peine que je me donne. J'en ai le droit. C'est la loi ! Marie n'a pas cinq ans. Quant à Georges…

– Georges ?

Léonie se reprend. Elle devine ses pensées.

– C'est mon fils… C'est mon petit… Il ne ressemble qu'à moi.

Elle hésite un instant avant de développer sur un ton de confidence.

– Ne vous faites pas trop d'idées. Je sais le jour et l'heure où il a été conçu. Les femmes savent cela, n'est-ce pas, madame ? Ce n'était pas avec lui. Georges n'est pas de votre mari.

– Vraiment ? murmure Adèle Hugo avec le ton docile de celle qui n'aspire qu'à croire.

Léonie tend le bras à travers les barreaux. Le brigadier laisse faire.

– Donnez-moi votre main ! Voilà. Comme ça. Serrez la mienne. Bien fort. Je vais vous dire les choses. Vous allez m'écouter. Mon enfant a été conçu un soir que je rentrais de chez le sculpteur Pradier. Votre mari et moi nous nous y sommes fâchés. Je suis repartie seule et saoule. Dans le salon de notre maison, mon mari m'attendait. Il avait ruminé des idées mauvaises. Ses affaires n'allaient pas. Il ne vendait plus rien. Il m'a attaquée de front, me traitant de tous les noms, suspectant des tas de choses. Sur le chemin du retour, je m'étais requinquée. L'alcool était passé et la tristesse… Mais bon… J'ai tenté de me défendre. Mais si vous l'aviez vu ! Il m'a saisi la bouche.

Léonie baisse la voix.

– Vous savez comment certains hommes s'y prennent. Ils vous mangent pour vous prendre. Il m'a serrée contre lui pour me fourrer sa langue et ses mains et le reste. Je l'ai tellement haï ! Si vous saviez ! Je l'ai tellement détesté. Le lendemain, j'ai fait ce qu'on fait dans ce cas. Avec de l'eau et de l'huile et un peu de laudanum. Tous les jours et pendant des semaines, j'ai refait les mêmes gestes. Je ne voulais pas de lui, vous comprenez ?

– Je…

– J'ai cru que ça y était. J'y ai vraiment cru, vous savez. J'ai perdu un peu de sang. Mes seins…

Le brigadier s'avance, comme surgi de nulle part.

– Ça va faire un quart d'heure. C'est bon, maintenant, dit-il.

Sans émettre le moindre son, Mme Hugo lui tend une poignée de pièces d'argent. Le brigadier les empoche en regardant l'horloge.

– Il est né malgré tout. C'est affreux de se dire cela. J'ai honte de vous l'avouer, mais c'est la vérité. Oh, mon Dieu ! Mon petit Georges, dit-elle en enfouissant son visage dans ses mains.

La suite se répand en grumeaux dans ses paumes. Une suite de mots informes, étouffée par sa peau. Léonie se redresse, sèche ses larmes et inspire.

– J'ai vu sa petite tête. Et puis, il a fait ce qu'ils font tous : il a poussé un cri et ses yeux se sont ouverts. Ils étaient d'un gris bizarre, comme l'orage. J'ai cru qu'il m'en voulait. C'est bête, je sais. Mais d'une certaine manière, je l'ai vraiment cru, vous savez. Mais non. C'était le contraire.

En disant cela, elle a un air étrange, un sourire qui se termine en tristesse, une gaieté qui flirte avec le désespoir, l'expression d'un combat, deux mouvements opposés, comme le chaud et le froid qui déclenchent les cyclones.

Pressée par ces contraires, elle éclate de rire. Un rire si puissant qu'il balaie tout : les réserves de la femme assise devant elle ; la quiétude du brigadier dans son coin qui lance des « Quoi ? Hein ? Qu'est-ce qu'elle dit ? ». Puis tout s'arrête. Léonie se fige.

– Ma pauvre amie ! Ma chère amie ! Nous avons trois

enfants. Et vous, deux. C'est bien ainsi. Chacun ses petits, n'est-ce pas ?

– Oui.

– Mais je dois avouer que les choses se compliquent.

– Que se passe-t-il ?

Léonie passe en revue les catastrophes possibles : Georges blessé… Marie morte… Son époux en allé, avec ses petits sous le bras… Une descente de police… Victor poursuivi…

La femme de Hugo tire un papier de sa veste. Il est plié en quatre, réduit à un carré de lignes imprimées. Le brigadier tend le cou.

– C'est l'article paru dans le journal tantôt.

– Faites voir !

Elle le plaque sur ses genoux. Le brigadier écope d'un coup de coude sur la cuisse.

– Tout doux, là ! C'est bon ! râle-t-il en regagnant son coin.

L'article s'étale sur une demi-colonne entre deux réclames. Léonie le lit vite. Elle tique sur quelques mots, les métaphores stupides, les allusions fielleuses.

– C'est l'autre, murmure-t-elle.

– L'autre ?

– Une délégation est venue, l'autre jour. Elle était conduite par cet homme, ce baron lourd et laid, président de je ne sais quoi.

– Comment ? Mais de qui parlez-vous ?

Léonie secoue la tête.

– Ce baron. Le président de la Société de l'industrie ou de quelque chose comme ça.

– Thénard !

– C'est ça ! Thénard. Il m'a pris le menton alors que je

m'échinais sur leur foutue machine. Et puis M. Billy m'a dit qu'il m'attendrait à la pause, près du greffe. Il y a une petite pièce, deux chaises et puis c'est tout. Thénard se tenait debout, les mains sur le dossier. Il m'a demandé de m'asseoir. Il était insistant. Il voulait que je lui raconte les détails de mon affaire. Il m'a dit que si je parlais il allait me tirer de là. Mais je connais ces gens-là. J'ai vu pleurer ma mère à cause d'hommes comme lui. Puissants. Sûrs d'eux. Promettant tout ce qu'on veut. Il est ressorti bredouille mais il a pris à part un gars qui le suivait. Un journaliste.

– Je comprends mieux, maintenant.

– C'est de lui que ça vient. Du directeur et de lui. Depuis, je n'ai plus de cellule. Je dors avec les autres, les filles du réfectoire. Inutile de payer, ils ont repris ma cellule. Et puis ils font sauter mes heures de parloir. Deux fois depuis la visite.

– C'est vrai qu'ils m'ont dit que vous étiez occupée.

– Occupée, oui. À faire tout ce qu'ils me disent, et même deux fois plus. Je m'use sur leurs machines. Car j'ai compris maintenant, ces machines sont les leurs. Elles appartiennent aux gens de cette délégation, aux amis de Thénard. Ils sont venus voir si nous produisions bien. Nous produisons, dit-elle. Voyez mes mains !

Ses doigts sont couverts de stries noires, incrustées dans le derme. Sa peau est sèche et dure.

Le brigadier saisit Léonie. Il la force à se lever et à quitter le parloir.

– Et mes enfants ? Vous ne m'avez pas dit…

La femme de Hugo tique.

39

Hugo traverse lentement la cour de la Chambre des pairs. Son habit neuf l'irrite. Son bicorne lui serre le crâne. Deux gardes nationaux saluent en levant leurs sabres. Il répond d'un coup de tête et oblique vers l'escalier d'honneur. De ses souliers tout neufs, il piétine le tapis interdit à la plèbe. Après la dernière marche, il lève les yeux au ciel vers le plafond couvert de rosaces en caissons, les mêmes que sous les voûtes de l'Arc de Triomphe. Il devrait être fier de porter ce manteau bleu, cette cape et ce bicorne, de franchir ces portes tenues par les huissiers qui s'inclinent au passage, de découvrir les immenses statues de marbre qui ornent l'hémicycle. Turgot, Molé, d'Aguesseau, L'Hospital, Colbert, Malesherbes, Portalis. Les grands législateurs. C'est dans cet hémicycle dressé sur ses colonnes que les lois sont projetées. Hugo s'enfonce dans la noble matrice, l'organe qui fonde le droit du trône restauré. Un silence se fait. Il va d'un pas lourd, raide comme un madrier. Ses souliers sont des souches. Il retient son souffle et oublie de répondre aux regards qui le suivent, attentifs, curieux, assis dans leurs fauteuils. Il glisse ses mains sous sa cape et la relève d'un coup comme la queue d'un oiseau, puis s'installe dans le velours.

Le président Pasquier introduit l'ordre du jour et cite la présence de Hugo parmi eux. De maigres applaudissements saluent le nouveau venu. La tension est palpable. Les pairs sont contre lui. Hugo n'est pas surpris. Il sait d'où vient le coup. Pas besoin de se retourner pour voir le coupable, à sa gauche, deux rangs derrière. Sa crinière moutonnante. Sa mâchoire de Danton. Il sait que Thénard se penche pour chercher son regard. Mais Hugo ne bouge pas. Ses mains sur son pupitre d'acajou, il fixe le duc Pasquier.

– On vient de me faire une demande exceptionnelle de communication, déclare Pasquier. Comme la Charte le précise, cette adresse hors cadre ne sera pas publiée. Je demande aux huissiers de garantir ce huis clos.

Dans les corbeilles du fond, les curieux sont nombreux ce matin. Des journalistes du *Siècle*, du *Charivari*, de *L'Époque* et de *L'Illustration* ; et autant d'anonymes. Leur sortie assortie de vagues protestations laisse les pairs de marbre.

– Nous voilà entre nous, constate le président avec ce ton hautain qu'il traîne comme un vestige de son ancienne noblesse.

Pasquier lève la main et désigne mollement Hugo.

– Ça commence, murmurent certains.

Hugo longe la rangée, descend une volée de marches, foule le marbre du sol et vient se flanquer tout près du président, sur l'estrade qui fait face aux membres de la Chambre haute. Il est moins grand que le duc Pasquier, moins sûr de lui, moins décoré. Il scrute l'hémicycle, hésitant entre deux rangs. Ça y est. Il l'a retrouvé. Hugo visse son regard dans celui de Thénard, qui hausse les sourcils avant de laisser tomber un mot à son voisin, qui sourit à son tour avant de faire passer l'amusante remarque.

Hugo prend le temps de saluer l'assemblée. Puis il revient à l'homme assis à trois rangs de lui. Thénard lui répond par un bref mouvement de tête comme le matador appelant le taureau.

– Messieurs, commence Hugo sans regarder ses notes, le droit incarné, c'est le citoyen ; le droit couronné, c'est le législateur. Les républiques anciennes se représentaient le droit assis dans la chaise curule. À ma droite, je vois cette statue de Charlemagne assis. À ma gauche, cette autre de Saint-Louis, dans la même posture. Toute société régulière possède à son sommet le droit. Le droit sacré par la justice. Le droit armé de la liberté. Cette noble assemblée, que vous constituez, messieurs, est là pour y veiller. Vous projetez des lois qui fondent notre droit. Ce droit et cette loi sont deux forces. Vous savez comme moi que de leur accord naît l'ordre. Quand le droit et la loi se combinent, la société est harmonieuse. Mais quand la loi contredit le droit, quand le règlement défie l'esprit de la loi, eh bien, la société, cette société, notre société, court à la catastrophe, et même à la terreur.

– Robespierre est mort depuis belle lurette, grogne un pair. On perd notre temps, avec ce cours d'histoire. Au fait !

Hugo jette un coup d'œil à la feuille devant lui.

– Le droit, dit-il, le droit parle et commande du sommet des vérités. La loi est ce qui l'applique à nos réalités. Je pourrais dire même que l'un est l'absolu et l'autre le relatif. Mais les deux se combinent pour viser une société juste, messieurs.

– Au fait ! Oui, au fait ! répètent d'autres pairs.

– J'y viens, messieurs. Comme vous devez le savoir, je ne suis pas juriste. Je ne suis pas avocat. Certains d'entre vous me prennent pour un poète.

– Un poète bavard, lance Thénard.

– Bavard, dites-vous ? Mais c'est surtout à vous que je m'adresse, Thénard.

– Baron Thénard, Hugo !

– Victor-Marie, vicomte Hugo, cher Thénard. Mais ici, sauf erreur de ma part nous sommes entre pairs de France.

– C'est long.

– Je suis à vous, Thénard. Je suis à vous parce que le roi m'a fait la grâce de me nommer, de me considérer comme l'un des vôtres, dans cette noble Chambre, dans cette belle assemblée où les lois viennent à naître avant d'être votées. C'est dans cette Chambre haute que les lois s'inscrivent dans le bon sens du droit, comme le fleuve coulant de source, malgré tous les obstacles, les scories, tous les reliefs des rives.

– Soit, marmonne vaguement Pasquier en regardant l'horloge dressée au-dessus des rangs, juste devant leur estrade.

Hugo distingue son signe et sent qu'il doit aller au but.

– Messieurs, monsieur, vous avez tricoté des lois sans teint, des lois à double fond, des lois à reculons qui vont contre le progrès. Cent quarante mille enfants travaillent dans les usines. Vous avez fait des lois pour encadrer ce travail.

– La loi de 1841, oui ! Une grande loi sociale.

– Une loi sans subsistance.

– Quel culot ! C'est assez !

– J'affirme que votre loi sur le travail des enfants est une loi écrevisse. Elle gît dans les grands fonds et avance à rebours. Elle dit limiter l'âge et la durée du travail des enfants, mais n'oblige personne. C'est une loi pour rien. Une loi d'artifice qui n'oblige personne, qui ne contraint personne, qui ne punit personne. C'est une loi sans contraintes. Une loi pour la galerie, qui nie l'esprit des lois, qui nie les droits de l'homme, de la femme, de l'enfant.

– Quelle insulte ! Assez !

– Lisez toutes les études, lisez tous les rapports. Même celui de Villermé. Cent cinquante mille enfants travaillent dans ces usines. Quel âge ont-ils ? Lisez ! Ils ont souvent dix ans et rarement plus de quinze. Ils travaillent à vous vêtir, travaillent à vous couvrir, plus de dix heures par jour, près de six jours sur sept. Aucun n'a jamais lu un mot de cette fameuse loi. Elle n'existe pas. Elle n'est connue de personne. Je sais même que certains regrettent qu'on n'étende pas ce travail des enfants à certaines prisons.

– De quel droit ! C'est une honte ! s'exclame Thénard.

– Je vous vois bien, baron. Je sais ce que vous avez fait. Je sais où vous étiez la semaine dernière. Aux ateliers de Saint-Lazare, parmi ces femmes et ces enfants qui travaillent pour un sou. Je suis aussi allé à l'hospice de Beaujon. J'ai croisé des gamins qui revenaient de Clichy pour travailler le plomb, fabriquer la céruse selon votre procédé, Thénard, sur ces longues plaques de plomb trempées dans du vinaigre et couvertes de fumier pendant de longues semaines. C'est ces lames qu'on racle, c'est cette céruse qu'on cherche, cette poudre empoisonnée, blanc de plomb, blanc de Saturne.

Le baron se lève, furieux. Bras tendu, bave aux lèvres, il invective Hugo. Il hurle diffamation. Il demande réparation.

– Pour quoi ? Réparation pour qui ? Pour ces mères mourantes ? Pour ces enfants plombés par le mal qui vous a rendu riche ?

– De quel droit ? Quelle est cette leçon ? Et puisque vous semblez si à cheval sur les lois, acceptez-les pour vous, Hugo. Respectez le Code pénal !

À ce mot de Thénard, tout l'hémicycle s'en mêle. Barons, ducs et marquis font pleuvoir sur Hugo un ouragan de huées, des tombereaux de mots acides, des salves de lazzis souvent sous la ceinture.

– Pervers ! Dépravé ! Satyre ! Débauché ! Sganarelle ! Criminel !…

Hugo tient comme il peut. Si au fond de lui tout tangue, si sa bouche est un puits, si son esprit menace de finir disloqué, il n'en laisse rien voir, campé sur son estrade, avec ses bras comme des boulets et sa nuque pétrifiée offerte à tous ces pairs devenus autant de bourreaux. Ils sont trois cents contre un, à lui jeter leur mépris, à le clouer au pilori sans merci.

Thénard se sent des ailes et lance cette phrase qui sonne comme un coup de grâce.

– Quand on laisse sa maîtresse croupir en prison, on a beau jeu de soutenir les gamins des usines !

Un bref silence s'installe. Tous regardent Hugo, qui ne bouge pas. L'assemblée semble repue, rassasiée, satisfaite. Les uns après les autres, ils retrouvent leurs fauteuils. Les rangs des princes d'abord. Tout reflue lentement.

Hugo remue le nez. Les doigts de sa main droite s'agitent mystérieusement. Du bout de son index, il tapote son pouce, comme s'il faisait du morse, comme s'il appelait au secours une force invisible. Il pense à Léonie et au rêve qu'elle avait fait. L'oracle de cette Ève. Le serment de la glace.

– Messieurs, reprend Hugo en écartant les bras, je vous offre ma tête.

– Non merci ! crie un pair.

– Ni la tête ni le reste, dit un autre.

– Pour quoi faire ?

– Prenez ! poursuit Hugo. Elle est à vous. Je me dresse humblement sur le billot du droit puisque vous persistez à laisser vivre ces lois qui condamnent l'homme à mort, l'enfant à l'usine et la femme à la prison.

– Acte quatre, scène sept, tonne un pair d'un ton las. Mauvais drame hugolien.

– Je suis coupable, messieurs. J'avoue. Je suis coupable des faits que vous avez tous lus. Et certains de vos mots me qualifient peut-être. Peu m'importe. Je suis venu ici pour défendre l'idée que je me fais de la loi.

– Concluez ! ordonne sèchement Pasquier.

– Voilà, voilà ! Je vous échange ma tête contre votre loi mal faite. Je me donne tout à vous pour qu'on révise ces lois. Je dépose à vos pieds ce privilège absurde pour une simple révision de ces lois inhumaines qui négligent une moitié de l'humanité.

– Insensé ! Ridicule !

– Ridicule ? Oui, peut-être ! Insensé ? Certainement ! Il faut une loi bien folle pour condamner une femme dont le seul crime est d'avoir aimé. Ce n'est pas moi qui ai jeté cette femme dans cette prison, c'est votre loi, messieurs, votre loi sur l'adultère. Vous avez des maîtresses, cela vous est permis. Tout est permis aux hommes. Ces lois sont faites par l'homme pour l'homme. Il a chargé inégalement les deux plateaux du Code. L'homme a fait verser tous les droits de son côté et tous les devoirs du côté de la femme. De là un trouble profond, une inégalité. De là, messieurs, la servitude de la femme. Dans notre législation telle qu'elle est, la femme ne possède pas, elle n'este pas en justice, elle ne vote pas, elle ne compte pas, elle n'est pas. Il y a des citoyens, il n'y a pas de citoyennes. C'est un état violent que subit cette femme. Elle s'appelle Léonie. Elle sortira. Bientôt. Elle sortira grandie de la prison Saint-Lazare. Et toutes les femmes sortiront grandies de notre siècle. Le XVIIIe siècle a proclamé le droit de l'homme. Notre siècle proclamera le droit de la femme et celui de l'enfant.

Épilogue

Elle a purgé sa peine. Six mois d'enfermement d'abord à Saint-Lazare et puis chez les Augustines, au couvent. On vient de lui remettre une toupie de bois et une poupée de chiffon.

Un homme attend de l'autre côté de la rue. Il porte un chapeau, une redingote sombre et s'appuie sur sa canne. C'est lui ! Léonie se demande ce qu'elle éprouve vraiment. De la colère ? De l'amour ? De la reconnaissance pour toute l'aide apportée par le biais de sa femme ? Son paquet dans les bras, elle traverse la rue. Elle l'observe de près. Sans un mot. Sans un geste. Ses yeux sont gonflés de larmes. Ceux de Léonie sont secs. C'est l'hiver. Il est tôt, à peine cinq heures, mais le jour décline déjà.

– Vous allez prendre froid !

– Tu m'as tant manqué.

– Je me suis demandé si vous alliez venir.

– Je suis là. Je suis venu. Cela faisait si longtemps.

Léonie montre la rue, tourne la tête, à droite, à gauche. Hugo saisit son bras.

– C'est par là, tranche-t-il. Je t'ai déniché un petit appartement près de la place Saint-Georges. Une amie comédienne m'a parlé de cette adresse dans la rue Laferrière.

– Le quartier des lorettes ?

Hugo ne peut rien répondre. Il sait qu'elle a raison. Mais c'est aussi le quartier des arts, des artistes, des comédiens.

– C'est Mlle Mars qui me l'a recommandé.

– Elle joue toujours ? J'aimerais tellement retourner au théâtre.

– Hélas non, dit Hugo en hélant une voiture. Cela fait quelque temps qu'elle a quitté le Français. À soixante ans passés, elle s'est reconvertie.

– Ah oui ? Que fait-elle ? Racontez-moi. Dites-moi tout ce qui se dit.

Hugo ouvre la portière et l'invite à monter. Après avoir lancé l'adresse au cocher, il se tourne vers elle.

– Avec joie ! Mlle Mars dépense des sommes folles. Elle joue. Elle gagne. Elle perd. Madame boursicote. Un certain Karl Marx, un révolutionnaire, vient d'être chassé de Paris. Au Caire, le Pacha a bien des démêlés avec son fils Ali-Pacha. On parle d'abdication. Et puis, j'ai vu l'ancien ministre Villemain.

– Villemain ? Comment va-t-il ?

– Il a perdu la tête. Il s'est recroquevillé au fond de la cour de l'Académie française. Il se sent épié, constamment menacé. Il distingue des complots derrière tous les rideaux.

– Le pauvre.

– Le pauvre, oui. C'est tragique. Depuis qu'il s'est fait prendre en fâcheuse posture avec son amant. Ils étaient rue de l'Arcade. Un homme les a aperçus et en a profité pour le faire chanter. Le ministre a payé pour le prix de son silence. Mais l'affaire s'est sue. Le ministre a sauté de la fenêtre de son bureau. De ce suicide raté il peine à se relever.

– C'est tragique, en effet. Un homme si charmant. Que lui avez-vous dit ?

– Je lui ai parlé du dédain. Je lui ai dit qu'apprendre à dédaigner était une des choses les plus difficiles et les plus nécessaires de la vie. Le dédain nous protège. Il nous écrase aussi. C'est une cuirasse autant qu'une massue.

– Puissiez-vous dire vrai !

– C'est la nuit qui brille autour de tout ce qui brille. Il faut que la renommée ait des ennemis comme il faut, que la lumière ait des moucherons. Il faut les dédaigner. Je lui ai dit : soyez content, soyez joyeux, soyez dédaigneux, soyez fort.

– Facile à dire, mon cher ami.

– C'est ce qu'il m'a répondu.

Léonie a deviné le but de ses propos. C'est d'elle qu'il s'agit autant que de Villemain.

– Je ne suis pas ministre. Je ne suis qu'une pauvre femme, vaguement exploratrice, une petite journaliste à peine sortie de prison. Ma honte n'est pas la sienne.

– Je laverai ta honte.

– Vous êtes gentil, dit-elle.

– Gentil ?

– Oui. Et je vous aime toujours bien. Je le sais en vous voyant.

– Tu m'aimes bien ?

– Oui. Et je ne vivrai pas dans ce quartier des lorettes. J'aspire à autre chose, mon cher Victor. Je me trompe peut-être, mais je ne veux pas de cette vie de femme entretenue. J'ai repris mon nom de jeune fille. Je suis redevenue ce que j'étais. Léonie d'Aunet. Je voudrais qu'on me dépose à cette adresse, dit-elle.

Elle tend un bout de papier sur lequel est inscrite l'adresse d'une inconnue. C'est là que François Biard habite ces derniers temps. Il loge chez cette amie avec ses enfants. Le cocher se déroute.

– C'est à quelques rues d'ici.

Hugo ne proteste pas devant cette décision. Elle a purgé sa peine. Elle refuse de reprendre sa triste vie d'avant. Elle ne sera plus jamais ni femme ni maîtresse. Il en est persuadé. Tout ce qu'elle veut retrouver, c'est…

– Les voilà, s'exclame-t-elle, le nez contre la vitre du fiacre.

Devant la porte cochère, un homme et deux enfants s'apprêtent à traverser. L'homme, c'est François Biard. À droite, il porte Georges. Dans sa main gauche, il tient celle de Marie. La fillette s'est retournée. Elle devine quelque chose. Léonie pousse la portière. Dans son emportement, elle tire au lieu de pousser.

– Marie, ma fille ! Marie !

Le fiacre s'ouvre enfin. Léonie court vers elle. Mais son mari s'obstine à poursuivre son chemin. Il presse le pas de sa fille. Le petit Georges pleure. Il tire Marie par le bras et l'oblige à courir. Mais Marie se démène. Elle tourne sur elle-même.

– Ma fille ! Mon fils ! hurle Léonie.

– Ils sont à moi ! À moi ! crie le peintre en pleine rue. C'est moi qui ai leur garde.

La petite Marie se débat. Elle freine de son mieux. Les pleurs de Georges redoublent. Le père lève sa fille et la décolle du sol. Elle a le poignet tordu. Les pieds en l'air. Léonie se rapproche. Sa fille lui tend une main. Georges s'agite contre son père. Les passants sidérés observent ces deux parents aux prises avec la chair de leur chair. Léonie tend les bras pour attraper sa fille. Elle l'extirpe des mains de l'autre. Son fils, Georges, palpe l'air en agitant ses doigts pour rejoindre sa mère. Le père lâche enfin prise. Marie se serre contre sa mère, l'embrasse de toutes ses forces et le petit Georges se greffe sur elles. Hugo s'interpose entre l'homme et la femme. Il n'a pas peur de lui. Il ne craint pas Biard. Il reste en attendant que Léonie s'embarque. Le fiacre avance lentement. Sa portière est ouverte. Georges cale sa tête dans le creux du cou de sa mère. La petite Marie se cramponne à sa cuisse, serrant de toutes ses forces. Hugo repousse Biard qui tente un geste vers eux.

– Laissez.

– Mais ce sont mes enfants.

– Laissez ! ordonne Hugo.

– Le juge…

– Quels juges ? Quelle justice ?

– Mais enfin, bredouille-t-il.

Hugo fait un pas en avant. Nez contre nez. Front contre front.

La petite Marie se décroche et monte dans la voiture. Léonie ferme la portière. Le cocher se demande où il va devoir se rendre.

– Comme tout à l'heure, dit Hugo. La même adresse.

– Où ? Mes enfants ? Où emmenez-vous mes enfants ?

– Chez leur mère, dit Hugo. Ils iront chez leur mère.

– Mais c'est un enlèvement !

– Vraiment ? Regardez vos enfants. Ont-ils l'air de se plaindre ?

Biard ferme le poing. Hugo serre les dents. Biard lève la main. Hugo ne recule pas. Biard tend le bras devant. Hugo laisse faire. C'est la voiture qu'il montre. C'est cette femme qu'il menace. C'est son échec qu'il signe. Il sait que jamais il ne les reverra plus.

Hugo tourne les talons. La partie est finie. Il va rentrer chez lui, retrouver sa famille. Jusqu'à tard, ce soir, il écrira dans son bureau, sur ce nouveau roman. La figure de Fantine va prendre forme. Elle est déjà naissante.

> « Fantine, c'était la joie… Mais l'amour est une faute. Soit. Fantine était l'innocence surnageant sur la faute. »

Une figure menaçante se dessine dans l'ombre. Il se nomme Thénardier. Il est très inspiré de sa haine pour Thénard. C'est la manière de Hugo de régler un vieux compte. Il a fait de ce nom un mot pour désigner la vile cupidité, le pire des profiteurs. Quant au titre de ce roman, Hugo le cherche encore. Il tourne autour d'une seule et même idée. *La Misère. Les Misères. Les Misérables.* Hugo ne sait pas encore qu'il vient de se lancer dans le livre de sa vie, son chef-d'œuvre. Il ne sait pas tout ce que ce siècle lui réserve encore. Il n'est qu'au mitan de sa vie et de son œuvre. Les combats, les discours. L'exil. Le retour. Il ne sait pas encore qu'un jour on lui demandera de présider une jeune association, une ligue toute nouvelle : la Ligue française pour le droit des femmes, en 1882. Léonie ne sera plus de ce monde quand son ancien amant présidera cette ligue. Elle aura survécu du mieux qu'elle aura pu, vivant de ses articles, des droits de ses livres sur le Spitzberg et sur l'amour. Toute sa vie durant, elle échangera avec lui. Des lettres. Un peu d'argent. Des conseils. Des confidences. Ils s'aimaient, tous les deux, chacun à leur manière. Mais ils s'aimaient vraiment.

Note de l'auteur

Pour sonder la pensée du grand Victor Hugo, pour percer ses silences ou éclairer ses doutes, il a fallu plonger au plus profond de ses textes. J'ai fouillé ses récits autobiographiques, exhumé les morceaux de sa vie fictionnée qu'il avait parsemés dans tel ou tel roman, dans tel ou tel poème.

Je connais mon Hugo depuis le temps que je le fréquente. Je le connais par cœur, comme tous les amateurs. Quand l'idée d'écrire ce roman m'est venue, j'ai su d'emblée que je devrais lui soutirer quelques passages, lui emprunter des segments de phrases, reprendre quelques formules plus ou moins célèbres par souci de vraisemblance, pour coller au sujet ; tel quel.

Ce roman est semé de ces authentiques pépites et je me plais à penser que le lecteur saura se plonger dans ce roman comme dans une chasse au trésor. Les amateurs des *Misérables*, des *Contemplations*, de *L'homme qui rit* ou de certains discours politiques sauront les dénicher.

Tout est parti de Hugo. Tout s'achève avec lui. Je ne suis qu'un passeur doué d'imagination. Car une fois de plus dans ce roman tout est vrai, ou presque…

Remerciements

Tous mes remerciements vont à Florence Rouzières, de la Maison Victor Hugo, place des Vosges, à Danièle Gasiglia et Arnaud Laster, de la Société des Amis de Victor Hugo, à mon cher Gilles Haéri et à Anna Pavlowitch, à Caroline Ripoll et Aurélie Delafon des éditions Albin Michel.

Ils vont aussi à la femme que j'aime, Caroline Gaudriault, pour ses précieux conseils.

DU MÊME AUTEUR

CES RÊVES QU'ON PIÉTINE, roman, éditions de l'Observatoire, 2017.

SAUVER OU PÉRIR (AVEC LES SAPEURS-POMPIERS DE PARIS), récit, préface de Sylvain Tesson, Albin Michel, 2019.

LE CŒUR BATTANT DU MONDE, roman, Albin Michel, 2019.

DANS LES FLAMMES DE NOTRE-DAME, récit, Albin Michel, 2019.

LA FIÈVRE, roman, Albin Michel, 2020.

LA REVANCHE DES ORAGES, roman, Albin Michel, 2022.

DICTIONNAIRE AMOUREUX DE VICTOR HUGO, Plon, 2023.

Retrouvez toute l'actualité des éditions Albin Michel
sur notre site albin-michel.fr
et suivez-nous sur les réseaux sociaux !
Instagram : editionsalbinmichel
Facebook : Éditions Albin Michel
X : AlbinMichel
YouTube : Editions Albin Michel

Composition : IGS-CP
Impression : Imprimerie Floch, février 2024
Éditions Albin Michel
22, rue Huyghens, 75014 Paris
www.albin-michel.fr
ISBN : 978-2-226-48271-6
N° d'édition 25369/01 – N° d'impression : 104220
Dépôt légal : mars 2024
Imprimé en France